JN101885

禁断師弟でブレイクスルー

A BREAKTHROUGH CAME OUT BY FORBIDDEN MASTER AND DISCIPLE.

～勇者の息子が魔王の弟子で何が悪い～②

アニッキーブラッザー

ILLUST 竜徹 RYUTETSU

目

第八話

友達の作り方？そんなもん考えるまでもねーさ！

A BREAKTHROUGH CAME OUT BY
FORBIDDEN MASTER AND DISCIPLE.

俺とトレイナが「何か」を目指して旅立って、もうどれぐらい経っただろうか？

『どうした？』

「いや、ちょっとな……俺たちの旅立ちから、もうどれぐらい経ったかなって……」

師であり、相棒でもあり、一心同体な存在でもあるトレイナ。

俺の言葉を聞いて、少し呆れたように笑いながら……


『うむ……三時間ほどだ』


「それなのに一向に人の住む所が見えて来ねえ！　つか、どこだよここは!?」

ああ。三時間ぐらい経ってた。

「なんか、灯りも何も見えねえ、ただの森に入ってもう何か怖くなってきたぞ？　今日はこのまま野宿しろってのか？　それなら、まだ草原で休んでた方が良かったぞ？」

『あそこは周囲に何も無さすぎだ。水も無ければ、飢えを凌ぐための何かがあったわけでもない』

「し、しかし……これじゃあ……今日はベッドで寝られなければ、温かいゴハンも……」

『おいコラ、ボンボンめ。家出した無一文の男が何を贅沢言っている』

広がる草原から旅をスタートさせた俺とトレイナは、今はどこかの山の麓にある森林の中を彷徨(さまよ)っていた。

見渡す限り四方八方が深い森に囲まれてしまっている。

進めど進めど、街どころか村も小屋の一つもない状況。

足も疲れ、腹も減り、喉も渇き、風呂も入れずベッドも無い。

これまで、別に頼まなくても何もかもが不自由なく手に入り、言えばサディスが何でも……用意……サディスが……


「……くそ……」

『おい、もう心が折れたか？』

「ッ、いや……んなことねーよ……」

『まっ、これも経験だと思え。まったく……最近のアカデミー生はキャンプの仕方も教わっていないとはな……』

今まで当たり前のように居た環境から抜け出すことで、自分が今までどれだけ満たされた環境に居たかが分かる。

帝都に居て、誰も自分を見てくれない環境に嘆いて飛び出しはした。

しかし、仮に評価されなくても帝都に留まってさえいれば、少なくとも飢えたりして死ぬことは絶対に無かった。

だが、それを放棄した以上、本当の意味でこれから先、何から何まで自分でやらなければならない。

旅を始めて早々に俺はそのことを実感させられた。

『とにかく、これも貴様を磨く機会だと思って、漫然と森を進むのではなく、色々と経験できると思って森を歩け。ここに居る以上、自給自足、そして弱肉強食のルールが付きまとう』

「え……それって……」

『つまり、食料や寝床も自分で確保するということだ』

「げっ!?」

寝床を確保。まぁ、野宿は何となくだが覚悟していた。

ふかふかのベッドで寝られないことは。

しかし、食料を自分で確保ってことは……

「えっと、つまり……たとえば……」

『そう、生えてるキノコや食べられる植物を見つけたり、獣を狩ったり……魚を捕まえたり、蛙や蛇を見つけたり……』

「ま、マジか!? す、ステーキ屋とかないんか!?」

『そんなもの、あるくわあああああ!!』

「つか、ハンターでもないのに獣とか、漁師でもないのに魚とか……しかも、ゲロゲーロ!? ちょ、つか、蛙とか蛇って食えるのか!? いや、待ってくれ、俺、それは無理! 蛙とか蛇はマジで無理!!」

『……これだから、甘やかされた親の脛齧りボンボンは……』

まさかのサバイバル過ぎるトレイナの言葉に俺は思わずゾッとした。

だが、トレイナは「この程度で……」と呆れ顔。

そして、俺は俺で「親の脛齧り」ということを言われると、どうしても心に突き刺さった。

『その程度で音を上げると、先が思いやられるぞ？　ましてや、先ほども言ったように、森の中は……いや、外の世界は弱肉強食。貴様自身が獰猛な獣などに狩られる可能性がある事も忘れるな？』

「うっ……」

『だからこそ、貴様はこれから先に進むためには心も逞しくしなければならん。目標云々の前に、まずは一人で放り出されても生きていける逞しさや知識を得なければならない』

そう。旅立ちの時……まあ、三時間前に誓った「親父を越える」という大偉業。

それを果たす云々の前に、まずは俺がその何かになれるぐらいの男にならなくちゃならねえ。

だからこそ、この程度で音を上げたら先が思いやられるというトレイナの言葉は、その通りだった。

「わ……分かったよ……だから……おっ、あったあった……」

そう言って、俺は下をチラッと見ると、木の根元に生えている大きめのキノコに気づき、その前に屈み……

「こういうのを探しては、食らえってことか……」

『まあ、そういう逞しさは、精神面も鍛えられるしな。ちなみに、それは『バクショウタケ』という毒キノコだがな……』

「…………」

『口にすれば、めまい、悪寒や神経症状、場合によっては幻覚や幻聴などの精神異常を……』

「ちょ、危なすぎるだろうが⁉　そんなの俺、分からねえぞ？」

ヤバい。もし、空腹の限界に達してたら、普通にこのキノコを口にしていたかもしれない。

毒が普通に落ちてるなんて、森での食料調達って大変なんだな……

『うむ。まぁ、安心しろ。森でのサバイバルは余が教えてやる。こう見えて余も生前は、政務の合間に息抜きを兼ねて、たまにソロキャンプをしていたのでな』

サラリと語られる新たなトレイナの一面。

こいつ、本当に何でもアリだな。

しかし、何でソロキャンプ？

ひょっとして、友達居なかっ……

『とにかく、食べられるものとそうでないものは余が見極めてやる。そして、色々と学べ』

「ああ……でも……」

『なんだ？』

「できれば……肉が食いたい……」

うわ、トレイナがまた「あ～あ、このボンボンは」みたいな顔をしている。

でも、許して。そう思っちゃうんだから。

『まぁ、どちらにせよ森に居る以上……場所によっては獣やモンスターも居る……交戦し、勝てばその肉を喰らうこともな……それも学べばいい』

「面目ねぇ……」

『構わん。それに、以前も言ったが、貴様は成長期。むしろ、タンパク質は必要な栄養素だ。だから、貴様には……とっておきを教えてやろう』

とっておき!?　トレイナのとっておき!?

「ま、マジか!?　トレイナのとっておき？　何それ？　そんなのがあるのか？」

『余が考案したわけではないがな。とある部族でやる……獣をおびき寄せる魔力の要らぬ呪文だ』

「ッ!?」

獣をおびき寄せる呪文？　魔力の要らない？　そんなものが……って、獣？

「おい、獣って、ヤバい獣が来たりしたら……」

『安心しろ。この森にそのような気配はない。少なくとも、貴様より強い獣はな』

そう言って、トレイナはその場で両足を少し開くように立ち……

『ダソソッ！　さあ、貴様もやるのだ！』

「え……な、何それ？」

『これはな、有名な狩猟民族であるバンビノ族に伝わる、獣をおびき寄せる歌と踊りだ』

ダソ？　急に意味不明な言葉を叫んで目の前で踊りだしたトレイナ。……え？

「えっ!?　な、何それ？　……いや……つか……」

『これを馬鹿にするな？　この呪文と踊りに誘われてフラフラと現れる獣を捕まえるのだ！』

すまん……ラダーとか速読で耐性はできてるし、トレイナが言うんだから本当なんだろう。

でもさ、笑うなってほうが、こんなの……

『生きるか死ぬかの問題だ！　真面目にやれ！　さあ、貴様もラダーで鍛えたステップでリズミカルに、そして声を張り上げろ！』

「お、おお……こ、こうか？」

『そう、両足でリズミカルに跳ね、腰を少し曲げ、両手で手招きするように叫ぶ！』

でも、何も来なかった。

「はあはあはあ……余計な体力を使った……」

『やれやれ。ボンボンにはまだ難しい技だったな……』

「ボンボン言うな、ちくしょうめが！」

何十分かずっと同じ言葉を叫んで踊っていたが、獣なんて全く出てこなかった。

トレイナは俺に技術がねえと言い張ってるが、……いや……トレイナが言うんだから……でも……傍から見ると、俺は森で一人何をやって……

「あ～あ……いっそのこと、動物にも伝わる言葉で『こっちおいで～』とかって出来たら楽なんだが……」

俺は疲れてその場に座り込み、愚痴を零した。

だが、俺の何気ない愚痴に……

『ないことも……ないぞ？』

「えっ!?」

トレイナはそう答えた。

『古代禁呪には……動物や魔獣などとも会話をすることができるものがあるからな。《翻訳魔法・ムッツァーゴウロ》というものがな』

「マジか!?　じゃあ、それを覚えちまえば……」

『ただし！』

「……ん？」

『それは貴様にはまだ早い。今はまだ覚えぬ方がいい』

「えっ？　何でだよ？」

俺が覚えるにはまだ早い。できるできないではなく、「覚えない方がいい」という表現。

それが一体どういうことなのか分からない。

ただ、そう告げるトレイナは真剣そのものの、難しい顔をして……

『全ての言葉が分かってしまう……それはある意味、これまでの世界観全てが変わることに繋がる』

「??」

『まぁ、これを覚えた者のほとんどが精神を病んだり……よくても、菜食主義者になってしまう』

「え……ま、マジで？　そんな副作用が？」

『副作用というより……』

そう言って、トレイナは少し考えながら……

『まぁ、色々と学んでいけ。そのうえで、その魔法は習得すべきものなのか、もう少し世界を回ってから決めろ』
俺を諭すように、そう告げた。

◆◆◆

『こういった森の中でこそ、逃げる獣を追い詰めるには策を弄する。罠を張る。弓矢や槍で追い立てる。しかし、その他には……自力で追いかけて捕まえる……という手がある』

獣の速さ、そして体が小さかったりする獣に関しては木々を機敏な動きで回避しながら、足元の障害などを苦にせずにスルスルと森の奥へと消える。

森の中で獣に追いつくなんて不可能じゃねえか？

『そう。足場も安定せずに障害物がある。ならば、どうする？　光の道を探すのだ』

光の道？

『目的地、目標までの最短ルート。これまでスパーリングや速読でしか活躍していなかった、動体視力や周辺視野を応用したもの。経験や予測、そして周囲の観察力や状況把握能力から、障害を回避しながら目標までの最短ルートを、『自分の身体能力、受け身、足場の状況や危険度』を測りながら、見抜く能力。熟練者は、走りながら一瞬で状況を見抜き、目標まで進むべき道の最短ルートが光の道となって現れる……シャイニングロード……という現象がある』

最短ルート。俺の今の身体能力を考慮したうえで？

どうだろうか？

街中で人込みをすり抜けるように歩くとか、そういうのは自然にやったことがある。

だが、この深い森の中でそれをやるには……

『そう、最短ルートを見つけたとしても、自身の身体能力を考慮してとなると、そう簡単ではない。よってこの森で学ぶのはサバイバル知識の他に、走る・登る・飛ぶ、更には木々や身の回りの地形などを逆に利用して飛び移る、飛び回る、狭い道をすり抜ける、そういった走りの技術……『マジカル・パルクール』を身に付けるのだ』

マジカル・パルクール。名前は相変わらずだが、その技術は確かに便利というか……カッコいい！

障害を苦にせず、木々から木々へと軽々移ったり、現れた岩壁を蹴って、むしろその反動を利用して更に加速する。

『そう。これをマスターすれば、森の移動は楽。更には都市内でも建物の屋根を利用しての移動なども可能とする。かつて世界最高の隠密集団と呼ばれた、『忍者戦士』が扱っていた技術だ』

忍者戦士。その名前は知っていたが、その詳細までは俺も知らない。

戦時中にはあらゆる面で陰から戦争に貢献したと言われる謎の戦士たち。

誰が何をどのように活躍したのかは分からないが、それでも噂が噂を呼び、忍者戦士たちは『陰の英雄たち』なんて呼ばれていた。

ガキの頃はそういうのを素直に『カッケェ』と思ってたが、結局その正体は誰も分からないままだったので、段々と記憶から忘れられていった。

だからこそ、まさかこんなことで忍者戦士の使う技術を知ることになるとは思わなかった。

忍者戦士の使うマジカル・パルクール。

是非とも習得してやろうと、俺は森の中を駆けていた。

「ウサギいいいいいいいいい!!」

追いつめるのは、素早く小さな体で逃げ回るウサギを捕まえるため。

「蛇や蛙は嫌だが、ウサギの肉は食ったことある！　ウサギなら食える！　待てええええ！」

『おい、熱くなりすぎるな。パルクールは、冷静さが必要だ。熱くなり、自分の能力以上のことをしようとすると、下手を打つぞ？』

茂みの中を突っ切って俺を撒こうとするが、逃がさねえ。

ぶっちゃけ、キノコより肉が食いたい！

ウサギ肉はレストランで食ったことがある。

牛豚とは違うような、少し野生の風味があり、十分うまいと思った。


「逃がさないぜ、ウサギちゃーん！」

そして、ここだ！　そう思って俺が枝から枝へ飛んで、そこか……ッ!?

「はぶっ!?」

……木の枝に……両足の向う脛を打っ……距離感見誤っ……ッ!?

「いどぅえええええええええええええ！！！！」

し、死ぬ!?　向う脛両方強打!?　し、死ぬうう！　って、おおおい！

「へぶ、ごほっ、がはっ!?」

そのまま落ちて、後頭部！　背中、尻！

「は、がはっ、お、おご……」

『……だから図に乗るなと……』

多少、木の枝と枝の距離は長かったけど、俺ならば届くと思ったら……ギリギリ届かなかった。

太い木の枝に両足の向う脛を強打して、そのまま枝から落ちて地面に落下。

後頭部を打ち付けて、背中と尻を激しく打ち、茂みで体中を擦り剝いた。

『おい……死ぬでないぞ？　これで死んだらマヌケだぞ？』

「わ、わーってるよ……くそ……」

ダメだ。全身が痺れてすぐに起き上がれねえ。

ウサギは……あ……

「あのウサギ……立ち止まって俺を振り返って……なんだ？　鼻で笑ってんのか!?」

立ち上がらず、追いかけて来ない俺に対して、ウサギは振り返ってジッと俺を見ている。

もう、ウサギも逃げる様子が無い。

別に笑っているわけではないのに、なぜか馬鹿にされているような気がした。

「にゃ、ろう……」

小ばかにされたような気がして、俺は意地でも立ち上がってやった。

その瞬間、またウサギはビクッと体を震わせて、いつでも動き出せるように全身に力を入れ始めているのが分かる。

そして、そのウサギの姿を見て同時に俺も理解する。

「ちっ……ダメだな……この距離……俺が飛び出しても、そのまま逃げられる……」

これまで追いかけっこをしていたからこそ分かる。

あいつの機動力。俊敏性。そして小回り。

魔力温存でブレイクスルーを使わなかったのもまずかったな。

痛みで魔力がうまく練れねえ。

ったく、ダメだな、俺は。

リヴァルはドラゴン倒したってのに、俺はウサギすら捕まえられねえ。

だが……

「舐めんなよ……この戦いは……捕まえれば勝ち……ならば！」

少しずつ痺れが取れて、何とか動ける。

とはいえ、動けはするも、あいつは捕まえられない。

なら……

「ダソソ！」

「ッ!?」

ウサギが反応した。よし、もう一回！

「ダソソ！」

「…………ッ……」

トレイナに教わった技。獣をおびき寄せる踊り。

最初は恥ずかしかったが、ここまで追いつめられ、更に腹も減り、このまま何も食わなければ俺も生きていけない。

　ならば、羞恥心なんて関係ない。

「ダソソ！」

　俺は心を開放して、力強いステップをしながらウサギを誘った。

　すると、どうしたのだろうか。

　ウサギが耳をピコピコ動かしながら、まるで酔っ払いのようにフラフラと俺に近づいて来る。

「き、利いた!?　マジか!?」

『ほう。心を開放したことにより、ようやくできたか』

　そう、これを恥ずかしいと思わず、ウサギに対して真剣に向き合って誘った。

　その俺の思いが獣を引き寄せた。

　これが……生きるための術……

「つ、かまえたあああ！」

　足元まで来たウサギの首根っこを、俺は素早く捕まえた。

　少し毛深く、そして重く、熱く、心臓の音すらも感じる。

　これが……命……

『ふん、ようやく一羽か。ずいぶん時間がかかったな』

「ああ……ようやく……」

　これを喰らって俺は生きる。何だか少し感慨深く……

『では、それをさっさと始末し、血抜きし、皮を剝いで内臓を……』

「え……？」

『なんだ？』

……えっと……ソレ……俺がするのか？

『おい』

「ッ、い、いや……えっと……その……」

『まさか、気持ち悪いから嫌だと言うのではないだろうな？』

いや、だって、え？　これをこのまま焼くんじゃないの？

解体すんの？　え？　何で内臓とか取り出すの？　内臓……おえ……

『まったく……よいか？　ウサギを捕まえてもウサギのままだ。これから貴様は、それを喰らうために、ウサギを肉にしなければならない……それを貴様がやるんだ』

「つっ……マジか……」

『これだから、既に下処理されている肉屋の肉しか食ったことのないやつは……』

あっ、また「ボンボン」ってバカにしてる顔してやがる。

仕方ねえだろうが、そもそも俺は肉になったものしか食ったことねーんだ。

なんだったら、肉屋の肉どころか、レストランで料理された肉しか食ったことねえ。

自分でコレにトドメを刺して、解体なんて……

「ん？」

その時だった。

茂みの奥からさらに二羽のウサギが顔を出した。

どういうわけか、こっちをジッと見てくる。

「……おお、また……つか、何だよ？」

俺が睨んでも二羽は逃げない。

俺を……いや……俺が首根っこ捕まえているウサギをジッと見ているような……

「……まさか……親子じゃねーだろうな？」

『おい。くだらぬことを考えるな』

「わ、わーってるよ」

いや、なんか、もうそうとしか思えないというか……やめろやめろ、そんな目で見るんじゃねえ。

「ワリーが、お前らの家族は俺が食わせてもらう。俺だって生きなきゃいけねーからな……だから……」

だから、お前らがどんなに仲の良い家族だったとしても、俺はこいつを食う。

そこに同情なんて必要ない。

生きるか死ぬか、それが問題だ。

これまで生まれてから何年間も動物の肉を食って生きて来たんだ。

今さら、半端な同情でせっかく捕まえたウサギを……

「くぅ……」

「はうっ!?」

そんなつぶらな目で見てもダメだ。お前たち家族は今日で終わりだ。

さあ、今すぐ解体……

「ぐすっ……い、いけ……お前も行け！　星のキレイな夜に出会ったウサギ……お前をシューティングスターと名付けよう」

『おい、童！』

気付いたら俺は何かがこみ上げてきて、捕まえたウサギを逃がしていた。

ウサギは俺が地面に下ろした瞬間、ダッシュで二羽の下へと駆け寄り、そのまま俺に振り返らずに三羽は森の奥へ……

「強く……そして、家族仲良くな……シューティングスター一家……」

『逃がしてどうするうううう!!』

その瞬間、俺に触れられないのに、トレイナが貫通する腕で俺の頭を殴る動作をした。

「だ、だって……」

『だってじゃない！　なんだ、アレは！　優しさのつもりか!?　菜食主義者でもないくせに、中途半端な動物愛護を見せるやつほど究極の偽善だと分からぬのか？』

「……わ、分かってるよ……」

『分かっていない！　よいか？　強き者に捕らえられて糧とされるのは、動物界では当たり前のこと。弱肉強食とはそういうものだろう？』

「…………」

『戦争も同じだろう？　そうやって、人類は生存権を勝ち取ったのだ』

いや、うん。分かってるんだ。

だけど、どうしても……家族……それが引っかかって気付いたら……

『やれやれ……これでは先が思いやられる……結局獲れたのはキノコだけ……ん？』

すると、その時だった。

「トレイナ？」

俺に説教をしていたトレイナが、急に怖い顔をして森の奥をジッと見た。

何事かと思い目を凝らすが、俺はまだ分からない。


『……おい……童』

「？」

『……少々予想外の……喰えそうもない危険なモノが……この森には居たようだ』

「ッ!?」

そして次の瞬間、森の木々が揺れ、音を立てながら少しずつ近づいて来る『何か』の気配を感じた。

同時に……何かを『三回』潰す音が聞こえた。

森の奥を目を凝らして見る。

夜の薄暗さで最初はよく分からなかったが、黒い大きな塊がゆっくりとこっちへ近づいてくるのが分かった。

まだ何かは分からない。

ただ、一つ分かっているのは……デカイ！

その影が、森の大岩のような質量で、それでいて……二足歩行!?

「……な、なに？」

『おい、童……体の痺れが取れたなら……いつでも動けるように身構えろ』

「お、押忍……」

『油断もするな。いつでもブレイクスルーを発動できるようにしていろ』

トレイナすらも警戒しろと俺に注意する。

分かっている。

獣がいる森に入った以上は、危険な「何か」と隣り合わせだということは。

あの大きさで考えられる獣……熊とかか？

いや……なんだ？　影の形がようやく分かってきた……なんだ？　あの、頭部から伸びている二本の鋭い角は？

「おめさ……人間だか？」

言葉を喋った!?

「ごーんな遅くに、なーにやってるだが？」

まさか、人間？　いや、違う。だが、人の言葉を喋って……

「な、なにいっ!?」

そして、ようやく俺はその近づいてきた巨大な何かの正体を見た。

全身赤黒い肌。

毛皮のような腰巻を巻いているが、それ以外は全部肌を露出している。

デカい質量は肥満ではなく、全てが隆々とした巨大な鋼の筋肉。

頭部から伸びる二本の角は異形の証し。

そして、肩には『何か』が入っている袋を背負っている。

『こやつ……オーガ族だな』

「ッ!?」

トレイナの言葉で、俺の全身に一気に緊張が走った。

魔族の中でも戦闘能力が高く、そして獰猛な種族と『言われている』オーガ。

知能はそれほど高くないが、それを補うには余りあるほどの怪力の持ち主であり、数十年前の戦争では常に最前線に立って連合軍を苦しめ、そして多くの街や国を襲ったと『言われている』。

人類にとってはある意味で、ポピュラーな恐怖すべき魔族。

「おめ、わげーな……子供が?」

そして、最も恐れられ、嫌悪されている理由は他にもある。

その容赦ない残虐性だ。

制圧した街で女子供老人などの非戦闘員も容赦なく虐殺や凌辱を行う鬼畜だと『聞いたことがある』。

「ひょっとして、迷子が?」

俺の姿を見て、少し驚いた様子を見せたがそのまま近づいてくる。

って、何やってんだ、俺！　ビビッてる場合か！

「そ、それ以上近づくんじゃねえ！」

「あで？」

「ガキだからって……俺を舐めるんじゃねーぞ？」

トレイナに「すぐに動けるようにしろ」と言われながら、しばらく呆然としてしまったことにハッとなった俺は、急いで身構える。

ステップを踏みながら、大魔フリッカーの構え。

つっても、こんな筋肉ムキムキの体の硬そうな奴にフリッカーが通用するか？

いや、それならスピードで翻弄してやる。

こんな無駄にデカイ図体の持ち主なら、スピードが伴うはずが……

「お、おおい、お、おちついでげろ！　おで、なにもしないだで！」

「ああ？」

「ほんどだって！　たのむがら、そんな怖い顔をしないでげろ！」

何だ？　急にオーガが焦ったような顔をして俺を落ち着かせようとしてくる？

冗談じゃねえ！　俺を油断させてどうする気だ？　まさか食う気か？

どっちにしろ、薄汚ねえオーガなんか……俺のブレイクスルーで……

『待て……童……少し様子が変だ』

『あ？　何言ってんだよ！』

『このオーガ……本当に戦意がないぞ？　邪心もない……』

『はぁ？　おいおい、相手はオーガだぞ？　信じられるか！』

『いや……だが、これは……』

焦る俺に対してトレイナが横から口を挟んでくるが、このときばかりは、俺はそれをすぐに信用できなかった。

初めて出会った、トレイナ以外の「魔族」という存在。

それは、悪名高いオーガ族。

なんでこんなところに居るのか知らないが、落ち着いてなんかいられるか。

「あっ、そだ。おめー、腹がへって、イライラしてるでねーだか？　だったら、おでの家さくるだ。うんめーもん、食わせてやるでよ！」

「ああん？　てめ、舐めてんのか？　そんな言葉に引っかかるか！　なんだ？　俺を太らせて食う気か？」

「食う？　そ、それ違うでよ！　おで、人間、食わねーだよ！　ほんどだ！　おで、人間に悪いごとさしねえ！」

どうする？　先手必勝で仕掛けるか？　あんなのに捕まったら終わりだ。

それともブレイクスルーで逃げて……

『オイ、童……話ヲ聞ケ』

「ッ!?」

その時だった。

俺の傍らに居たトレイナが見せる、強烈な怒気の籠もった言葉に、俺は目の前のオーガよりも怖いと思っちまった。

「えっ……あ……？」

　どうして、トレイナがここまで怒る？　俺は何が何だか分からなかった。

「ど、どうして……」

『言ったはずだ。このオーガには……本当に戦意がない。邪な気持ちもない。童、純粋に迷子の子供である貴様を心配している』

「でも！」

『それとも貴様は……自分の目でこれまで見たわけではない……『人づて』でしか知らないオーガの存在も、先入観のみで判断するのか？』

　先入観のみで判断するな。

　確かに、俺はオーガと初めて出会ったし、その危険さは噂でしか聞いたことがない。

　そして、そんな俺に対して、トレイナは……

『なぁ、童よ。貴様は知らないのか？』

「……えっ？」

『つい数時間ほど前……勇者の息子という肩書きでしか自分を見てもらえない男……大魔王の技を使っただけで何も事情を聞かずに戦士失格などと罵倒された……そんな悲しい男が居たことを、貴様は知らないか？』

「ッ！！？？」

『そして、ここに……貴様を心配して親切にしてやろうというのに、『オーガ』という種族でしか見てもらえない者が居る……さて……貴様はどう思う？』

その言葉を聞いた瞬間、俺は顔が熱くなり、自分自身が恥ずかしくて仕方なくなった。

そうだった。

誰もが「勇者の息子」という肩書きでしか俺を見ないことに嫌気が差した俺は今、「オーガ」という種族だけで目の前に現れた戦意も邪心もないという奴を相手に……

親父や母さんや、帝都の連中だけじゃねえ。

恥知らずで、大衆と同じ狭い心を持っていたのは、俺も同じ……

「うおおおおおおっ、でいっ！！！」

「うお、ど、どうじだ!?」

あまりにも恥ずかしくて、俺は自分の頭をすぐ傍にあった木に打ち付けていた。

「ダセエ……ダサすぎるぞ俺……ハンパなくダセエ……」

トレイナに言われなければ気づかなかった。自分自身がムカついてしょうがなかった。

『ゴメン……確かに……俺が間違ってたよ……トレイナ……』

『ふっ、謝るのなら余ではないと思うがな……』

そう言って、俺の謝罪に対してトレイナは優しく微笑んで、顎を目の前に居るオーガへ振った。

そうだ。

正直、こいつが何なのか、何でここにいるのか、つか、本当に俺を心配してくれているのかどうかは分からない。

だが、それでもまずは妙な先入観を持たずに……いや、流石に初めて出会った魔族であり、オーガ相手にいきなりフレンドリーに接するのは無理かもしれねーし、正直怖い。

多分、俺が油断していたら、こいつが軽く俺の頭を掴んだだけで一瞬で潰せる。首の骨をへし折れる。それぐらい強そうな奴だ。

でも、まずは俺を一応は心配してくれたオーガに向かって……

「ご、ゴメン……急に怒鳴っちまって……あんたの言うとおり、道に迷って、腹も減ったし、色々あったから……いや……単純に俺が心の狭いバカだったからあんなこと言っちまった……悪かった……許してくれ」

血が少し滲み出ている頭で、俺は目の前のオーガに向かって頭を下げた。

普段はあまり人に頭を下げない俺だったが、このときばかりは「誰がどう見ても俺のほうが悪い」と自分でも分かっていたからだ。

すると、目の前のオーガは……

「そがそが、そではしょーがねえ。おで、オーガだから、人間、恐がるの無理ねーだ。よくあることだでよ」

最初は恐怖を覚えたオーガの形相が、まるで近所の豪快なおっさんのように満面の笑みを俺に見せた。

そのデッカイ何かを感じさせる笑顔に、俺は心が揺らぎ、そして同時にさっきまでの自分がもっと恥ずかしいと思った。

「今日はもう遅いだ。おでの家さぐるだ。朝になっだら、街へのいぎかださ、教えてやる！」

「あ……ああ」

「でれへへへ。人間、おでの家に招待するの初めでだ。おで、さっき、『ニク』手にいれだから、うんめーもん食わせてやる」

そう言って、オーガは俺を許すどころか、助けようとまでしてくれる。

隣に居るトレイナの顔を一応確認してみると、トレイナも何も言わずに俺に頷いた。

「そだ、おめーさ、名前は？」

「名前？　俺……アースってんだ」

「アースぐんか。アースぐんは……良い奴だな」

「……は？　なんで？」

「おで、今まで会っだ人間、皆おでを怖がっだ。でも、アースぐん、おでを信じた。おで、人間ど仲良ぐなりだかっだがら、うれしーんだ！」

いやいやいやいやいやいやいやいや……物凄い敵意剝きだしただろうが、俺。

このオーガ……とんでもないお人よしなんじゃ……え？　これ、ほんとにオーガか？

「おでは、アカ。『アカ・ナイター』っていうだ。よろしぐな、アースぐん」

まるで異種族と接しているとは感じさせない。

いや、俺が勇者の息子だって分かって下手なおべんちゃら言ったりしてくる大人や、ハズレの勇者の息子だなんて言って来る連中よりもよっぽど……人間味溢れていた。

それが、俺と奇妙なオーガ、アカさんとの出会いだった。

人里離れた……というよりは、まるで隠れ家のような所だった。

密林の更に奥に少し空間の開けた場所があった。

そこに、木で出来た家があった。

「ここがおでの家だ。アースぐん、ちっこいから、たぶんせまぐねえ」

「そ、そうか。でも、ちっこいは余計だ」

巨大なオーガの家なだけあって、確かに扉も建物の高さも大きい。

そして、家の周りにはいくつか畑があり、俺の体よりもデカい農作業用の鍬などが置いてあった。

「……アカさん、一人で住んでんのか？」

「ああ、おで一人で住んでる」

一人で。どうやら、完全に自給自足みたいだな。

まぁ、森には獣も居るし、こうやって野菜も作って、一人だけで暮らすなら何とかなるのかな？

「ところで、アースぐん……アカ『さん』って何だ？」

「えっ？　いや……何でって……」

なんだ？　「さん」付けがおかしいのか？

「だって、どう見ても年上にしか見えないし、呼び捨ては流石にちょっと気が引けたというか……あっ、ならタメ口よりも敬語の方が……」

優しいのだろうけど、この強面のオーガを相手に呼び捨てで呼ぶ勇気が無い……とは言わないでおこう。

『目上に「さん」付けの理論でいくなら、何故に余は呼び捨てだ？』

『……あ……いや……じゃあ、トレイナさんの方がいいのか？』

『………いや、もう今さらいい。他人行儀過ぎて寂ｓ……ムズ痒い！　今さら貴様に他人行儀にされてもムズ痒い！』

じゃあ、言うなよ。まあ、俺も今さらトレイナに「さん」付けはムズ痒いから助かるけどな。

「アカさんが……いいな、ぞれ……アカさんが……うん、いいな」

とりあえず、アカさんは呼ばれ方に満足したのか、というか何だか嬉しそうに笑っていた。

「敬語なんていらね。さ、テキトーに座っててぐれ。今、おで、メシ作る！」

そう言って、アカさんは俺を部屋に入れてくれた。

あまり家具なんかもない。

だが、オープンな台所と、部屋の真ん中にデッケー机と椅子があり、その上には木で彫られた彫像や、石などを削ってできた飾りなんかがある。

「こ……これ……」

「あ、汚くでワリな」

「いや……いいけど……これ、アカさんの手作りか？」

「んだ。暇などき、遊んでたら色んなもんいっぺー作れるようになったでよ」

ちょっと恥ずかしそうにしながらハニかむアカさん。

し、しかし、この女神像とか……なんちゅう精巧というか……クオリティが……すげえ。

美しい女神の母性を感じさせる優しい表情に、背中の天使の翼は一本一本細かく……服の皺とかまで再現して……どうやったら、あんなぶっとい指でこんなもん彫れるんだ？　つか、魔族が女神を？　いや、それも偏見なのかもしれねえが……

「欲しければ好きなのあげるど？」

「い、いやいやいや、別にそんなつもりじゃ……」

ひょっとして物欲しそうにしていると思われたか？

だが、俺が慌てて否定すると、台所に立ったアカさんはちょっとシュンとなって……

「おでの……下手だたか？」

「はっ？」

「もらっでも……しょがねか？」

いや、えっ？　なに？　貰われないことがショックなのか？

でも、こういうのは普通社交辞令で「あげる」とか言ってるんじゃ……

『遠慮せず、もらってやれ、童』

『トレイナッ!?』

と、戸惑う俺にトレイナが耳元で呟いた。

『このアカというオーガは、あまり人との関わりもなく暮らしていたのだろう。だからこそ、誰かに何かを貰ってもらうのが、嬉しいのだろう』

『は？　人に親切にしたり、物をあげたりするのが嬉しいって……そんな奴がいるのか？』

『というよりは……人に感謝されると嬉しいと思うのだろう。人から感謝される……それは、自分の存在を認めてもらうようなものだからな』

そういうものなんだろうか？　人に感謝されると嬉しい？

どうだろうな。俺は今まで……俺の存在を感謝されたことなんてなかったからな……でも、そうやって認めてもらうってのもあるのかもな。

『でも、いいのか～？　ガメつい奴って思われねーか？』

『ま、人によるかもしれんが、このアカという奴に限って言えば……』

正直、初対面の相手だ。そんな相手から一宿一食まで世話になるってのに、その上で何かを貰うってどうなんだ？

いや、しかし、トレイナもそう言ってることだし、何だかアカさんもちょっとシュンとしてるし……

「じゃ、じゃあ……この石の首飾りをもらっちゃおーかな～、なんて……」

「ッ!?」

確かに女神像は精巧だ。しかし、こんなもん貰っても嵩張る。

その点、この石を彫って作られた首飾りならば、持ち運びも簡単だし、小さいから欲張りだとは思われないだろうし……

「そかそか！　もらってぐれるか！　そこの棚あるだろ？　そこに、いっぺー、首飾りあるだ！

何個でももらってけろ！」

「い、いや、一個で……あ～、いや……何個か見せてもらおっかなー」

「んだんだ！」

本当だった。俺が貰うと言った瞬間、アカさんは凄く嬉しそうに笑った。

今では鼻歌交じりで台所で作業を始めている。

「じゃ、おではその間にちゃっちゃとメシ作るど」

そう言って、アカさんは台所に置いてあった……包丁？　大刀じゃねーよな？　いや……リヴァルが持ってるバスタードソード並みにデカいんだが？

と、俺が驚いていると……

「ふん、ふんふんふん!!」

速いッ！　そして、豪快！　さっきまで持ってた袋から『何か』を取り出して『それ』を高速で捌いていく。

一瞬で毛も毟(むし)って……何かの肉？

『ん？　アレは……』

『トレイナ？』

『……ふっ……正に……皮肉……というものだな……』

『は？』

そのとき、トレイナが何かアカさんに思うところがあったようだが、それが何かは分からない。そして、そうこうしている内にアカさんは捌いていたモノを巨大なフライパンにすぐにぶち込んで火を点けた。

肉だな。

やべえ……スゲエうまそうな匂い……

「おぉ……ゴクリ……」

思わず喉が鳴っちまった。

更に、アカさんは台所の床の籠に入れていた野菜をいくつか取り出してそれも切り分けていく。

なんだろう……豪快なのに……しかし、雑ではない。むしろ、丁寧さも垣間見られる。

何回かサディスの料理をしているところを見たことがある。一切の無駄なく正確な調理をしていたあいつとは違う印象を受けるが、これはこれで……

「ふんふんふ～ん♪」

うおおお、ジュウジュウ言ってるぞ？　これはアレか？

オモテナシで、いきなりステーキを出してくれるのか？

「そだ、アースぐん、米も食うだか？」

「え、こ、米？」

こ、こんな殺人的な食をそそる超香ばしいものを嗅がせて、更に米だと？

「う、うん。た、食べていいなら……」

「そだか！　なら、肉焼いて出た肉汁で米を炒めて……」

ぎゃあああああああああああ、やめろおおおおお、どこのジャスティスだアアアアアアアアア！！？？

「ほい、ほい、ほい、ほれ、どんどん食ってけろ」

「ッ!?」

う、お、おお、す、ステーキに、骨付きの肉に、焼いたメシ、野菜の盛り合わせに……うお、……おおおお……ッ!!

だ、ダメだ、がっつくな。ぎょ、行儀が悪いのはダメって言われて……ちゃ、ちゃんと、手を合

わせていただきますするんだけど、あ、湯気が俺の鼻に……ッ！

「じゃ、じゃあ、いただきます……ガブ……」

俺はカラッと揚げられた肉にかぶりついて……ッ!!

「な、なんだこりゃあああ！」

カリッとした歯ごたえと同時に出てきた汁が口の中で爆発したような感覚。

だ、だめだ、味わって、あれ？　あれ？　もう骨しかなくなってる！

「し、信じられねえ、な、なんだこりゃ!?」

なに？　これ？　牛？　鳥？　豚？　どれとも違うし、少しクセが、いや、でも何だこの反則的なうまさは！

「え……あの、アースぐん？　驚いてるのって……おでの料理がまずすぎて……？」

は？　こら、何その不安そうな顔？

なに？　無自覚系野郎のつもりか？

その不安そうな顔は何？

童顔で強烈な魔法を披露して、「僕の魔法の威力が弱すぎて驚いちゃったの？」とか言ってたフーと同じで、もうなんだこのやろう！

「う……うおおおおお！」

このステーキ、うわ、メシ！　米、米、米ええええええ!!

「は、反則だ、こんな、う、うますぎる！」

「……え？」

「やべえ、もう、な、涙が出る！」

今まで、家に帰ったら何も頼まなくてもメシが出てきた。

事前にサディスに言えば、要望のものを何でも作ってくれた。

だが、今日からそれは出来ない。

家を飛び出し、自給自足を余儀なくされ、キノコを採って、そして走り回って捕まえようとしたシューティングスターは同情で逃がして、そんな中で今日はもう満足にモノを食えないんじゃないかと、空腹とイライラの中に居た俺に、このご馳走はズルイ。

もう、涙が止まらねえ。

「うめえ、おいしいよ、おいしいよ、アカさん……」

「そが！　おで、まだまだいっぺー作る！　人に美味しいって言われだの初めてだ！　ありがとな、アースぐん！」

だから、何であんたが礼を言うんだよ、この野郎！

出かかった言葉が涙で出てこず、俺は何度も頷きながら食らった。

『……行儀よく……そして、糧となる命に感謝をしろ、童。どんな形にせよ……その肉は、その生命は……貴様の一部となったのだからな』

なんか、小難しいことをトレイナが言っていたが、俺はただ夢中になってその肉を食らった。

「アースぐん、スープも飲むが？」

もう、食う以外で口を動かすのも勿体無い。

俺は口で答える代わりに、アカさんに向かって、万感の想いを込めてピースサインを送った。

そしたら、アカさんもソレが嬉しかったのか、少し照れながら俺にピースしてきた。

オーガのピースサインってかなりシュールだったけどな。

「げっぷ……ごちそーさまでした!!」

やっべ、次から次へと出てきた料理を全部食っちまった。

遠慮の欠片もなく、俺は夢中でガッついた。

もう、皿に残ってた汁すら舐めちまった。

「んだんだ。アースぐん、いっぺーうまそうに食ってぐれて、おで嬉しかっただよ。ほい、お茶飲んでくつろぐでよ」

そう言って、アカさんは満腹で落ち着く俺に温かいお茶まで……もう、俺、オーガを怖がるのやめよ。

いーじゃん、角が生えてたって。

いーじゃん、顔は怖いけどこんなに優しいんだから。

いーじゃん、もう戦争も終わってるんだし。

「ありがと……ほんとに……助かったよ、アカさん」

「んだ。おでの方こそ、ありがとだべ」

いや、その理屈はおかしい！　とツッコミを百回ぐらい入れてやりたいが、アカさんがほんとに嬉しそうだから、俺ももうツッコミの代わりに笑って頷いた。

「しっかし、アカさん、料理メチャクチャウメーな」

「そだか？　おで、十年以上も料理してっから、自信あるでよ。でも、人に食わせたの初めてだから、ちょっぴし不安だった」

茶を飲んで一息つきながら、アカさんの言葉に俺はちょっと聞いてみた。

「十年以上？　アカさん……ずっとここに住んでるのか？」

「ああ」

「なんで？」

話の流れと単純な興味だった。

「……それは……」

あっ、でもこれは「相手の答えたくない領域」なのかもしれない。

俺の問いに少し悲しそうに、そしてどこか狼狽したようなアカさんを見て、俺は何となくだがそう思った。

『……恐らく元軍人……ひょっとしたら、どこかの部隊に所属していたかもしれんな。余は知らぬが』

『ッ、トレイナ!?』

『オーガは基本的に強靱だが……身に纏う雰囲気などが、常人のオーガよりは上だ』

いや、トレイナ……あんた、そういうの分かってたならもっと早く……

『まっ、関係ないだろう？　貴様風に言うなら……いーじゃん、もう戦争も終わってるんだし……』

『ぬっ……』

『それとも、貴様が生まれる前に終わった戦争が今は気になるか？』

ちょっと意地の悪いニヤニヤした笑みを俺に向けてくるトレイナ。

『トレイナ……アレか？　あんた、人の発言をブーメラン指摘するのが好きなのか？』

『ふふん、さあ、どうかな？』

俺が思ったり、口にしたことなどをあえてこういう場面で指摘する。

なかなかいい性格だぜ、大魔王様は。

なら……

「アカさん、ちなみに俺は……家出～」

「ッ!?」

俺はかなりワザとらしく、しかし明るく大きな声でアカさんに言った。

「い、家出？　なんでだ？　家族心配してるでねーだか？　どうしてだ、アースぐん！」

案の定、優しいアカさんは俺を心配してそう尋ねてくる。

だから、俺は……

「内緒～」

「……え……」

「だからさ、ま、人の過去なんて、別にどーでもいいよな？」

俺も内緒にするから、アカさんも自分のことを喋りたくないなら無理に喋らなくていい。

すると、俺の真意をアカさんも読み取ってくれたのか……

「ん！」

と言って、俺にピースサイン……ん？

「いやいや、アカさん、そこでピースサインはおかしい！」

「え？　ダメだか？　おで、これ、結構好きだど！」

「ったく、アカさんは……」

優しい。でも、どっか少しズレてんのかもしれねーな、この人は。人？　人か？　ま、いいか、人で。

「アースぐん、すげえな」

「は？　俺が？　何が？」

「だって、おで……人間と友達になりだいけど、怖い。人間もおでを怖がる。でも、アースぐん、おでを怖がらね。それ、すげえ」

怖がらない？　いや、初対面のときはビビりまくってたさ。

でも、まあ、この短い時間で色々とあったし、メシまで食わせてもらったり、それに……

「まっ、確かにビビッたが、今さらオーガの一人ぐらいどーってことねーさ」

「そ、そだか?」

「ああ。なんてったって……」

そう、俺は……勇者の息子だから?　違う。

「こう見えて、俺は大魔王トレイナの弟子だから♪」

「え?」

つか、すぐ傍に魔族史上最強の大魔王が居るんだから、そりゃそれに比べれば……な?

「すげ、アースぐん、おもしれえ!　冗談も言える!　かっけーだ!」

「……いや、そ、そっかな?　はははは、俺もそんなこと言われたの初めてだ」

相変わらず褒めるラインが少しよく分からないが、まあいい。俺もありがたく受け取って笑った。

「アースぐん……おで、人間とこんなに話したの初めてだ」

「ま、俺もオーガとこんなに話すことができるとは思わなかったぜ」

そう言って俺たちはまた笑い合った。

そして、一頻り笑い合ったあと、アカさんは少し真剣な顔をして……

「なあ、アースぐん。おでにもっと、人間教えてくれねか?」

「……は?」

「おで、人間と友達になりたいけど、友達の作り方しらねーど」

ここに来て、また少し予想外な質問をしてきた。

「アカさん……人間と友達になりたいのか?」

「んだ。おで……いっぺーの人間と……友達になって……遊んだり、ゲームしだり、おでのメシを食ってもらったり……おで、そういうのがしてえ」

そう言うアカさんの目も言葉も純粋そのものであり、誰が見ても本心であることが手に取るように分かった。

そして、そこは聞いてもいいところなのだろうか？

アカさんが何でそこまで人間と友達になりたいのか？

でも、そのためには、まず俺から友達の作り方を教えてやらねーとな。

まっ、そんぐらい何でもねーし、もったいぶることでもねーからな。

「友達の作り方？　そんなもん考えるまでもねーさ。友達ってのは……」

友達ってのはどうやって作る？

教えるなら、自分の例だ。

俺はかつて友達をどうやって……――アース、われは姫だ。おまえ、我の家来だ。われのモノだ！　ずっとおまえ、われのものだ！

姫……アレは友達とは言わねーな。

じゃあ、リヴァルは？　フーは？

なんか気づいたらというか……まあ、物心つくかどうかの時にはもう一緒に遊んでたから、ぶっちゃけ友達というよりは、幼馴染？

それは、参考にならねーな。

なら、他には……――おい、お前がアースか？　俺はゲリッピー！　勇者の息子だか知らねーが、俺様の勇者ブリッを――

アレも違うな。別に。てか、友達じゃねーや。

他には？　ほら、他の優等生組だと……――席替えで俺の次の席は……ここか。よろしくな。

――あ、アースくん!?　そん、な、わ、私が、アースくんの隣!?　ふぇええ、あわわわわ……きゅ～かくん――きゃあああ、コマちゃんが顔を真っ赤にして気絶しちゃったー!?　――おお、コマン、倒れるとは情けない。だが、気絶するぐらいアースの隣が嫌なのだとしたら、ここは我が代わろうではないか！　うんうん！　それが、姫たる我の役目！

隣の席になっただけで気絶されるぐらい嫌がられたこととかあるし！

てか、それで「ハズレ席の身代わり」みたいな感じで姫が手を挙げて隣になって、そこからずっと小言を言われて……あれ？　おかしいな？　何で目から水が零れるんだろ？

あれ？　もし、幼馴染を友達ではなく、幼馴染として分類するなら、俺に友達って居たこと……??

あ、やっぱ俺って……本当に、「勇者の息子」って肩書き以外……ほんとに何も……誰も……

「人間とゲームしたりか……お、アカさん。そういや、その棚に置いてあるの……『戦碁（せんご）』か？」

「え……んだんだ！」

棚に置いてあるボードと、色々なマークの彫られた石を見つけた。

それは、誰がどう見ても最もポピュラーなボードゲームの一つ。

将軍、隊長、兵士、とか様々な階級の石で、相手を撃破したりしながら自分の領土を確保するゲームだ。

俺もたまにサディスとやって、いつも捻られていた経験があるが……

「よし、とりあえず話は後だ。勝負だ、アカさん！」

「ほ、ほんとだか!?　おでと遊ぶだか!?」

「ああ。その代わり、手加減しねーけどな！」

「んだ！　さっそく、やるっぺ！」

「へへん。アカさん、戦碁できんのか？」

「ルールは知ってるっぺ。麓の街、『ホンイーボ』は戦碁で有名な街で、おで、いつか街の人たちとも戦碁したかったでよ」

「へぇ、……え？　ホンイーボ？　数時間で俺も結構遠くまで来てたんだな……」

「ああ。ちょうどこの時期、街では戦碁の大会あったり、ちょっとお祭りだでよ」

　ちょっと色々とあった悲しいことを振り払うかのように、俺は明るい空気を出しながらアカさんと遊ぶことにした。

　そしてそのとき……

『ほう……戦碁か……懐かしいな…………ウズウズ……』

　トレイナが何かウズウズしていたようだが、俺はこのときは特に気にしなかった。

第九話

俺が打つぜ!

A BREAKTHROUGH CAME OUT BY
FORBIDDEN MASTER AND DISCIPLE.

結構遅くまでアカさんと戦碁を打って、気づいたら寝て、一瞬で朝になっていた。

だが、寝不足ではない。

流石に、昨日は色々とありすぎたからな。

リヴァルとの戦い。親父たちや帝国との決別。

そして、出会ったアカさん。

「アースぐん……さっぎ言ったように、ここからまっすぐ行ったら川に出るでよ。んで、川沿いを山に向かってまっすぐ進むと街に着くだよ」

俺とは打って変わって、ものすごく眠そうなアカさん。

たぶん、夜更かしして遊んだのは初めてなんだろうな。

眠そうなオーガってのが面白くて、俺は笑っちまった。

だが、眠そうな目を擦りながら、どこか寂しそうに……

「アースぐんは……もう行っちまうだか？」

まぁ、行く。

別に当てもなければ、まだ明確な目的地があるわけでもないがな。

だがとりあえずは、『帝国領土』からはとっとと出ておきたいという気持ちがあった。

昨日の今日とはいえ、余計なもんに追いかけられたくねーし。

とはいえ……

「なあ、アカさん。なんか、街で欲しいもんとかあるか？」

「えっ？」

「出発前に、何か買ってきてやるよ。アカさんには、ほんと世話になったしな」

いつまでもノンビリはできないが、これだけ世話になったアカさんに礼の一つもできないのは気が引けた。

そして、アカさんは人間の街に行きづらいみたいだし、ならそこで何か欲しいもんがあればと俺は聞いてみた。

すると、アカさん……何故、目が潤んでる？

「アースぐん、ほんといいやつだな〜、おで嬉しいだよ」

俺はこのとき人生で初めて「リアル鬼の目に涙」を見た。

「ったく、大げさだな。なんでもいいぜ？　本とか、家具とか、なんでも……」

何でも買ってきてやる。そう言うと、アカさんは少し悩んでから……

「おで……ケーキ、食ってみたいだよ」

「…………」

冗談を知らないアカさんは、本当のことしか言わない。

だから、これはギャグじゃない。

本当なんだ。

「人間の作ったケーキ、おで、食ったことねーでよ。もし、おでもそれ作れるようになったら、人間もおでに興味もってくれるかもしれね。だから、まず食ってみてーよ」

笑えて、少し泣けるけど、顔に出しちゃだめ。

いーじゃん、アカさんは本当に純粋なんだもの。

「わーったよ。じゃあ、一度街に行って俺も色々旅の準備をして、んで、ケーキ買ってここにもう一度立ち寄る」

「んだ！」

俺の言葉に頷いて、アカさんはピースした。

いや、もうそれ気に入ったのか？

なんか、俺たちの間だけのサインみたいになってるようだが、まあいいか。

俺も笑ってアカさんにピースを返した。

そして、俺は重要なこと忘れてた。

俺、そもそも一銭も持ってなかったんだ。


「ハンター登録？　若いが、アカデミー卒業の戦士か？」

「えっ、いや……まだ卒業してないというか……やめたというか……」

「まだ、卒業してないんなら、フリーでの登録になるぞ？　それでいいなら、身分証明書を出しな」

「み、身分証明……」

そして、街にたどり着いて無一文の俺は手っ取り早く日銭を稼ぐならハンターだろうと、街にある、酒場などに併設されたハンターたちのたまり場でもあるギルドへ向かった。

大きめの街ならどこにでもある、職業安定所ともいうべきギルドに行けば金を稼ぐ手段があるはず。

　でも、俺はそこで、まだアカデミーを卒業していなければ、帝国戦士として国のサポートなどを受けられる正規ハンターにはなれず、そういったものなど何もない自分で全てを管理する日雇いのフリーなハンターにしかなれないことに気づいた。

　とはいえ、それならそれで構わないとも思ったが、フリーのハンターになるのも「身分証明書」が必要であることが分かり、俺は項垂れた。

「あ、あの、どうにかならないっすか？　別に皿洗いとかでもいいんで、もう登録しないで何か紹介してもらえたら……」

「それはダメだ。国家所属の戦士もフリーも、登録されたハンターにギルドは仕事を紹介するからな」

「ぐっ……マジか……」

「ほい、身分証明書を見せなさい」

　家出した今の俺にそんなもの無い。

　仮にあったとしても、俺が登録された時点でその情報は帝都にだって届く。

　流石に「アース・ラガン」が登録されたら、もうそれは俺の所在がバレバレになるだけ。

　つまり、それが嫌なら、俺はハンターにすらなれないのだと分かった。

「くっ、こうなったら……ギルドを仲介しないで誰か困ってる人が居ないか探して直接……」

「やめておけ」

「ッ!?」

　ギルドの受付でゴネている俺の背後に誰かが立って声をかけてきた。

振り返ると、そこには長い黒髪を頭の後ろで結わいている、二十代くらいの整った顔立ちの男が立っていた。

「自由の代名詞と言われたハンターにもルールがある。そのルールを破るような輩……たとえば、『闇営業』をやるような者は、忌み嫌われる」

立っていたのは一人だけじゃない。

「そうだな。金に困ったからって闇営業はやめな」

「闇営業はダメだ」

「中には反国家的な雇い主もいるからな。闇営業はダメだ」

十人ほどの男たちで、誰もが身に纏う雰囲気のようなものが、普通の奴らと少し違った。

「さ、登録する気ないなら、どいてもらおうか。拙者らも仕事を探しに来た」

確かにここでゴネて後ろに迷惑をかけるのも気が引けて、俺はサッと後ろに下がった。

「フリーのハンターチーム。拙者はリーダーのフウマだ。今、紹介されているクエストのリストを見せてもらいたい」

「はいよ」


結局、ギルドの受付も話を俺から、後ろから来たおっさんに移した。

このまま粘っても多分ダメだろうなと思い、俺は諦めてそこから離れることにした。

「やべーな……モンスターや悪党退治で金を稼ぐ。正に冒険って感じだが、俺はそれすらできないんだ……」

『旅に出るにあたって、資金調達の定番であるハンターにすらなれんとはな……余も予想外であった』

「身分証明か～……まいったな……」

『難儀だな。このままでは……本も買えぬのではないのか？』

ギルドから踵を返して、俺は街の表通りを歩きながら項垂れた。

ここは、山の麓の街、『ホンイーボ』。

豊富な自然に囲まれ、山の向こう側と帝都を繋ぐ中継地のような街。


そのため、他国の文化や人が入り交じり、帝都ほどの巨大さは無いが活気に溢れて栄えている。

どうやら、まだ俺のことは知られてないみたいだ。

それに、アカさんが言ってたように、今は街全体でちょっとした催しもやっている。

それは……

「はい、勝負ありました。百三十六手目で、中押しによりインセイくんの勝ちです！」

「「「わああああああ！！！」」」

街の中央に位置する広場には、数百人ほどの人が集い、多くの机と椅子が並んでいた。

そこには数多くの子供たちが真剣な表情で向かい合い、昨晩俺とアカさんが何度も対決した戦碁を打っていた。

『ん？　おい、童……アレは……』

「ああ。アカさんが言ってたな。戦碁の大会だな」

広場には旗が立っており、そこには「第十五回・姉妹都市交流子供戦碁大会」と書かれていた。

俺よりも年下のまだ十歳にもなってなさそうな子供も沢山居て、しかし誰もが真剣な表情で、そして子供たちの周りには親たちがとてもハラハラした様子で観戦しながら子供たちを見守っていた。

『ほぅ……戦前のときはそうでもなかったが、ここでは戦碁が盛んなのだな』

「ん？　ああ。ここは帝都と他の地との中継地みてーなとこで、他国の連中も入ってきてる。人種も文化も違うけど、人類共通のボードゲームである戦碁を通じて仲良くなったとか、なんかそういうのあるらしいぜ？」

『ふむ……』

「それに、この街はたしか、戦碁が生まれた国である、『ジャポーネ王国』の『オウノミッチ都市』と姉妹都市だって聞いたことあるし、そういう関係もあるんだろうぜ」

『ああ……なるほどな……。詳しいな』

「まっ、歴史のテストにも出たし……ガキの頃、その国の奴らが来て帝都でパーティーとかあって、何人かと会ったこともあったしな」

つっても、俺は戦碁そのものにそこまで興味あるわけでもないけどな。

サディスと遊びで打ったことあるぐらいで、そこまで真剣になるほど好きでもなければ、強くもない。

まぁ、アカさんが弱すぎて、昨日は気を遣ったが……

「トレイナ。あんたも戦碁は知ってんのか？」

『知ってるもなにも、魔族でも戦碁はポピュラーなものだ』

「えっ、そうなの？」

『無論だ。そもそも戦碁は千年以上の歴史あるゲーム。余もかつては、『魔王の一手』とまで呼ばれたものだ』

「いや……そりゃ、魔王が打てば、何でも魔王の一手だろうが」

『……いや、まあ……そうだが……』

トレイナが戦碁を打てるとはな。フツーに強いかもな。

って、今はそれどころじゃねえ。

金だよ、金。

このままじゃ、旅の資金も、ましてやケーキも買えねえ。

あんなに楽しみにしているアカさんをガッカリさせたくねえし、どうにか金を集める方法を……

『ところで、童。貴様はジャポーネ王国をよく知ってるか？』

「え？　何だよ、急に……まぁ、さっきも言ったように歴史のテストで出てたし、ある程度はな」

『なら、ジャポーネ王国の『戦士』のことも知っているか？』

俺が金のことを考えているときに、唐突にトレイナが尋ねてきた。

ジャポーネ王国の戦士？　その質問の意図は分からないが、知っているかと言われたら……

「たしか、『侍』とかっていう、剣士だろ？　帝国に帝国騎士があるなら、向こうは『王国武士』って話だったが、それぐらいなら俺も知ってるぜ？」

『うむ……では、それ以外は知ってるか？』

「え……？　帝国と同じハンターとか……魔導士的なのか？」

『うむ。その他は？』

「その他ぁ？」

え？　それ以外？　それ以外に何かあるのか？

何かあっ――――

「すげえ、これで二十連勝だ！」

「あの女の子、スゲーぞ!!」

そのとき、広場とは少し離れた場所で騒がしい声が聞こえた。

何事かと思って振り返ると、おっさんたちが何十人も集って、何かを囲んでいた。

そして、その中を覗き込んでみると、そこには壁を背にして座る一人の女の子。その傍らに居る一人のおっさん。

そして女の子の前には机と戦碁盤が置いてあった。

「さあ、他に挑戦者は居ませんか？　このジャポーネ出身の十五歳の打ち手、『シノブ・ストーク』に勝てば、賞金を差し上げますよー！　さあ、挑戦者はもう居ないか？」

女の子の傍らに居るおっさんが大声でそう叫んでいた。

そして、当の女の子本人。

真っすぐな長い黒髪。

かなり整った顔はしているが、その表情は人形みたいに無表情だ。

俺と同じ十五歳のようだが、随分と珍しい服装だ。

黒を基調とした薄着の恰好(かっこう)で肩を露出し、脇に切れ目の入ったスカートで左足の腿などを露出し、膝上まで伸びるソックスを穿いている。何か『動き』やすそうだ。

にしても肌、白！　なんか、不健康じゃねーのかってぐらい雪みたいに白いな。

胸も何だか結構でかいな。俺と同じ十五歳で？　まあ、姫の方がもう少しデカイか？

……ってか、スカートに切れ目っ！　あれ、下手したら見えると思うが……

「ねえ、『コウガ』。もう十分よ」

そのとき、表情は無表情のままだが、どこかつまらなそうに女は、自分よりも年上のおっさんを呼び捨てにした。

「帝国の戦碁レベルは把握したわ。暇つぶしとお小遣い稼ぎにはなったけれど、パトスは迸らないわ」

「お嬢……」

「むしろ、私、ほら、胸が大きいでしょ？　私の装束で色気も増しているからか、やらしい視線に吐き気がして耐えられないわ。さぁ、さっさと兄さんと合流しましょう。兄さんが、退屈な日々に輝きを放つようなクエストを見つけてくれたらいいのだけれど」

まるで、群がるおっさんたち、いや帝国を見下しているかのような発言。

てか、胸は別にそこまで……デカい方ではあるが、姫よりは……なんだったらサディスと比べたら……

とはいえ、確かに少しカチンと来る。

ただ、よっぽどあの女は強いのか、それだけ言われても集っているおっさんたちは誰も挑戦しようとしない。

　するとそのとき……

『ほう……賞金が出るのか……』

　俺の傍らの大魔王の目が怪しく光った。

『童』

「ん？」

『あの小娘と打て』

「……は⁇」

『賞金が出るのなら、都合いい』

　立ち去ろうとした俺を止めて、トレイナからまさかの提案だった。

『おいおいおいおい、何言ってんだよ。いくら賞金出るって言っても、あいつ本場の国の奴だろ？　俺だってそこまで得意じゃねーし勝てねーよ』

　あの女がどれだけ強いかは分からないが、二十連勝とか賞金賭けて打ってるなら、相当な腕前なんだと分かる。

　そんな相手に俺が勝てるわけ……

『童は言われたとおりに打てばそれでいい』

「はっ？」

『実際には、余が打とう』

　その案に俺は口開けて固まっちまった。

いや、だってそうだろ?

『何を言ってんだ、トレイナ。あ、あんたがそんなこと……』

『問題ない。所詮は小娘。余の敵ではあるまい』

『い、いやいや……でも……』

まさかトレイナがここで自ら出るなんて、考えたこともなかった。

どういう心境で?

『童。ただの小遣い稼ぎであれば、童の試練ということであまり介入しないが……まぁ、今回は特別だ。一応、あのオーガにも童を救った功績を大魔王なりに労ってやりたいのでな……ケーキとやらを買うためだと思って、余が力を貸してやろう』

これは、俺のためというよりは、アカさんのため。

かつて全魔族の王だったトレイナなりに、今を生きる魔族を労おうと……

『あと、…………あまった金で本を買って欲しい。この間、買ったもの全部家に置いてきたであろう?』

……そっちが目的じゃねーよな?　だが、まあ……

「ったく。だが、なるほどな……それは面白そうだ」

だって、そうだろ?

俺しか見えない。俺しか会話もできない。俺しかここに居ることを知らない大魔王トレイナ。

しかし、そのトレイナが俺を通じてこういった形で存在感を今から示そうとしている。

ちょっと、ガキの頃のイタズラ心を思い出し、何だかワクワクしてきた。

「俺が打つぜ！」

「「「「ッッッ！！！？？？」」」」

誰も挑戦に名乗りを上げずに、店じまいだと立ち上がろうとした女とおっさんに、俺は手を挙げた。

「おっ、おお、これは男らしい挑戦者が現れたぞ！　君、いいのかい？」

「ああ。勝ったら、賞金くれるんだろ？」

「もちろんだ！　勝ったら、10万ツブラだ！」

「10万か……」

勝ったら10万か……無一文を考えると、まあまあ貰えるな。

俺の一ヶ月の小遣いより少ないけど……ん？　おい、トレイナ。何でそこであんたは俺の心を読み取って「うわぁ」みたいな顔をしてる？

「おいおい、兄ちゃん勇気あるね～」

「はは、がんばれよ、兄ちゃん！」

すると、集ってたギャラリーも俺を冷やかすような声援を送ってきた。

そんな声に俺は苦笑しながら、女と対面で座る。

「君は私と同じ歳ぐらいかしら？」

「十五」

「あら、そう。帝国の人？」

「まぁ、帝都で育った」

「へぇ……帝都の……」

俺が目の前に座ると、女もまた俺を見て少し興味深そうに笑う……いや、これは鼻で笑っている感じか？

にゃろう……目に物を見せてやるぜ！　……トレイナが。

「あ、おいおい君、お嬢に挑戦するなら1万ツブラ払ってよ」

「えっ!?　えええ!?　金取るの!?」

「そりゃそうだよ～」

そっか、向こうが賞金賭けるんだから、こっちも挑戦料取られるのは当然か。

1万なんて今は持ってねーぞ？

「構わないわ、コウガ。せっかく私も同年代の男の子と打てるのだから、それぐらいサービスしてあげましょう」

「え……いや、お嬢がそう言うのなら……でも、いいんですかい？　負けたらお嬢の小遣いがふっとんじまいますよ？」

「ふっ……心配してくれるのね。ありがとう」

あっ、何が「ふっ」だ。負けるわけがない。そんな様子だ。

「では、君の先手よ。さあ、どうぞ……」

「ああ」

サービスしてくれたのはありがたいが、なんかイラッと来たから、ぶっとばせ、トレイナ。

『ふっ……よかろう！　では……右上隅・星』

「押忍」

そして、トレイナの一手目が俺を通じて放たれた。

「………」

すかさずシノブも二手目を打つ。

『小目』

戦碁。盤上で繰り広げる陣地取りのゲーム。

自身の持つ駒で相手の守りを撃破して領土を広げ、同時に攻め込んでくる敵を防いだり、迎撃したりするゲーム。

「……戦が少し古いわね……」

「えっ？」

「でも、打ち筋はしっかりしているわ。自信満々に挑戦するだけはあるわね」

数手ほど互いに打ち合っていると、少し考えた表情でシノブがそう呟いた。

『余の戦法は十五年前のもの。そういう意味で古いとこの娘は言っているのだろう』

『え？　そうなのか？』

シノブの呟きの真意をトレイナは理解した様子。だが、それってまずいんじゃないのか？

トレイナの実力は不明だが、トレイナの戦碁の知識は十五年前で止まってるんだ。

文明と同じで戦碁の戦法だって十五年もあれば変わっていく。

なら……

『第一陣前進だな』

だが、そのときだった。

「……!?」

互いに十手ほど打ち終えたところで、シノブが目を見開いて、手を止めた。

「……ッ……これは……」

そして、手を止めただけじゃない。

身を乗り出して、盤上全体を食い入るように見だした。

え？　なんで？　こんな序盤で？

『ふふふ……ここは、いかにも飛び出した余の部隊を叩いておきたいところだが、それをした場合、貴様があと数手かけて完成させようとした防御の陣形を崩すことになる。さらに、その部隊を潰そうと貴様が兵を出せば、今度はその兵が邪魔になって、次のうまい陣形攻撃ができまい』

え？　いや、なんで？　こんな数手で何でそんなこと言えるんだ？　いや、でも本当なのか？

この女、ものっすごく目を見開いているんだけど。

「……っ……」

『だろうな。この状況なら、余でもそう打つ。多少の陣形を崩してでも、今その部隊を叩いておかねば、のちのち食い込まれることになると、ちゃんと読んでいるようだな』

少し舌打ちしながらシノブがようやく次の手を打つと、トレイナもまるで指導しているかのように「正解だ」と少し優しい顔で頷いた。

ラッ……こうやって俺以外を見守るトレイナって初めて見たな……ん？　なんだろう……一瞬
モヤモヤしたような……？
そんな意味の分からない感情が芽生えた中で、目の前のシノブは驚愕していた。
「これは、さ、最善の一手ではないわ！　最強の一手でもない！」
「は？」
「お、お嬢？」
ワナワナと震えるシノブだが、その動揺ぶりに俺だけでなく傍に居た男まで驚いちまった。だが、
パッと見てそれほど驚くような展開なのかが俺には分からない。
「わ、私がどう打つのか試している……遥かなる高みから……そういうことなの？」
『ほう、指導しているのが分かったか。まだそれほど打っていないが、この時点で分かるなら、や
はり良い素質を持っている』
やっぱり、指導していたっていうのか？　金を賭けているというのにそれをするってことは、つ
まりそれほどの力量差がトレイナとシノブにはあるってことだ。
『では、褒美に魔王の本気の一手で、更なる高みの世界も見せてやるとするか』
そして、それはまるで俺と帝都で初めてトレーニングしていた時と同じような流れだった。
あのときも、スパーで俺を軽やかに振り回し、そして最後は圧倒的な力で……むぅ……
『おい、童……貴様も漫然と打つな』

『え?』

『戦碁は深い思考の中に入って先読みをする必要がある。集中力や思考力、分析力や先読み力を伸ばせる。言ってみれば、相手の百手先を読んで、自分の思い通りに誘導するなど……それは戦闘においても必ず役に立つ』

『あっ……』

『打ちながら、余の意図などもちゃんと考えるのだな。今度から、一緒に遊ぼ……こ、これで貴様の集中力や読みや思考力も鍛えられるので今度からいっぱい打つぞ』

なるほど。これもトレイナにとっては鍛えるためのものなわけだ。

先読みを鍛えるか……やれやれ、仕方ねーな～、トレイナがそう言うなら俺もちゃんと覚えるか。

だって、俺が弟子なんだしな。俺が。

「あっ……」

そして、シノブがまた声を出した。

今度は、かなり驚いているような声だ。

「ぐっ……う……」

シノブが冷たく鋭い表情を顰めている。

同時に、周囲も急にざわつき出した。

「なっ、お、お嬢の右上陣地が完全に潰れた!?」

「おいおい、この兄ちゃん、何者だ?」

「あのメチャクチャ強いお嬢ちゃんが圧倒されてるぞ?」

そして、この盤面を見れば「俺でも」戦況が分かる。

『なぁ、トレイナ。一応だけど、この女は強いんだろ?』

『ああ、強いぞ。攻守バランスよく堅実な打ち方だ。この若さでこれほどの打ち手……大したものだ』

『そんなにか?』

『ああ。現実の戦士に置き換えるなら……帝国騎士……しかも、上級戦士級の力がある』

『マジか!?』

じゃあ、そんな女の攻めをことごとく叩き潰し、更には殲滅していくトレイナって……こんなの、俺が打っていたらすぐに降参するぞ?

「ちょっ!? お、おいおい、嘘だろ!? 守りを固めようとしたお嬢の横陣を……真っ二つに切断した!?」

普通、戦碁は何十分、下手したら数時間かけて戦う時だってある。

それなのに、僅か数分、数十手で……

「ま……ぐっ……ま……まけました……」

そして、次の手を打つことなく、目の前の女……シノブは降参した。

それはまさに、「瞬殺」だった。

「あ、ありがとうございました」

つ、……強すぎだろ……トレイナ。

普通、こういう「強すぎて誰も勝てない相手を、負かした」という展開は、歓声の一つぐらい上がっていいものだ。

なのに、集ってるギャラリーも含めて、静まり返ってやがる。

「お、お嬢が負けた……バカな……戦碁に関しては、ジャポーネの神童とまで言われた、お嬢が……な、……なんなんだ、この男は……」

コウガとかいう、シノブの傍にいるおっさんも呆然としている。

それは、もはや言葉を失うほどの圧勝劇だったからだ。

『おい、トレイナ……もうちょい、手加減しても良かったんじゃ？』

『ふっ……まあ……手を抜いても良かったが、久々に才能溢れる若者に、戦碁の奥深さを教えてやりたくなったのでな』

トレイナ……ものっそいドヤ顔過ぎだろ……

まあ、俺も戦碁じゃないのであれば、スパーで容赦なくぶっ殺されまくったからな。

今のこの女の心境を察すると……

「き……君……一体何者？」

「えっ？」

「ひょっとして……『真剣師』じゃないでしょうね？」

しんけんし？　なんだっけそれ？

「とりあえず……約束よ。お金は払うわ」

シノブはすぐに顔を上げる。凛とした目で俺をまっすぐ見つめながら、ポケットから財布を取り出して机の上に叩き付けた。

「お、おお……ども。んじゃ、俺はこれで」

とにかく、金は金だ。ここは騒ぎになったり絡まれたりしないうちに、さっさとここから離れて、ケーキ買おう。

「ね、ねえ、君の戦碁歴はどれぐらいになるのかしら？」

色々と聞きたいことがあるであろうシノブ。

とりあえず俺はフザケ半分、しかしワリと事実なことをイタズラ気分で……

「神話から」

「…………ッ……」

そう答え、俺は机の上の金に手を伸ばそうとすると……

「もう一回……私と……打ってもらえないかしら？」

「えっ？」

突如、シノブが俺の手首を摑み、しかも強く握ってきやがった。

「負けは負け。でも、君を侮って初手の対応を間違えたのが悔やまれるわ」

「あ、あの、いや、俺……」

「でもね、たとえそれが無くても君が私より圧倒的に強いのは分かったわ。だけれど、どうせならもっと全力で戦って君との差を把握したいの」

面倒に巻き込まれる前にさっさと行こうとした俺を見透かすかのように、逃がさず放さないと、無表情な顔で、しかし女のクセに痛いくらいに強く握り締めてくる。

「私、故郷では同年代に負けたことないの。戦碁も、成績も、美人度も。ほら、私は胸も大きいし」

「そ、そうか……」

「それがここまで完膚なきまで……帝都の男の子を甘く見ていたわ。でも、熱いパトスが迸ったわ」

すまん。お前と打ったのは、同年代の俺じゃなくて、何千年も生きている魔王だ。

てか、確かに俺らの代では胸もデカイ方だが、姫の方がまだ大き……と、それはどうでもよくて

……

「い、いや、でも俺も色々と予定があるんで……」

「君は帝都の人だったわね。なら、私たちも次は帝都に行くから、それならどうかしら？」

「ッ!? あ、いや……お、俺、用事があって帝都じゃなくて、次に行く場所が……」

「そう。どこの宿に泊まるのかしら？　では、その部屋で打ちましょう」

え、いや、なになに？　ちょっ、この女、無表情のクセにものすごい圧力を感じるというか、ってか、なんだか怖い怖い！

この、「逃がさない」みたいな勢いはなんだ？

「ちょ、お嬢……」

「コウガは黙っててもらえないかしら？」

「で、ですが……」

「これほどの屈辱を一期一会で済ませる気はないの」

そう言って、シノブは止めに入ろうとするコウガというおっさんの声も撥ね除けようとする。

ヤバイ、この女……関わったらダメなタイプかもしれねえ。

「あ、でもお嬢……そろそろ、『リーダー』との待ち合わせですよ？」

「じゃあ、兄さんに、私は後で行くと言っておいてくれるかしら？」

「いやいやいやいや、時間厳守ってキツク言われたじゃないですか！　今日はクエスト無かったとしても、フォーメーション見直す演習を必ずやるって」

「～～～、あ～、も～、分かったわ」

お、どうやら考えを改めてくれたようだな。

よかっ――――

「ねえ、君。私は今から行かなくてはいけないのだけれど……今晩、どこに行けば君に会えるのかしら？」

あっ、ダメだこいつ。

「……オレハ今晩コノ街ノ宿ニ泊マッテマス」

「そう。なら、もったいぶらなくていいじゃない。むしろ君にとってはご褒美ではないかしら？

こんな美人で巨乳な私と――――」　――――ツルン、ボトン
「ッ！！？？」

「……え？」

と、地面に何かが落ちた。

それはまるでスライムのような……なに？

　あれ!?

「……小さくなった？」

　それなりにあったはずのシノブの胸が無くなっていた。

　そのことに皆が気づいた瞬間、シノブはサッと地面に落ちたものを拾って隠した。

　あれは確か……

「か、勘違いしないでもらえるかしら？　こ、この『スーブラ』は、あくまでインナー的要素を重視して装着していただけであって、旅の道中は何かと物騒なこともあると予期していた私は相手の攻撃を弾く為には、このスライムを素材にしたブラジャー、通称・スーブラが防御に非常に適していると総合的に判断したのであって、べ、別に自分の胸を大きく見せようとか、小さいのを気にしているとか、そういう浅ましい一般的な女子のような価値観は私にはないわけであって、そもそも私ぐらいの歳はまだ成長期であり、これから大きくなるのであって――」

　とりあえず、なぜか俺も、そしてギャラリーのおっさんたちも全員がシノブを憐れみ、そしてコウガというおっさんは何か悲しそうに、シノブの肩に手を置いた。

「お嬢……そうだ……まだ未来がある……」

「～～ッ、と、とにかく、今晩約束よ？　もう君の事は覚えたわ。ロックオンよ。いいわね！」

　そう言って、無表情だった顔を初めて真っ赤にしたシノブとおっさんは小走りでその場を去っていった。

「なんか、変な女だったな……」

『今晩だそうだ。まあ、打ってやる分には余は構わんが……』

「やだよ。なんか関わりたくねーし。さっさと、この街からおさらばだ」

と、思わず口にした俺だが、あんなのにこれ以上関わりたくないから、さっさとケーキ買っとこうと思い、ケーキ屋へ向かった。

しかし残念ながら、俺はもう関わらないでおこうと思っていたシノブとは、この後にとても早い再会をすることになる。

ただしそれは盤上ではなく、戦場での再会となったが。

◆◆◆

ケーキ。

正直、種類が多すぎる。

一口サイズ。チョコレートタイプ。果物のやつとか、ホールで売ってるのとか。

「どれがいいかな……」

アカさんの好みを聞いてなかったな。

街のケーキ屋で並んでいる甘い菓子を前にして、俺はしばらくにらめっこしていた。

「なあ、トレイナ。オーガの好みって知ってるか?」

『そこまでは知らぬ。が、ケーキというなら定番はイチゴのショートケーキだろうな。しかし、奴は自分で作りたいとも言っていた。なら、パウンドケーキやカップケーキなども捨てがたいと思うが……』

　ケーキの種類はよく分からん。

　サディスの作ってくれたもんは何でも「ウメーウメー」って言いながら食ってたが、種類までは……ってか……

「なあ、トレイナ。あんた……まさか菓子とか料理とか……食にまで詳しいとか……」

　いや、「まさか」なんて使わなくても、トレイナなら……

『ふっ、こう見えてかつての余は……魔界美食倶楽部を経営し、至高の料理を追求したものだ。美食界の権威と言われ、特に余の魔王の舌……デビルタンは――』

「ああ、はいはい」

　なんか、そんなこったろーと思ったよ。ほんとにこいつは何でもありだな。

　大魔王じゃねえ。超人だ。

「つか、10万あるんだし、テキトーにいっぱい買っておけばいいか。そもそも、アカさんはあんなにデカイんだから、いっぱい食えるだろうしな」

『たしかに、その通りだな。それと、本屋に行って、ケーキの作り方などの本も買ってやったらどうだ？』

「だな。よし、すんませーん！　この棚に並んでるの、とりあえず全部下さい！」

『……おい、本のときも思ったが、貴様は金銭感覚も少し学んだほうが良いと思うぞ？　まぁ、今回は人のために使うのでいいかもしれぬが……』

　金銭感覚って……失礼な。俺だってちゃんとそういうのは持っているってのに。

「えっ、あの、全部ですか？」

「うす。金ならあるんで」

「そ、そうですか。分かりました、では梱包して準備いたしますので、少しお待ちを」

「あ、それなら、待ってる間に小さいケーキ一つとミルクでももらっていいすか？」

「ええ、かまいません。外に椅子とテーブルがありますので、どうぞ」

今回使う金はあくまでアカさんのためであり、別に俺は金を一気に使って破産するようなことはしない。

だから、俺自身が食うケーキもちゃんと量も価格もリーズナブルにしている。

だが、それでもこの10万という金が俺の全財産であることに変わりなく、使おうと思えば一瞬で無くなってしまうだろう。

「しっかし、俺も贅沢をする気はねーが……今後、金の件は色々と考えねーとな。ハンターにすらなれないとは思わなかったぜ」

『確かにな。まぁ、もっと大きな街なり、他国へ行けば、そういった身分証明書など必要なくできる裏の仕事、真剣師、賭博、拳闘、用心棒、水商売、いくらでもある』

「裏の仕事ねぇ……なんか、どんどん堕ちてきてるって気がするぜ」

とはいえ、これからの生活……もう、昔に戻れないのなら、生きていくために、そして食っていくために色々と考えなくてはならない。

そのためには、あまり素性などを問われないような、堅気ではない仕事もしなくてはならないかもしれない。

それがちょっと気分を微妙にさせた。

だが……

『ふふん、恵まれた環境以外が嫌だというのなら、最初から両親や世間に妥協し、謝り、帝国に帰った方がよほどいい』

トレイナは落ち込む俺に活を入れるように、そう告げた。

『これも逆に良い経験と思え。世の中の表や綺麗なものしか見ていない者など、所詮は平和ボケした薄っぺらな存在にしかなれん。表と裏。世の中や人の汚さを知り、その上で成長することによって、いつの日か貴様が出した答えにも重みが出るというものだ』

そして、今のこの状況もまた、自分を高めるためのモノと思えと言う。

『貴様は言ったな。どこにでも行けるような男になりたいと。ならば行くがよい。そして、普通に生きているだけでは見ることのできないもの、経験することができないことを今こそ学べ。たとえ、世間一般的には堕ちた世界であろうとも……強さを持った男は、そういう世界でも輝くことができるはずだ』

表も裏も知る。それこそが、世界を渡るということ。世界を知るということ。

「ああ。俺も……なんか……分かる気がする。少なくとも、あのままの俺だったら、アカさんみたいに……話してみりゃ、ダチになれる奴だって居るってことを知らないままだった」

『ああ……そうだな……』

今こういう状況に陥ったことは、むしろ色々なことを経験できるチャンスだと思え。ただのポジティブ思考ではなく、全ては将来への肥しとなるもの。

トレイナの言葉に俺は納得していた。

「ショートケーキとミルクです。どうぞ」

「あ、ども」

そんな俺たちが話しているところで、ケーキ屋のお姉さんがケーキとミルクを持ってきてくれた。

「さて、とりあえず俺も糖分でも取って、頭をスッキリさせるか」

『うむ、疲れた体には糖分が一番だ』

ちょっと小腹も空いて来たしと、俺はフォークを手に取ってケーキを突こうとする。

すると、その時だった。

「なにィ？　ケーキが売り切れじゃと？　そんなことがあるのかのう？」

そのとき、店の中から年老いたジーさんの驚いた声が聞こえた。

「せっかく街について、旅の疲れを癒やすために茶と甘いものでもと思ったのじゃが……まだ真っ昼間なのにケーキ屋がケーキ売り切れとはどういうことじゃ？」

「申し訳ございません。先ほどあるお客様が大量に購入されまして、現在ショーケースに並んでいるものは全て……新たに追加で作るにも少々お時間がかかりまして……」

「なんと……ここに並んでいるものすべてを？　どんな食いしん坊じゃ？　それとも、何か今日はパーティーでもあるのかのう？」

悲しそうガックリと肩を落とすジーさん。白い口髭を生やし、ジャポーネ風の着物を纏い、杖を携えて、背中には風呂敷を背負っている。

　さっきの女の知り合いか？

『ん？　あやつ……はて……どこかで……』

「トレイナ？」

『ん～……うーむ……』

　トレイナがジーさんを見て、何やら首を傾げている。なんだ？　あのジーさんが何か……いや、それ以前にケーキって俺の所為だ！

「あ、すまん、それ俺だ！」

「ん？」

『おい、童！』

　店のケーキが無くなったのは、俺が一度にショーケースのケーキを全部買った所為だ。確かに他の客には申し訳ないことをしてしまったと、俺は思わず名乗り出てしまった。

「おお、君か……一度にケーキを買ったのは」

「ああ。ワリーなジーさん。俺の友達でケーキを食べたいって奴が居て、腹いっぱいなるぐらい食わせてやろうと思って……」

「あ～、そうか。しかし、一度に買い過ぎではないかのう？」

「だな……なぁ、店員さん。俺が注文したケーキの中でジーさんに何個かあげてくれねーか？　俺からの奢りってことで」

「ほ？」

迷惑をかけちまったし、いくらアカさんがでかくて沢山食べそうでも、一個や二個ぐらいあげても問題ないだろと、俺は店員にそう告げた。

するといジーさんは驚いたように目を丸くした。

「おお、よいのか？　しかし、奢ってくれなくても、金は払うぞ？」

「いや、別にいいよ。こういうのも何かの縁ってことでよ。まあ、ジーさんが大量に食いたいって言うんなら勘弁だけどな」

「しかし……」

「気にすんな。さっき戦碁でちょっと稼いで小金持ちになったんでな」

「ほぅ……戦碁……」

「つーわけで、好きなの選んでくれよ」

「む……ならば……そこのイチゴのケーキを貰おうかのう」

「あいよ。そんじゃ店員さん、よろしくな」

どうせこの金も俺が稼いだわけではなく、トレイナが賭け戦碁で手に入ったものだしな。

「では、ありがたく。しかし……君のような若者に奢ってもらうのは初めてじゃよ。人生何があるか分からぬものじゃ。旅はしてみるものじゃな」

「ああ、そうかい？　しかし、ジーさん旅人か？」

「そうじゃ。世界各地を旅しておる。なかなか体に応える旅ゆえに、こうして見ず知らずの人に優しくされるのは身に染みるわい。感謝するぞ、若者よ」

「いやいや、どういたしまして」

すっかりご機嫌になったジーさんが店員からケーキと茶を手渡され、そのままテラスで俺の向かいに座った。

するとその瞬間……

『ん？　……あ！　こ、こやつ……な……何故ここに？　い、いや……まだ生きて……』

ん？　トレイナ？　なんか、トレイナが何かに気づいたかのように驚いた顔して声を上げた。

なんだ？　このジーさん知り合いとか？　いや、それどころかこの反応から何だか随分只者では無さそうな……んなまさか……

『いや……もし、童に言ったとしても……顔に出るしな……ここは言わぬ方が……』

いやいやそこまで言われると逆に気になるだろうが！　つか、誰だよこのジーさんは？

「ふむ……それにしても君はその制服……帝国のアカデミー生……ということは将来の戦士候補かのう？」

「え？　いや……それは別に……」

「しかし、一人でこんなところで何をしているのかのう？」

と、ジーさんが今度は俺をジッと見て俺のことを尋ねてきた。

確かに俺の制服を見れば分かる人には分かるか。

さて、どう答える？　俺のことを。どうしてここに居る？

「訳アリか？　どれ、これも何かの縁じゃ。ジジイに話してみるか？」

すると、ジーさんは俺の様子から、俺が何か言いにくい事情があると察したのか、優しく温かい笑みで俺に語りかけてきた。

何だろう。最初はトレイナの反応からこのジーさんをスゴク警戒しそうになったけど、気付けば心が落ち着いて……

「俺は……戦士にならねぇ……」

「ほ?」

「そして戦士としてではなく……かつての戦争を戦い抜いた勇者たちを越える偉業。それを果たしたくて旅に出た」

「ほほう、勇者の。で……どうするのじゃ?」

俺としたことが話の流れとはいえ、警戒心を解いて、つい初対面のジーさんに言っちまった。

だが意外にもジーさんは俺の言葉を冗談として捉えずに、真剣な表情で俺の話を聞き、そして尋ねてきた。

「どうするか……実はそれが分からなくて……それを探して旅をしているんだけどな」

「そうかそうか。まぁ、今の時代では確かにそんな偉業はそうそう思いつかんか」

そして「どうやって?」というジーさんの問いに俺は答えられなかった。

そう、「まだ」答えられない。だってその答えはトレイナにだって分からないんだから。

世界のことも知らず、旅に出たばかりの俺にはその答えはまだ分からない。だから、俺は旅に出たんだ。

するとジーさんは落ち着いたように笑いながら……

「ほっほっほ、なかなか難しい野望を抱いておるのぉ。しかし、口だけではなくその眼は確かに真っすぐで……よかろう。まぁ、ケーキを奢ってくれたお礼にヒントぐらいはくれてやってもよいか」

「え？　ひ、ヒント？」

『ぬ？』

思わぬジーさんの言葉に俺は顔を上げ、トレイナも隣で反応した。

ヒント？　一体どういうことだ？

「確かに今の時代、大魔王トレイナを討伐した勇者や七英雄たちを越える偉業を果たすのは難しい。しかし、勇者に匹敵する偉業となると……なくはない」

「えっ……」

「それはやはり……魔王軍の『六覇大魔将』を討ち取るなどじゃな。さすれば世界は嫌でも君を認めるじゃろう」

「はい？　ろ、六覇大魔将！」

『ぬぬ……』

その言葉を聞いて、俺もトレイナも驚きを隠せなかった。

そうだ、当時は生まれてなかった俺でも知っている。

アカデミーの授業、教科書、子供向けの絵本などでもその名前は載っているほど世界的にも歴史上でも有名。いや、伝説と言ってもいい。

かつて、大魔王トレイナの側近にして、魔王軍を率いた六人の大将軍。それを、六覇大魔将と呼ぶ。

「うむ、その内の二人は死に、その内の二人は人類に降伏して和睦を結んで新たな人と魔の架け橋となった。しかし残る二人は人と魔の和平に反対し、その後は姿を消し、今では世界最大クラスの賞金首となっておる」

『ぬ？　……おお……そんなことになっておったのか……』

思わずゴクリと唾を飲み込む。いや、俺だってそういう世界の流れは知っている。

六覇の誰が生き残り、誰が今の新しい魔界を率いて親父や皇帝陛下と手を取り合って平和な世界を目指し、そして誰がそれに反対して姿を消して賞金首になったのかを。

「つまり、残る二人はまだ生きて何かを耽々と企んでおる。その二人を君が討ち取れば、それも偉業になるのではないか？」

俺に優しく微笑んでいた表情が、急にからかうようにニヤニヤとしだしたジーさん。

どうやら俺の反応に満足したようだ。何だか「俺にできるわけねー」って思ってるんだろうか？

「とはいえ、その二人を倒すどころか捜すのも一苦労じゃがのう。ワシもこうして旅をしているが、なかなか巡り合わぬからのう……」

「そっか……ん？」

と、思わず聞き流しそうになっちまったが、今、サラリとジーさんが結構気になることを言わなかったか？

捜す？　ジーさんが？　六覇を？

「ジーさん……」

「おっと、口が滑ってしまったが……まぁ、アカデミー生ならよかろう」

おどけたように口元を押さえるジーさんは、ウインクしながら俺の耳元に口を寄せ……

「実はワシ、こう見えてもな……元連合軍所属の軍人だったんじゃよ」

「あ、そ、それで！」

連合軍。かつて、魔王軍打倒のために地上の各国が手を組んで結成された人類の軍。

その中心となったのが帝国であり、そしてその先頭に立って戦ったのが勇者である親父や、七勇者たちだった。

そうか、このジーさんは元連合軍。親父たちの元仲間か。だから、トレイナも知っている風だったのか？

『いや、このジジイは連合軍の軍人というレベルではなく……連合軍の――』

「それでな。本来なら隠居した身なんじゃが、こうして世界や人類のために未だに体に鞭打って旅しているわけじゃ。ヨヨヨヨヨ」

なんかトレイナがツッコミ入れようとしたが、その前にジーさんがワザとらしく泣き真似をして被せられてよく聞こえなかった。

とはいえ、ジーさんの身元が分かって、少しスッキリしたし、納得した。

「そうか……元六覇を捜して……」

「そうじゃ。ところで君は知らんか？　元六覇の『暗黒戦乙女』と呼ばれる者じゃが、どうもワシの情報だと地上のどこかの国に匿われているとか、どこかの人間が奴と繋がっているとか聞いているんじゃが……」

「いやいや、知らねーよ。つか、それってスゲー最重要機密事項なんじゃ……」

「ん？　おー、そうじゃな。ほっほっほ。ワシとしたことが……なんでじゃろうな。君を見ていると……懐かしいというか……昔は君ぐらいの若者たちによく振り回されておって、その癖でつい色々と話をしてしまう……生意気で、しかしどんな無理もやり通した、頼もしかった仲間たちをのう……」

サラリとトップシークレットを口にしてしまいながら、ジーさんはどこか昔を懐かしむような表情で俺をジッと見る。

何でだろう。ジーさんの言葉を聞いて、俺は自然とそれが誰のことを言っているのか何となく……。

「御老公！　ここにおられましたか！」

「ん～？　おお……どうしたのじゃ？　そんなに慌てて」

と、その時だった。

ローブを纏った男が大慌てで急に現れた。

どうやらジーさんの知り合いのようだが……ってか、ジーさんが連合軍で、知り合いだとするならこの男も……。

「ここより先にある次の街にて……どうやら、『あの女』と繋がりのある人間が居るとの情報が……」

「なんじゃと！」

そして、その男の報告を受けてジーさんも途端に表情が変わった。

今の今まで、まるで近所に住む優しいジーさんのような顔から一変して、鋭く力強い眼光をした軍人の顔だ。

その瞬間、俺はようやくこのジーさんが軍人であることと、更にはただの軍人じゃないことを感じ取った。

「そうか……では、一休みをと思ったが悠長にしてられんな……このまま先を急ごう」

「御意」

そう言ってジーさんは立ち上がり、まだ食べかけだったケーキを鷲掴みにして一気に口の中に放り込んだ。

「んもぐもぐ……すまんのう、本当はもっとゆっくり話をしたかったんじゃが、急用が入ったのでワシは失礼しよう」

「あ、お、おお、そうか」

「ケーキ、御馳走様。またいずれどこかで会おうではないか」

「あ、ああ。ジーさんも気を付けてな」

「うむ」

そう言ってジーさんはローブの男を従えてそのまま颯爽と行っちまった。

最初は静かな風のようにフラッと現れたのに、何だか最後は嵐のように勢いよく行っちまった。

「何だか不思議なジーさんだったな……」

『ふっ……相変わらずだな……あのジジイは』

俺の呟きに、トレイナも苦笑して反応。

「そういや、トレイナ……あのジーさんのこと知ってそうだったけど、何者だったんだ？　元連合軍の軍人つってたが、ありゃ只者じゃねーだろ？」

『勿論だ。それこそ、貴様の父や母と同様に、我ら魔王軍の天敵とも呼べる人物の一人だ』

「……え？　そこまで？」

『ああ、奴の本当の名は――――』

まさか、あのジーさんがトレイナにそこまで言わせるようなスゲー人だったとはな。

一体誰なんだ？

あのジーさんの本当の名前がトレイナの口から明かされる……まさに、その時だった。

「……ん？」

『むっ？』

そのとき、店のテラスに居た俺たちの視界に、突如あるものが映った。

それは、街の外の山の中腹から上がる煙だ。

「なんだありゃ？　……火事か？」

『いや……アレは……狼煙か？』

煙の正体が何かは分からない。だが、いずれにせよ、少し嫌な予感がした。

何故なら、あの方角は……

「おいおい、なんだ～あの煙。お前、知ってっか？」

「多分、例の連中じゃねーか？　ほら、昨日からこの街に来てた、ジャポーネ出身の……」

「ああ！　そういや、今朝、ギルドに行ってたな！」

そのとき、店のテラスに居た俺たちの前を通りかかった街の住民と思われる奴らが雑談しながら
……

「そこでチラッと聞いたんだがよ、いいクエストがねーから、チームの連係を鍛えるためにあの山で訓練するってさ」

「じゃあ、アレもそいつらの仕業か？　確かジャポーネ出身のハンターチーム……『ヌケニンズ』だったか？」

その話を聞き、俺とトレイナは顔を見合わせて、猛烈に嫌な予感がした。

街から見えた狼煙を目指して、俺は走った。

大量のケーキの箱を袋に入れ、それを左右の手で持ちながら、俺は山の中を走った。

少し乱暴に走ってケーキの形が崩れるかもしれねえが、そこはアカさんに我慢してもらおう。

「……なぁ、どう思う、トレイナ。さっきの話……」

『ジャポーネ出身のハンターチーム……か？』

「あの女……ハンターチームに何か関わっていると思うか？」

『まぁ……その可能性は高いだろうな』

「もし仮にあの女もハンターだったとして……アカさんが見つかったらどうなる？」

『さぁ……な。戦後とはいえ、どういう反応を示すかは余も分からん……こともないな。どういう反応を示すかは……きっと、昔も今も変わらんだろうからな』

ジャポーネと言われて真っ先に思いついたのは、あの女だ。

そして、その傍に居たコウガとかいうおっさん。

話しぶりから、他にも何人か仲間と一緒に居るようだったが、あいつらはジャポーネの連中だった。

俺と同じ歳のあの女がハンターの仲間？　兄さんがどうのとか言っていたけど。

『あのアカというオーガ……貴様には親切にしていたが、戦えばその力は恐らく……心配いらぬと思うが……』

「ああ。でもよ、な～んか、嫌な予感がするしな……アカさんが無事ならそれでいいさ」

しっかし、こう、両手に荷物を抱えて、しかもあんま乱暴に扱えないものを持って素早く移動するってのも難しいんだな。

一つ先、もう一つ先の障害を読んで、最短、安全コースを進む。

昨夜はトレイナにマジカル・パルクールを教えてもらったが、うまく活用できてねえ。

『おい、急ぐにしても、マジカル・パルクールにはもっと周辺視野、そして戦碁で使うような先読みを意識しろ』

「わーってるけど！　でも……ほげえ、頭打った!?」

『二つ、三つ先の障害を読んで避けたぐらいで気を抜くな！　一つ避ければ、また次の次の次まで常に読まなくては、木などの障害物に激突するぞ！』

「だ、だから、ケーキを抱えてるから、あんまりうまくできないんだって！」

『ガムシャラにダイナミックに突き進むことばかりするな。それこそデリケートなものを持って動いても苦にならないぐらいの、丁寧さや繊細さも併せ持て』

「それってかなり難しいぞ！」

急ぎ過ぎれば木にぶつかる。木を意識しすぎれば遅くなる。ケーキに気を遣えば中途半端になる。

体の使い方がうまくいかねえ。

つか、アカさんの無事を確認するのが先決だし、ケーキなんか放り棄てちまうか？　また買えばいいし。

『やはり、昨夜も思ったが、貴様は平地や闘技場での戦い方や体の使い方しかできていない。パルクールに必要な、『ランディング』や『ローリング』の基本がそもそもできていない。だから、ウサギすら捕まえられんのだ』

「また、新しい用語出しやがって……何だよ、それは！　走りながら教えろ！」

正直、腰を下ろしていつもの丁寧な解説を聞いている状況じゃないので、俺は急かすようにそう言った。

『ふぅ……ランディングとは、四点着地と呼ばれるものだ。簡単に言えば、両手両足を使って着地することで、落下時の衝撃を四つに分散させる基本技術。そして、ローリングとは着地の際に前転をすることで、衝撃を分散する技。走り方よりも、安全な着地の仕方こそが、パルクールを習得する前の必須と知れ』

「そんなこと、やったことねーよ！」

『こういうのは、幼少の頃に外で遊んだり、山で走り回ったりして自然と身に付けるモノだと思っていたが……やはり、都会暮らしのボンボンめ……』

「あー、またボンボンって言ったな!? 結構、気にしてんだぞ、それ！ 大体、ケーキ持ってたら、そんな四点何たらとかできねーだろうが！ つか、もう捨てるぞ、このケーキ！」

俺はどうやらパルクールを習得する前の基本というか、必須的なものがまずできていないということらしい。

じゃあ、どうする？

これはやっぱ、体で覚えるしか……

「ん……？ ッ！！？」

その時だった。

「おやおや、騒がしいですな～……お若いの。こんな山奥で、お荷物抱えてどうしたでござる？」

突如、急いでいる俺の耳に、やけに落ち着いたノンビリとした声が聞こえた。

思わず足を止めて声のした方へと体を向ける。


「な……に？」

隣の木の枝の上で胡坐（あぐら）をかいている誰かが居た。

全身を黒装束で包み、頭も黒い頭巾、口元も黒いマスクで覆っている。

そしてその背中には、小さく短いが、剣と思われるものを背負っている。

誰がどう見ても怪しい人物。

「……おい、誰だ?」

「ん~……拙者はハンターでござるよ」

落ち着いた口調で、あまり敵意も感じさせない。

と言っても、顔を隠されているから表情までは分からねーが。

「ふーん。ま、ちょっと悪いが俺は急いでるんで」

「ああ、ちょっと待ってもらえないでござるか?　いや、急いでいるのなら本当に申し訳ないでござるが」

ちょっと反応を窺おうと思って、俺がそう言った瞬間、案の定、俺を止めてきた。

「拙者らは現在、ちょっと厳しめな特訓をこの先で仲間たちとさせてもらっているでござる。お急ぎのところ申し訳ないでござるが、ちょっと回り道をしてもらえないでござるか?　すごく急いでいるのであれば、拙者が抱えてひとっ飛びするでござる」

丁重に言ってはいるが、要するに、特訓中だから邪魔をしないで欲しいということのようだ。

別にそれならそれで構わない。

ただの「特訓」ということであるのなら。

「あんたらか?　ジャポーネのハンターってのは?」

「お?　街で聞いたでござるか?　いかにも、拙者らがジャポーネ出身にして、フリーのハンター……『抜け忍ズ』ござるよ」

やっぱりか。そして、同時に……

『童……気を付けろ……』

「ん？」

『こやつら……フリーのハンターなどと言ってるが……そんな甘いものではないぞ？』

トレイナが目の前のハンターに何かを感じ取ったようだ。

確かに、見てくれも普通には見えないし、怪しさ全開だ。

「ま、あんたらがどこのハンターかはどうでもいいが、俺はこのケーキを早く友達に届けたいんでな。この先に居る」

「……ん？」

「あんたらに迷惑をかける気はないが……仮にも帝国の領土内で、他国の連中、ましてやフリーのハンターに指図される気はねーんだが？」

「まぁ……それを言われたら、ぐうの音もでないでござるが……」

別にこいつらがただ怪しいだけならそれでいい。

ちゃんと普通に訓練しているんなら問題ない。

ただ、どうしても気になることがある。

それは、こいつらがアカさんと何一つ関わりなく、たまたまアカさんの居る所で訓練をしているだけで、アカさんの存在にも気づいていないのであれば、何も気にすることはない。

だが、「この先にオーガが居るけど知ってますか？」なんて、俺の口から言うわけにはいかない。

だから、ちょっと回りくどい探りになるが、これでどう反応するか……

『童……神経を張り巡らせ、気を付けろ……そして、顔に出さずに聞け。今……囲まれているぞ?』

「…………」

『斜め左後方に一人……右後方に一人……』

おやおや、気付かなかったぜ。随分とかくれんぼがうまいんだな。

つまり、目の前のこいつを入れて三人か。

まぁ、別に何も問題が無いのであれば、物騒なことにもならないんだが、果たして……

「ふぅ……大事にならないようにしたかったが……分かった、正直に言うでござる」

すると、目の前の男は観念したように敵意が無いことを示すように両手を上げた。

「実は、拙者らが特訓中に危険な存在を発見したでござる」

「危険な存在?」

「残虐非道なモンスター……オーガ」

ああ……何でこう、嫌な予感が当たるんだか……

「かつての大戦で何千何万の人類に死と悲劇をもたらした危険種……放置して地上の人々に危害をもたらす前に、今、拙者らのリーダーと仲間が総力を挙げて討伐しようとしているでござる。だから、今、この山も森も非常に危険でござる。そのため、拙者らも誰かが来ないように見張りをしていたでござる。どうか、ここは我々の言うことを聞いてもらえないでござるか?」

そして、それなら仕方ねえ。俺も頷いた。

「そうか。残虐非道なモンスターが居るのか……それは知らなかったな。そりゃ～討伐しねーとな」

「うむ、急いでいるところに申し訳ないでござるが、ご理解感謝でござる」

そうだ。討伐しないといけない。残虐非道なモンスターなら……な。

「ところで……」

「ん？」

「実はこの先に、あんたらの言う奴とは別に、『心優しいオーガ』が住んでいるんだが……それは知ってるか？」

「……は？」

「俺の友達なんだが……ま～さか、あんたら……俺の友達を勘違いして襲ったりしてねーよな～？」

そう、アカさんは違う。

誰よりも優しくて、情に脆い人で、そんなアカさんを、まさか残虐非道だなんてほざく奴、居るわけが……

「……おぬし、あの赤いオーガの関係者でござるか？ 心優しい？ どういうことでござる？ まさか、あの赤いオーガと一緒によからぬことを企んでいるのではござらんだろうな？」

ああ……どうしてこうなるんだろうな？

俺が大魔王の技を使ったら、恥知らず。

俺がオーガと友達になったら、良からぬこと。

帝都の奴らだけでなく、他国の奴らまで……あ〜、もう！

そうじゃねえ、早く事情を説明して、何とか話し合いを……話し合い……話し合いを……

「あ〜もう、そうじゃねえよ！　確かに、オーガはオーガだ！　でもな、その人は困ってた俺を助けてくれた！」

「なに？　……助け……まさか、人間の情報を得るために？」

「ちげーって、ただの善意だよ！　アカさんと話せば分かる！　優しくて、不器用で、本当は人間と友達になりたがってるんだ！」

「なんということだ……まさか、ここまでオーガに懐柔されているとは……」

話し合い……話し……

「本当だ！　今すぐ、あんたの仲間を止めろ！　少し話せば分かる！　アカさんみてーな良い人は、人間にだって居ねえ！」

「そうやって油断させ、虎視眈々と何かを企んでいたのかもしれぬでござる。相手はオーガ。そなたは、オーガのことを何も分かっていないでござる！」

話し……あ……い……

「かつての戦争を経験した拙者は、オーガという種の鬼畜さは知り尽くしている。奴らは一匹残らず駆逐せねばならぬ種！　これだから最近の若い者は……」

あっ、もうだめだ。「最近の若い者」、これが出たらもうダメだった。

「……おい……いい加減にしろよゴラ……」

「ん？」

「これだから昔の者は思考停止しやがって……どいつもこいつも……どの国も！」

俺は持ってたケーキを木に立てかけて置き、そして一気に吼える。

「テメェら！　アカさんに何してやがるんだゴラァ!!」

「ッ!?」

飛び込み、そして、一発！

「は、速いッ!?」

「うるあああ！」

右のストレートを顔面に思いっきり打ち込んでやった。

男は俺の拳を受けて地面に落下し……ん!?

「な、なに!?　ま、丸太!?」

俺は今、間違いなく男の顔面を殴った。

だが、その瞬間、男の姿は丸太になった。いや、入れ替わった？

『変わり身の術だ！　童！』

「は？　変わり身？」

『背後だ！　来るぞ！』

トレイナの言葉に反応した直後、俺の背後から聞き覚えのある声が聞こえた。

「君が現れたのは驚いたけれど……どういうことか、後で説明してもらうわよ」

「ッ!?」

「とりあえず、今はおやすみなさい」

　首元に手刀で一撃。振動で全身に痺れが走り、俺の体は地面にそのまま落下する。

　これって、人を気絶させたりするのに使う……

「まったく、驚いたわ……ねぇ？　『イガ』、ちょっと危なかったのではないかしら？」

「うむ。あと一歩遅ければ殴られていたでござる。只者ではないでござるな……お嬢の知り合いでござるか？」

「その若いの、さっき街でな……お嬢と戦碁を打ってたやつなんだが……ほんと、どうなってんだか……」

　ああ……ほんとに危なかった。トレイナの一言で、俺が反応して打たれる箇所を僅かでもズラしていなければ、多分俺は意識を失っていただろうな。

「ったく……やってくれるじゃねーか……」

「「「ッッ！！？？」」」


　立ち上がった俺に驚いた表情を浮かべる三人。

　一人は、『イガ』と呼ばれていた、さっきまで俺が話していたマスクの男。

　もう一人は、『コウガ』と呼ばれていた、街で会ったおっさん。

　そして……

「ちょっとビックリしたぜ……あんた、何やってんだよ。シノブ……だったか？」

「君は……今ので、起き上がれるというの？　君は一体……？」

やっぱ、この女、シノブも関わってやがったか。

だが、邪魔をするなら、手は一つ。

俺は大魔フリッカーの構えをして、軽くステップを踏む。

「とりあえず、今すぐテメエらの仲間を止めろ。それができねーなら、三人まとめてぶっとばしてでも、俺は先に行くぞ！」

そして今日、俺はあらゆる意味で初めて尽くしの相手と戦いをすることになった。

第十話

言うほど大した中身でもあんのかテメェは！

A BREAKTHROUGH CAME OUT BY FORBIDDEN MASTER AND DISCIPLE.

「オーガとの友情を語る若者……騙されているのか、洗脳されているのか、どちらにせよ、少し興味深いでござるな」

「お嬢に戦碁で勝つぐらいだしな……ただのガキじゃねーのは確かだ」

「徒手空拳のようね……見たことのない型だけれど……」

起き上がって構える俺に対して、どうやら連中も警戒心を見せたようだ。

ただし、俺の話を信じる気はなしと。

「とはいえ、あまり手荒にするわけにはいかぬでござる。ここは、拙者が取り押さえるでござる」

フリッカースタイルで身構える俺の前に、イガという名のマスク男が前へ出た。

さっきは、変わり身の術とかいう訳の分からねえもので逃れられたが、今度はそうはいかねえ。

『童、こやつらフリーのハンターと名乗っていたが、実体はもっと別のモノだ……油断するな?』

『トレイナ?』

『ジャポーネ出身……更に、先ほどの変わり身の術……こやつらの正体は――』

先ほども何かを言いかけていた、トレイナがこいつらから感じたこと。

ただの戦士じゃないってのは、さっきの身のこなしで十分理解した。

油断できるほど、俺もまだ自分に自信はねえ。

「恨みはないでござるが、若者よ……退かぬなら、拙者が相手をさせてもらうでござる」

「ああ、そうかい。つか、あんたらハンターとか言ってるが、実際は何者だ？　戦争経験者みてーだが」

「それを簡単に口にする気はないでござる」

そう言って、イガは僅かに重心を低く構える。

勢いをつけて素早く飛び出せるようにという意識が見える。

それは、今までアカデミーなんかの模擬戦でも見たことがない、初めての構えだ。

そして、静かだが、殺気も滲み出ている。

「もう一度言うでござるが……退く気は……」

「話を聞く気がねーくせに、都合のいいこと言ってんじゃねーよ」

「そうでござるか。なら……御免ッ!!」

最後通告のような問を俺が拒否した次の瞬間、イガが動いた。

「ジャポーネ流走法術――」

俺に向かって真っすぐ……速い……?

いや、違う。スピードそのものは、多分それほどじゃねえ。

ただ、走りのキレや緩急やステップで「速く見える」だけなんだ。

走りながら途中で膝を曲げずカカトを上げるようにステップを入れ、減速したかと思えば急加速する。

ラダーで俺もやっていたステップの一つ。

『大魔グーステップ』。

フェイントみてーなもんだ。

ネタが俺でも分かるものなら、慌てず冷静に……

「リヴァルに比べりゃ遅(おせ)え……」

「鷲鳥ばし――――あ……」

「はい、いらっしゃい」

相手の動きを先読みして、飛び込んできた瞬間にカウンター気味の左ジャブで顎を捉えるだけ。


「……え?」

「イガッ!?」

今度は変わり身じゃねえ。イガ本人が俺に顎をピンポイントで打ちぬかれ、そのまま糸の切れた人形のように頽（くずお）れる。

「な、お、おい、なんで!?」

「え……? え? イガ……?」

秒殺。

そして、今の一撃で明らかにコウガって奴とシノブに衝撃が走っている。

今のうちだ！

「大魔グースステップ！」

「ッ!?」

「俺も出来るんだよ……」

コウガに向かって走り、直前でステップを切る。

ただでさえ動揺しているコウガが、俺のフェイントで更に反応が遅れる。

その一瞬で、俺はコウガの懐に飛び込みながら、左拳を握りしめる。

「はや、し、下か、ら、防御ッ！」

「コウガ、下がりなさい！」

コウガは慌てるも何とか体を動かし、両拳を上げる。

だが、もう遅い。

ステップインで踏み込みながら、フックとアッパーの中間の位置から真っすぐ突き出すように打つ。

リヴァル戦では特に出さなかったが、ストレート、フック、アッパー、ボディとはまた異なるパンチ。

その名も『大魔スマッシュ』。俺が打つならば……

「果てまでぶっ飛べ！　天羅彗星覇壊滅殺拳！」

「つっ！！？？」

『……なぜ、下から打ち出すスマッシュに彗星なんて名前を付ける？』

ネーミングセンスのないトレイナの言葉は気にせず、防御しようとした相手の腕ごと顔面に叩きつける。

手ごたえあり！

「が、つ、ごほっ……」

「コウガ！」

「だ、だいじょうぶ、だ、お嬢、下がってろ！　こいつは……普通じゃねえ！」

とはいえ、多少なりともガードされているために、意識を断つまでには至らない。

「本気出す！　手荒になるが、俺の術でふっとばす！」

それでも鼻が潰れて血を吹き出してるが、コウガは狼狽えるどころかむしろ気を引き締めなおしたかのように、鋭い眼光で俺を睨みつけ、そして高速で奇妙な手の動きを始める。


『アレは魔法使いでいう詠唱……『印』だ』

「イン？」

『そう、アレこそがジャポーネ王国を、そしてかつては大戦で人類を裏から支え続けた戦士……忍者戦士の『忍術』だ！』

「ッ……」

ああ、そういうこと……これまた、話題になった昨日の今日で……あぁ、そういう……

「風遁忍法・鳴門渦巻!!」

まさか、こいつらがガキの頃に憧れた忍者戦士とはな。

だが、正直今の俺は、憧れに目を輝かせることなく冷静というか冷めていた。

俺たちの魔法とは違うタイプの攻撃のようだが、結局は風属性の攻撃だろ？

旋風が鋭い刃となって吹き荒れて俺に襲いかかるが……

「土属魔法・キロアースウォール!!」

「なっ、魔法ッ!?」

「ア～ンド……」

土の壁を大地から出現させてガード。

そして、同時に俺は土壁に向かって拳を叩きつけて、破壊し、その破片をコウガ目掛けて放つ。

「七星地殻えっと……え〜……どりゃあああ！」

「つ、うお、うおおおおおお！！？？」

『必殺技名を忘れたな？　だから、余の付けた技名の方がいいと言ったのに……』

トレイナのツッコミに少し恥ずかしさを感じるも、それでも威力はこの通り。

土壁の破片をコウガは正面から受けてダメージを負った。

「ぐ、ま、マジかよ……ツエー……坊主……テメエ、何者だ？」

傷つき片膝つきながら動揺するコウガ。

忍者戦士……ヌルイな！

『調子に乗るなと言いたいが……まぁ、こんなところか。最初はどうなるかと思ったが、こやつらはレベル的に中の上ぐらい。本来は隠密と暗殺専門の戦士が相手に姿を見せて正面から戦闘を行うなど愚の骨頂。未知の術で翻弄されぬ限り、既に上級戦士以上の力を持つ童には敵わぬか……』

そして、トレイナの言葉で俺の優位は確信に変わる。

大丈夫だ。これならすぐにでもアカさんの所に……

「すごいわ……驚き桃の木山椒の木……というものね」

「……あ？」

「イガを一撃で倒し、コウガを圧倒するなんてね。戦碁だけじゃなく、コッチも強いだなんて……

私の理想過ぎてどうしてくれるの？」

そのとき、俺たちの攻防から少し下がっていたシノブが、初めて会った時のような無表情からは想像できないほどの微笑みを見せながら前へ出て来た。

「へぇ、そりゃどーも。こういう状況じゃなく……そしてもっと胸がデカけりゃ、俺もようやくモテ期が来たと舞い上がってたよ」

「は？　……ふ、ふん。まったく、破廉恥ね。でも、未来の可能性に賭けてくれるのなら、私、頑張ってもいいわよ？」

「けっこうだ。今から死に物狂いで頑張っても、俺が理想とするバストサイズにゃ届かねえよ」

仲間二人やられて、もっと動揺をするかと思ったが、シノブは驚いたもののどこか嬉しそうにしながら出てきやがった。

「悪いが、今の俺は女よりも友情を優先する男なんでな……邪魔をするんじゃねぇ！」

にしてもこいつ、こういう状況で冗談を口にするとは、つまらない人形みたいな顔してた街での姿とはえらい違い……ん？　じょ、冗談だよな？　えっ？　理想？　俺？　え、いいんだよな？

こういうのは社交辞令でいいんだよな？

昔、サディスや姫に散々、「玉の輿狙いで勇者の息子の俺を誘惑してくる女に気を付けろ」、「ハニートラップ」、とか、悪い女に甘い言葉を掛けられても騙されるなって言われまくってきた俺にそんな誘惑は利かねえ。

でも、え？　こいつは俺が勇者の息子って知らねえ。

あれ？　こいつ、無乳大平原だけど、顔は美人だし、え、ほんとに俺に気があるなら……ええ？

どうすりゃ……

『おい、何を動揺している。そんなことより……これからが本番と考えた方がいいぞ？』

「え？」

いや、ひょっとして俺の時代が本当に来たんじゃないかと思っていたところ、少し真面目なトーンでトレイナの忠告が入った。

本番？

「つ、お、お嬢……」

「イガを連れて下がってて、コウガ。私がやるわ」

え？　こいつ、おっさん二人がやられても、俺と一対一でやろうってのか？　俺と同じ歳の女が？

いや、まあ、女とはいえ、姫級の力があるならこの自信も……

「中忍の二人を倒した腕自慢君。なら次は……上忍の力を体感してみない？」

「ジョーニン？」

「盤上ではまるで歯が立たなかったけれど、コッチではそう簡単にはいかないわ？」

そう言って、小刀を取り出して俺に構えるシノブ。

俺も再び大魔フリッカーで身構える。

「じゃあ、今度は盤上ではなくコッチで語り合おうじゃねえか。ただし、多少の痛みは伴うぜ？」

「あら怖い。破瓜の痛みとどっちが痛いのかしらね？　両方教えてもらおうかしら？」

「ふぇ？　さ、さあ……お、俺、そ、そんなこといきなり言われても……そ、そういうのはもっと……親睦を……手ぇ繋いだり……交換日記とか……」

「……君……萌えるわ」

さっきの戦碁、実際に打っていたのはトレイナ。

だから、これが俺とシノブの本当の意味での初対決だ。

でも、まずはペースを乱されねーようにしないと……そして、ハイペースで倒して、ソッコーでアカさんの所へ行かねぇと。

ジョーニンってのがどういうものかは知らないが、シノブのこの余裕ぶりから、少なくともさっきの二人よりは強いってことだろう。

ジョーニンってのが仮に帝国でいう上級戦士クラスなのだとしたら、確かに俺も気を引き締めなおさねーとな。

「さあ、とっとと来やが――――」

迎え撃つつもりで俺が身構えた瞬間、俺の眼前には形状の珍しい小刀が迫っていた。

「ぬおっ!?」

「流石にいい反射神経ね。さあ、もっといくわよ!」

「ちょ、おまっ、っ!?」

体術でも剣術でもない。ただ、小刀を飛ばすだけ。

投げナイフ術？　しかし、こいつ何本持ってんだ!?

『小刀でもナイフでもない。アレは……『クナイ』と『手裏剣』だ』

「な、なんだそれ！」

『忍者戦士独特の武器だ。気をつけろ！　目に見えるモノだけに反応するな！』

「つ、こ、の、あぶねえな！」

『後ろだ、童！』

目に見えるモノだけに反応するなって……っ!?

「えっ、ま、丸太っ!?」

クナイとかいうのを回避していたら、背後から迫る何かの気配を感じ、俺が振りかえった瞬間、ロープでくくられた大きな丸太が俺に向かって振り子のように襲い掛かってきた。

『トラップだ、童。あの小娘、貴様が二人の忍者を相手している間に、トラップを仕掛けていたのだ』

おいおい、罠って……だが……

「舐めんな、俺ぁ罠にかかる獣じゃねえ！　こんなもん！」

正面から飛んでくるクナイと大きな丸太。挟み撃ち。だが、全て打ち落とす。

半身に構えて正面のクナイの腹を全てフリッカーで打ち落とし、迫り来る丸太は握り締めた右拳のスマッシュで迎撃。

腰の捻りを加えられないから手打ちになって威力は落ちるが……

「小さな刀と丸太を吹き飛ばすぐらい、わけねーん……っ!?」

『二の矢だ、童！』

俺は「眼に映った」クナイと丸太を迎撃した瞬間、それぞれ最初の攻撃に重なって隠れていた、時間差の同じ攻撃に気づかなかった。

「がっ!?　いっ、てぇ!!」

突き刺さるクナイ。頭に打ち付ける丸太。反応したが逃げ道なく、迎撃できず、結局くらっちまった。

「んのぉ、こしゃくなことを……あれ？」

痛みで怯みそうになるが、耐えて倒れず、次は俺の反撃を……と、思ったら、今の今まで目の前に居たはずのシノブが居なくなっていた。

「水遁忍法・霧風の術」

そして、姿の見えないシノブの声が響き、同時に森を覆うような深い霧が俺の視界を奪っていった。

「な、なんじゃこりゃ!?」

『所謂(いわゆる)、霧隠れという技だ……気をつけろ。相手は上忍。この霧の中でも貴様の動きや居場所は丸分かり。霧に隠れて攻撃が飛んでくるぞ？』

「んな、ま、マジか!?」

ヤバイ、そう言っている間にもどんどん霧が濃くなっていく。

あたり一面真っ白になって、ほとんど何も見えねえ。

もし、こんな中でさっきのクナイとかが飛んできたら？

強烈なニンジュツとやらが飛んできたら？

「ちっ、コラああ、卑怯だぞ！　出てきやがれ！」

これじゃあ、動体視力も周辺視野も関係ねえ。何も見えないんだから。

しかし、そう叫ぶ俺の声にもシノブは答えない。

声を出して自分の居場所を教えるようなバカなことはしないってことだ。

そして、声の代わりに……

『童！』

「ん？　ぐおっ、つ、うおっ!?」

クナイが返事の代わりに飛んできた。腕に、肩に、足に数本突き刺さり、肌を切り、俺を痛めつける。

正直、当たる寸前にならないとクナイの姿は見えない。

そして、見えた瞬間にはもう遅い。

いくら俺の反射神経や動体視力でも、これを回避するには限界がある。

「ぐっ、そこかぁ！　雷属魔法・キロサンダー！」

それでも刺さったクナイの箇所から方角は分かる。

クナイの飛んできた方角向けて雷を落とす。

だが、手ごたえがねえ。回避されたか？

『闇雲に撃つな。奴は移動しながらクナイを投げている。勘でやっても捉えられはしない』

「くそ……あの女ぁ、見た目の割りには随分とセコイ手を使いやがって！」

『落ち着け、童。これが本来の忍。これが忍者戦士だ』

「な……にい？」

「これが忍者戦士」と告げるトレイナの言葉は重かった。

『忍に必要なのは強さではない。目的を達成すること。戦闘に勝つことではなく、相手を殺すことを第一とする。それが奴らのスタイルだ』

「マジかよ……」

『だが、一方で貴様はあの小娘を卑怯呼ばわりしているが、まだ気遣っているほうだぞ？』

こんな隠れてコソコソするような戦い方に文句を言う俺の甘さを指摘しつつ、トレイナは更に言う。

『もし、あの小娘が自身の武器に致死性のある毒を塗っていたら、もうその時点で勝負が付いていたのだからな』

「っ!?」

『上忍が毒を常備していないはずがない。つまり、貴様はまだ手加減され、気遣われているということだ』

ゾッとするようなことを言いやがる。

つまり、殺すつもりなら俺はもう殺されていてもおかしくないということだ。

こんな簡単に死ぬ可能性があった？

いや、可能性どころじゃねえ。今だってクナイが急所に当たっていれば？

冗談じゃねえ。

「手裏剣多重分身の術」

「あ………つ、何度も食らうか！　……え？」

眼前に現れた手裏剣。今度は割と早く気付いて拳で撃ち落とそうとするが、俺のパンチが手裏剣をすり抜けた。

幻？　かと思えば、手裏剣の陰に隠れて放たれていた第二の手裏剣が今度は俺の体を突き刺した。

「いっつ、な、なんだ？　どーなってんだ!?」

『手裏剣分身……手裏剣の分身と本物を織り交ぜた攻撃だ。今の童では見抜くのは不可能だな』

「しゅ、手裏剣分身!?」

卑怯すぎるぞ！　ただでさえ姿も見せず、視界も奪い、更には本物と偽物の攻撃を交ぜるなんて、どうやって避けろってんだよ。

「くそ、出てこーい！　ツルペター、貧乳ぅぅぅ、大平原ッッ！！！」

『無駄だ。忍は感情をコントロールすることもできる。日常生活の私情をこのような場面に持ち込まない。ある意味で、ヒイロ以上に空気の読めない奴らだ』

「いた、ぐ、いで、や、ぬおっ!?」

『そして、先の二人の中忍との戦いで、貴様の拳の威力を目の当たりにしている以上、間違っても間合いに入るようなことはせんさ』

胸を気にする女だった。挑発したらどうだ？

だが、結局何も変化が無い。

飛んでくるのはクナイや手裏剣とやらだけだ。

「いっ、つ、ぐっ……こうなったら……ここから離れて……」

ダメだ。避け切れねえ。反射的に首や手首とかはガードしてるが、このまま体中に刺さったらヤバイ。

一旦ここは退くか？　霧に覆われてない所を目指してダッシュして、一旦霧から抜けられないか？

「土遁忍法・岩飛礫の術」

「ッ!?」


人が作戦を練っているところで、強烈な技。

地面に振動が走って、無数の石が一斉に俺に襲い掛かってくる。

全身を打ち付ける石の衝撃。

見えないのに、俺の全身が青く腫れてるだろうと想像させられる。

「くっそ……いって……マジーな……どうやって倒せばいいんだよ、こんな状況で……」

『童、学べ。これが実戦だ。強いものが勝つのではない。力の無いものも強い者に勝つために策を弄する。それは当たり前のことだ。闘技場で正面戦闘をすれば貴様が勝つだろうが……何でもアリの実戦ではそうとは限らないということだ』


トレイナの言ってることがイチイチ俺に突き刺さる。だが、それでも今はここで時間を食ってる場合じゃねえ。

こいつらにはまだ仲間が居る。その仲間がアカさんに迫っている。

アカさんを助けにいくためには、こんな所でモタついている場合じゃねえ。

『トレイナ。あんたならどうする？』

『余の六道眼の前ならこの程度の霧なぞ無意味。仮に目を瞑っても、気配や音を頼りに戦えもするし、辺り一面を吹き飛ばすことも可能。それはまだ童には早いがな……』

『ふぐっ!?』

『少し自分で考えろ。ヒントは与えた。こういう状況、自分で活路を見出すことが成長に繋がる』

くそ、参考にならねえ。まずい。本当にこのまま俺は……？

トレイナの言うように、気配や音を頼りにってのも無理だ。そもそも、シノブの動きが全然分からない。音も気配も悟らせず、術を使うときや、目の前にクナイが現れるまで分からない。

全体をふっとばすような魔法っても、俺はギガ級の魔法とか使えないし……ん？

「あっ、あった」

一個だけ、俺が使える破壊力抜群の魔法……いや、技がある。

『ほう……そのアイディアに辿り着くか……皮肉なものだな』

そのとき、トレイナが悪くない反応と、少し複雑そうな様子を見せたが「間違い」ではなさそうだ。

なら、俺は自信を持ってやるだけだ。

「いくぜ、ブレイクスルーッ!!」

全身に魔力を漲らせるブレイクスルー状態。もっとも、姿も居場所も分からない相手にいくら肉体強化しても意味が無い。防御力が上がるだけだ。

だが、ここから俺は右手を掲げて、アレを使う。

「大魔螺旋!!」

色々と俺の人生を左右させた大魔螺旋。二日続けて使うことになるとはな。

だが、これはただの大魔螺旋じゃねえ。

ただ相手に突っ込んで風穴開けるドリルとして使うのではなく、こうやって掲げ、そして激しく回転させることで……

「まとめて全部吹っ飛べぇぇぇぇぇぇぇ！！！！」

「ッッ!?」

「アーススパイラルトルネードッ!!」


強烈な竜巻を発生させ、霧も木々も全てを吹き飛ばす。

周囲の木々が飛び、大地も抉れ、霧も飛んで視界がクリアになっていく。

「な、こ、これは!? きゃあっ!?」

「くはははは、みーつけた！」

そして、見つけた！ ついに！

風で吹き飛ばされるのを必死でこらえながら、短いスカートが捲れてパンツ・白・王道・瞬間記憶魔法キャノニコン発動！ ……じゃなくて、そう、見つけたぞ、あの女をな！

だが、そのとき……

『正に大魔螺旋のその使い方……螺旋竜巻が……あの都市を滅ぼしたのだがな……』

トレイナがどこか複雑そうに何かを呟いていたが、今はそんなことよりもアッチだ。

「もう逃がさねえぞ！」

「あっ……は、速いッ!?」

距離を離されたり、また隠れられたりしたらたまんねえ。

クナイや手裏剣投げも、術の発動すらさせねえ。

超インファイトでケリをつけてやる。

世の表に出ずとも、陰から国を、世界を、人類を守るために戦った忍者を、私は心から尊敬し、憧れた。

名門忍者の家系に生まれた私は、ただの宿命としてではなく、自分の意志でこの道を選んだ。

名前など残らなくても世界のために。どこか謙虚さを感じる精神も、それは名声や栄誉を求めるためでなく、誰よりも純粋に「何かを守りたい」という意志の表れとすら思っていたわ。

そして、何よりも純粋にカッコいいと思った。

忍者とはある種の膨大な学問のようなもの。忍術。武器術。体術。軍略。隠密術。暗殺術。さらには潜入に必要な一般的な知識や、「女忍者」ならではの専門分野もある。

そう、「忍者とは全てに長けたもの」と私は幼い頃から理解した。

すなわち、「何でもできる存在」になるのが、私の道だった。

だから私はその道をとことん進むために幼い頃から修練に身を投じた。

忍者アカデミーも飛び級で卒業し、私は史上最年少で忍者戦士、そして下忍、中忍、最年少上忍にまでなった。

でも、そうして辿り着いた忍の道は、私が理想としていたものとはかけ離れていた。

『では次の任務は、お忍びで歓楽街へ行かれるオウゲ・レッ子爵の護衛だ。それが終われば、反政府思想の持ち主であるヤトウを陥れる。奴らのデモに紛れて工作をしろ』

『そうそう王子が仰っていたが、愛読されている本の舞台となった聖地巡礼をしたいとのことだ。護衛も兼ねて、上忍は着ぐるみを着たり、登場人物の姿に変装したりしてもてなすこと』

『暇な下忍を数名貸し出して欲しい。畑の芋掘りをお願いしたい』

世界が平和である。それは素晴らしいこと。

でも、皮肉にもその影響で私たち忍に与えられる任務は、あまり滾るものではなかった。

戦後に生まれて、戦争を経験していない私はまだそれを「現実はこんなもの」と受け入れることができたものの、当時の戦争と忍者たちの秘められた武勇伝を知る兄さんたちは、今の状況に物足りなさを感じていた。

『ふざけるな！　なんだ、この忍の扱いは！　ただの何でも屋……雑用係ではないか！』

平和になればなるほど、兄さんや仲間たちの不満は募るばかりだった。

『この間もそうだ。野盗や凶暴モンスター退治は、侍たちに任せ、我ら忍は後方支援という名の待機命令……』

『本来、あの森を誰よりも知り尽くしているのは毎日鍛錬で利用している我ら！』

『我らが誰よりも早く駆けつけ、そして誰よりも早く解決できたはず！　それなのに、我らを待機させたばかりに、無駄な被害を生み出した！』

忍者は陰の存在。ゆえに、私たちは表舞台に立つ王国武士である侍たちよりも扱いが下だった。

そして、平和続きで軍備縮小に伴う煽りも受け、たまにある大きな事件も手柄を立てて存在意義を証明したい王国武士たちが率先して解決するようになり、私たち忍の扱いはどんどん低くなった。

『おい、忍者ども。貴様らに任務を持ってきてやった。やっと予算が下りて、今度、王国武士宿舎を新しく建てることになった。貴様らは掃除と引越しを速やかに行ってもらう。忍者ならばそういうのは得意だろう？』

そして、かつては戦友・盟友のような間柄であった侍たちにまで小間使いのようにされ、忍たちにも変化が出てきた。

『え……？　転職？　どういうことかしら、マクラ。あなた、ようやく卒業して下忍になってこれからっていうときに……』

『ごめんね、シノブちゃん。私の両親が調子悪くて……今の下忍の給料では少し厳しくて……』

『だからって……でも、どうやって？　転職する人は最近では多いけど、それは皆、実績のある人よ？　忍者アカデミーを卒業したばかりで実績の無いあなたが転職をすぐにだなんて……ッ、あなた、まさか！』

『大名のオサナスキ様は王国武士長とも懇意にされているから……お願いをしたの。お願いの仕方は……想像に任せるし、軽蔑してもいいよ』

『マクラ……』

『シノブちゃんは……私みたいにならないでね……ずっと綺麗なままでいてね』

転職を希望する仲間も多かった。

しかし、王国武士の就職率も現在厳しく、転職を希望しても席の奪い合い。

中にはその席を勝ち取るために、あらゆる手段を用いる人も少なくなかった。

そして、私も仲間も、そして兄さんたちも認めたくなかった事実を認めざるをえなくなった。

忍の時代はもう終わったのだと。

『仕えるべき主君と国のためにこの身を捧げるのが忍……しかし、もうこの世は忍を必要としていない……』

ある日、兄さんが悲しそうに呟いた言葉に、誰も反論することができなかった。

『しかし、それでも拙者らが身につけたこの力は……必ずや世界のどこかで役立てることができるはず。平和が嫌なのではない。ただ、この身につけた力を存分に振るい、何かに役立てたい』

兄さんの不満と願いに同調した、私を含めて十数人の忍たちはその言葉を受け……

『世界へ出よう。転職ではなく、退職し、そして再就職というような形で……しがらみのないフリーのハンターにでもなり、世界を渡らないか?』

そして、私たちは世界へ出た。

忍として身につけた力を存分に振るえるような何かを求めて。

そんな私は今……

「オラ、逃がさねーぞ、シノブ！」

「くっ、まずいわ、距離を……」

「どこへ行く?」

少し昔を思い出した私。そんな一瞬の隙に、彼は高速のステップインで私の目の前に。

感情を殺す訓練をし、常に戦いでは冷静でいることを心がける私たちとは違い、闘志や感情をむき出しにする男の子。

美しく生命溢れる緑色の光に包まれて、私を追い詰める。

「ジャポーネ流体術……廻し受け！」

「はん、俺のフリッカーを捌けるか？」

速い！　別に体術に自信がないわけではない。

でも、この荒々しく、しかしスピーディーで執拗な拳の連打は私の反応速度を遥かに上回る。

これまで、同年代の子が相手なら、侍にだって私は負けなかった。

なのに、この距離での戦いでは彼に勝てない。

まさか、霧すらも吹き飛ばすあれほど強力な技を使えるとは思わなかったわ。

「オルァァァ!!　とっとと、まいったしろ!!」

街で戦碁を打ったとき、故郷に居る誰よりも強く、次元の違う領域に存在するような遥かなる高みからの一手を打たれ、私は「すごい」という感情を上回るほど「憧れ」を抱いてしまった。

もっと、彼と打ちたい。弟子になりたいとすら思った。

しかし、そんな戦碁とはガラリと変わるほどの実戦での彼の印象。

強く、魂に溢れ、そして熱い。

何故彼があのような戦碁の打ち筋をできるかは分からないけれど、きっとこれが本当の彼。

「くっ、うう、つっ！　は、速すぎ……るっ！」

距離を離せない。私が力強く踏み込んでバックステップしようとする前に高速の左が飛んで私の動きを止める。

鞭のようにしなる拳を私は両手で受け流し続けようとするも、徐々に腕がしびれ、何よりも更に加速する拳に私は追いつけない。

「捉えた！」

左手一本で私を圧倒し、防御も回避も不可能な状態になってから、右拳をまっすぐ私の顔に……

嗚呼……この右を受けたら私は……

「……俺の勝ちだ！　そうだろ！」

「……え？」

敗北を覚悟した私だったが、来るべきはずの衝撃が来なかった。

目の前には寸止めされた彼の拳。

そして、同時に彼の体を覆っていた光が収まる。

これは……

「……どういうつもり？」

「……あ？　これでもう勝負アリでいいだろうが！」

顔が潰れることを覚悟していたけれど、どういうこと？

情け？　いいえ、違うわ。

これは……ああ……そういうことね。

「君……強いけれど……さては女を殴ったことがないのね」

「ッ!?」

「……なんだ……とても育ちの良いお坊ちゃんなのね……でも……覚悟を決めた女にとって、それは優しさなんかじゃないわよ！　侮辱よ！」

屈辱。

戦場は死と隣り合わせ。任務中の死もまた忍の誇り。

そんな私に対して女だから殴れない？　これほどの強さを持ちながらその程度の甘い精神性。

さっきまで、ロストヴァージンの相手にしてもいいかもしれないと考えていたけれど、失望したわ。

「もらっ……ッ!?」

「うるせえ、さっさと負けを認めて失せろ！」

彼の隙を突いて、クナイを喉元に当てようとした私の手首を、彼は一瞬で摑み取った。

やはり、この距離では……

「いいか？　見えちまえばこっちのもんだ！　テメエの視線も息遣いも筋肉の動きも全て見逃さねえ。こっからテメエが何をしようとも、何かをする前にその動きを止めて、カウンターを叩き込む！」

「つっ……」

「さぁ、負けを認めやがれ！」

野性味溢れる目で私に凄む彼。

だけれど……

「……でも……実際は殴らないのでしょう？　いいえ、殴ったこともないのでしょう？」

「な……にィ？」

「ふざけないで！　この私を愚弄する気？」

私は敗北よりも、この状況での女の子扱いが腹立たしくて仕方なかった。

自分でも見苦しいと思うような情けない負け惜しみを言っていた。

生殺与奪が委ねられている勝者の権限に異議を唱えるかのように、私に敗北を与えるなら、いっそ叩きのめして欲しいと訴えた。

すると、彼は……

「うるせえ！　つーか、殴って欲しければテメエももっとブスな顔して出てこいよ！　殴りづらいんだよ！　だいたい、テメエら女ってのは、好き放題に言って男を査定したりとか、自分の都合であいつはダメだの、付き合うのはやめた方がいいだの、エロ本を見てりゃ変態だの、人によっては女を傷つけたら最低と言ったり、テメエは侮辱だと言ったり、ウゼーんだよ！　さっきまで俺のことがモロタイプとか言ってたくせに、今度は勝手に失望したり、イチイチうるせーんだよ！」

正に同年代の男の子が感情的になってクラスの女の子と口喧嘩をするような文句をまくし立てた。

「男はな～、女の評価を基準に生きてねーんだよ！　俺のやり方に、出会ったばかりの、ましてや人の話も聞かねえような敵がイチャモンつけてんじゃねえよ！」

思わず私は呆けてしまうも、すぐにムッとなった。

手首を捻って返し、反射で彼の手を離させる。少しでいい。ほんの少し距離さえ離せば、まだ勝機がある。

「な、なによ、もっとブスな顔して出てこいって……失礼な人ね！　女も男も……中身でしょ！」

「……なにい？」

そして、チャンス。散々捲し立てるように怒鳴ったために、彼の反応が遅れた。

私はバックステップで彼から距離を離せた。この距離ならまだ手はある。

「今こそ、私の最強忍術を喰らいなさい！　水遁！　風遁！　合成忍術・風水大災――」

戦闘では常に冷静であるのが基本。

それが分からないあたり、やはり彼はまだまだ……

「何が中身だ……じゃあ、言うほど大した中身でもあんのかテメエは!!　少なくとも……」

そのときだった。

私から距離を再び離された彼は、慌てて追跡するわけでもなく、ただ感情を剥き出しにして叫んでいた。

「少なくとも俺が出会ったばかりの友達は……誰よりも怖い顔をしたイカついオーガのクセに……中身は……誰よりもイカした優しい人だった」

そう叫ぶ彼は怒りだけでなく、どこか訴えるかのように……

「そして、俺が出会った師匠は……最低最悪な呪われた悪名だけが歴史に残るも……だけど中身は……負けず嫌いで、ちょっとガキみたいなところがあって、でも俺の指針となり、そして誰よりも俺を見てくれる奴だ！」

何？　彼は何のことを言っているの？　オーガが誰よりも優しい？　師匠？

分からない。

でも、その瞳は言っている。

「アカさんのことをオーガという種族でしか見られない奴が、人の中身をどうのとほざいてんじゃねえ!!」

私に、いえ、まるで世界に向かって「どうして分かってくれないんだ?」と叫んでいるように見えた。

そして、再びその全身が緑色の光に包まれ、その右腕には先程よりはコンパクトなサイズの螺旋が出現する。

その螺旋は、私が放った最強忍術に向かって真正面からぶつかり、そして風穴を開ける。

「アースインパクト!!」

術を砕かれ、渦巻く螺旋の衝撃波が私を吹き飛ばす。

強く、熱く、激しい衝動を一身に受けた。

「あ……っ……」

地面に仰向けになって倒れる私に、それほどの外傷はない。

だけれども、心が既に認めていた。

自分の完全な負けだと。

「わ、たしは……負けたの……?」

でも、さっきの寸止めよりずっとスッキリし、何よりも……

「この、私が……殴って欲しければブスになれなんて酷いことを言う男なんか……に……ん? あれ？　つまり……私を殴れないってことは、私はブスではなくて……あ……」

胸の高鳴りが止まらなかった。

私としたことが、もっと人の話をよく聞かないとダメね。

だから、彼の話をもっとよく聞くべきなのかもしれない。

いえ、聞かなくてはならないと思った。


そもそも私は……

「ねぇ、……話を聞く前に……教えて。まず……君の名は？」

これほどぶつかり合えたのに、彼の名前すら私はまだ知らないのだから。

◇◇◇

「ねえ、教えて。君の名は？」

随分と苦戦したが、ようやく一段落ついた。

だが、ノンビリしていられない。

こんな連中がまだ何人も居るんだ。

アカさんがどんな目にあっているか分からねえ。

「待ってろ、アカさん。今すぐに行くぜ！」

「って、ちょ、待っ、ねえってば！　話、聞くから！　だから、ちょっ、行かないでよ！」

っと、俺がアカさんの家に向かおうと走り出したとき、ダウンしていたはずのシノブが慌てて立ち上がって回り込んできた。

なんだよ、まだ元気で俺の衝撃波で服が切れて、ナイスハレンチだが、今は構ってる場合じゃねえ。

「大魔グースステップ！」

「ちょっ!?」

立ちはだかるシノブを俺はグースステップでタイミングをずらして回避し、そのまま走った。

「ちょ、ま、待てって言ってるでしょ！」

「だあああ、もうしつけえ！　つか、ただでさえ露出の多い恰好が、衝撃波の影響で服がボロボロなんだからどうにかしろ！　パンツ隠せ！」

「別に、見せパンよ！　それに、君が見るならどんと来いよ！」

「この世に最初から見ていいパンツがあってたまるか！　見ちゃダメなのを見るからドキドキすんだよ！」

俺のすぐ後を追いかけてくるシノブ。ヤバイ、邪魔だ。ウザイ。


「大魔スワーブ！」

「えっ、ちょ!?」

まっすぐ進みながら、途中で外側に円を描くように方向転換するように進む。

このまま一気に振り切ってやる。

「もう、話を聞くって言ってるでしょ？　君がオーガを友達だって言ってることも真剣に！」

「今、そんな時間ねーよ！　お前の仲間がアカさんに何かをしてるかもしれねーし、大体いきなり手のひら返すんじゃねーよ！」

「私が信用できない？　そうよね、私たちお互いのこと何も知らないもの。なら、走りながらでいいから私のことを聞いて！」

なんだ？　さっきと逆になってねーか？　俺の話を聞けと言って、全く聞く耳を持たなかったこいつらが、今度は俺に対して話を聞けと言い、俺が嫌だと言って逃げている。

唯一違うのは、俺が拒否しているのにシノブは構わず一人で叫んでいることだ。

「私はジャポーネ王国出身、ストーク家長女にして十五歳。才色兼備の大天才、神童とまで言われた天才忍者。おまけに戦碁を打たせれば十八歳以下のジャポーネ大会優勝よ！　好きな男性のタイプは……、というか、今気になっている男性は……いや、もう言わなくても分かるわよね？　ねえ？　ねえ！　ゾッコンよ！　さっきまでの戦いも、今ではとても素敵な、ときめきメモリアルよ！」

「ぞ、ぞっこんとか、お、女がアッサリ言うなし！」

ヤバい。こいつ美人だし、俺のことタイプとか言ってくれたけど、なんかウザい。

嬉しいけど、親密にはなりたくないかもしれん。

つか、何でこいつこんな元気なの？　俺に負けたじゃん。

こいつ、このままアカさんの所に連れてったら、むしろヤバくないか？

「でも、だからこそ話を聞いて、そのうえで兄さんを止める必要があるのなら私が協力するわ！」

「だから、話してる暇はねーって言ってんだろうが！　もう、お前の兄貴がアカさんとこ行ってどれぐらい経った？　それなら、一秒でも早く駆けつけて、お前には悪いが兄貴をぶっ飛ばした方が手っ取り早いだろうが！」

　俺は前を向き、途中の枝などで頰や肌を切りながら、構わず進む。

　チラッと後ろを見てみるが、シノブは別に問題なくスイスイと……

『あれが完璧なパルクールだな……流石は上忍といったところ』

「トレイナ?」

『貴様もあれぐらいの動きを見せて欲しいところだ』

「うるせーな。つか、今はそんなん後だ！　あんただってアカさん心配だろ！」

『あのオーガなら大丈夫だと思うが……まぁ、確かに気になりはするが……仕方ない。少し手を貸してやるか』

　そのとき、走る俺の傍らでトレイナが少し考える様子を見せながら俺に耳打ちする。

『よいか？　童。今から貴様に『走るルート』を指示する。余の指示通りに走れ。障害物を回避しながらの最適ルートは余が指示してやる』

「な、なに？　んなことできんのか？」

『うむ。その代わり、ルートはズレるでないぞ？　ルート指示は数種。一度で覚えろ』

　そう言って、トレイナが俺にルートに関する説明をしていく。短い単語とそのルートについて。

「ねえ？　さっきから独り言？　ねえってば！」

追いかけて来るシノブを無視して、俺はトレイナの言葉を覚えることに集中。

そして、木々の生い茂る深い地帯に入って、俺は集中力を高める。

「大丈夫なのか？」

『こう見えて、かつて史上最高の司令塔と言われた余の指示に間違いはない！』

「よくわかんねーけど、頼んだ！」

『早速行くぞ！　……『スラント』！』

スラント。その言葉の意味は、まっすぐ走った後に斜めの角度に切り込むルート。

スレスレで大木を回避。

『コーナー！』

コーナー。その指示は、しばらく真っすぐ走った後に右斜めの角度へ切れること。

『ストレート！』

その名の通り真っすぐ走り続けること。しばらく俺の前を妨げるものはなく、ノンストップで駆け抜けられる。

「ちょっ、何？　どういうこと？　急に走るコースが……追いつけない!?」

トレイナに完璧なパルクールと呼ばれたシノブの足から少しずつ差を広げていっている。

『ジグアウト！』

スゲエ。俺も走りながら、『俺ならどっちに走るか？』を一応は考えてみるが、ことごとくトレイナの指示とは違う考えをしていた。

俺の判断力もまだまだって思い知らされる。

だが、そのおかげで邪魔な女も少し距離を離して……

「ほんと素敵ね！　尊敬するわ！　でも、だからこそ待ちなさい！　兄さんをぶっ飛ばすって言っていたけれど……そもそもいくら君でも、兄さんには勝てないわ！」

そのとき、後ろから聞こえてきた言葉に俺は少しムッとなった。

「兄さんは私より遥かに強い！　術も、体術も、経験値も、全てが上忍の中でもトップクラスの実力者！　ジャポーネ王国が誇る伝説の七勇者様である『コジロウ』様からもその実力を認められた天才！」

「あ～、はいはい、天才天才、羨ましい限りだぜ。こっちは、その七勇者に認められたことなんて一度もねえ落ちこぼれだからな」

とはいえ、その七勇者の宿敵だった大魔王には見てもらえているんだがな。

と、そんなことより……

「近いぞ！」

見覚えのある場所にようやく近づいた。

そうだ、このあたりでシューティングスター一家、そしてアカさんに出会った。

そして、ここを抜ければもうすぐアカさんの隠れ家に……ん？　なんだ？

「おい、トレイナ！　なんか、煙が……それに、ちょっと……燃えてねーか？」

『恐らくな』

恐らくじゃねえ。間違いない。煙が広がり、そして徐々に空気が熱くなっている。

そして見えてくる。昨晩、一夜を過ごした家。それが……

「あっ……」

燃えている……アカさんの家が……荒らされている……アカさんの畑が……

「あっ……あぁ……」

周辺の木々は破壊され、地面は荒れ、そこはもう誰かが住めるような場所ではなくて……

『こうなったか……』

だが、俺が目を奪われたのは、もう何かが燃えてるとか、荒らされているとか、「その程度」のものじゃなかった。


夥(おびただ)しく地面に広がる血。

あちらこちらに刺さっている、クナイや手裏剣。

聞こえる呻き声。

そして、今にも消え失せそうなほど弱々しく、瀕死な姿。

俺は、目の前に見える光景を夢かと疑いたかった。

でも、肌に感じる空気全てが、これは現実であると告げている。

『……ふぅ……やれやれ……だな……』

トレイナだけは、あまり驚いていない。まるで「こうなっても不思議ではない」と予想していたかのように落ち着いている。

「なん……で？」

俺が絞り出せたのは、その一言だけだった。

「追いついたわ！　え？　……え!?　こ、これは……」

結局追いついたシノブも、目の前に広がる光景に驚愕している様子。

それは当然だ。

何故なら、シノブの仲間たちが……そして、中にはシノブの兄貴も居るんだろう。


シノブの仲間たちと、シノブの兄貴。

そいつらが……

血まみれで瀕死の状態で平伏していた。

「に、兄さん……」

そして、その平伏す連中を見下ろす者が一人。

『竜の逆鱗に触れる。虎の尾を踏む。これは正に……鬼の角を刺激した……自業自得だ』

デカく、太く、その肉体には多数の手裏剣、クナイ、剣、鎌、色々な武器が突き刺さり、多くの血を流している。

だが、その存在はその怪我に痛みを見せる様子もない。

全身を灼熱の色に染め、正に怒髪天を衝くほど逆立った髪、雄々しく伸びきった角。

正に、怪物に見えた。

『どれほど心の優しい者でも怒りの沸点は存在する。貴様ら人間とて、キレれば血の繋がった親兄弟すら殺す者も存在する。だから……オーガも当然キレるのだ。そして、激昂したオーガは正に『血塗られた獣』となり、もはや感情のコントロールも自制もできなくなる。そう……あのオーガは……鬼畜ではないが……しかし、紛れもなくオーガなのだ』

俺は今、何を見ている？　――おで……いっぺーの人間と……友達になって……遊んだり、ゲームしだり、おでのメシを食ってもらったり……おで、そういうのがしてえ
『ウ……ウガアアアアアアアアアアアアアアアアアアアアアアアアアアアアアア!!　はあ、はあ、はあ、はあ……ニンゲンンンンン!!　ユルサネエエエドオオオオオ！！！！』

住んでいた家も、育てていた畑も全てを台無しにされている。

きっと、家の中にあった、アカさんが作った作品とかも全部燃えちまってるだろう。

そんなの、怒らない奴は居ない。

俺だってブチ切れる。

ましてや、襲いかかられたりしたら、殴り返したって全然問題ねぇ。

俺だって、邪魔をしたシノブたちを蹴散らしてここまで来たんだ。

だから、何も問題ねえ。

仕方ねえことなんだ。

でも、それなのに俺は、すぐにそう言ってやることができなかった。

『ここが分岐点だ、童……貴様の答えを今一度……余にも見せてみよ』

そして、そんな俺の心を見透かしたかのように、トレイナが俺にそう告げた。

それは、さっきまでアカさんのことを友達だと叫んでいた俺を改めて試すかのような言葉だった。

第十一話

俺がスッキリさせてやる!

A BREAKTHROUGH CAME OUT BY
FORBIDDEN MASTER AND DISCIPLE.

「ヒデエエヨオオ！　オデは何もしてねえええよおおお！　なのにどうしてだ！　オデの家を！頑張って育てた畑を！　オデの作ったモノを、何でコワスデヨオオオ!!」

叫びだけで、まるで暴風が吹き荒れたかのようで、気を抜いたら思わず吹き飛ばされそうだ。

「ぐっ、ば……けもの……」

そのとき、アカさんの足元でボロボロになっている男が顔を上げた。

それは、街のギルドですれ違った、「フウマ」と名乗った男。

「兄さん!?」

「ッ……しの……ぶ」

そして、シノブの言葉で俺もハッとなる。

アレが、シノブの兄貴で、天才とか言われてた……やられてんじゃねーか！

「家をつくんの、どんだけ大変か分かるだか!?　目立たない場所さ見つけて、一人で木を切って、削って、積み上げて、ようやく建てたかと思えば雨風吹いたら簡単に崩れてやり直して、考えて、そうやって頑張って作ったでよ！」

そして、アカさんが瀕死のフウマの首を摑んで持ち上げる。

「畑で野菜育てんのどんだけ大変か知ってるだか！　日当たりあんまよぐねえ、雨降り過ぎたら枯れて、目を離した隙に鳥や動物に食われてて、でも少しずつ大きくなるのが嬉しくて、食ったらうまくて……なのにどうしてこんなことするだよ!!」

激昂するアカさん。その表情は凶暴な……いや、赤い涙が溢れている。

「オデが何しただああああああ！」

それは、正に心からの叫びで、俺の胸を締め付けた。

何かした？　何もしていないはずだ。

アカさんは何も……

「そうやって、じ、ぶんだけ被害者面するな……貴様らオーガどもは……そうやって積み重ねて平和に暮らしていたものたちを、どれだけ、破壊し、傷つけ、殺し、犯し、蹂躙してきた……」

「ッ!?」

しかし、首を掴まれているフウマは命を握られながらもアカさんに言葉をぶつけた。

それは、「アカさん」ではなく「オーガ」という存在に向けられる言葉。

「感情の赴くまま……少しキレたらこれだ……そんな危険物を排除しようとして……何が悪い！　自分を危険と認識しないバケモノなど、この地上世界から立ち去れ!!」


その瞬間、瀕死のフウマの眼光に力が宿り、両手を重ねて何かをしようとする。

あれは、シノブがやっていた「印」って奴だ。

「まずい、アカさん気をつけ――――」

そのとき、俺は自分の遅さを悔やんだ。

もっと早く、俺がビビらずにアカさんに声をかけていれば……

「火遁忍法・炎上衝砲!!」

フウマの口から発せられる巨大な火炎。

全てを燃やし、溶かしつくすかのような強烈な熱量を、アカさんは正面から浴びちまった。

「あ、アカさんッ!?」

こんなデカイ炎を浴びたら、普通なら……

「……ユルサネ……」

「ッ!?」

でも、アカさんは普通じゃない。俺が想像しているよりも遥かに強い。

灼熱に染まっていた肌が、更に色濃く、やがては完全なる漆黒に染まる。

まるで、纏っていた皮が突き破られてその下にある本当の肌が顔を出したかのように、全身の色が一変する。

鋭い角も孤を描いて禍々しいものへと変形し、瞳も更に鋭く狂暴なものへとなり、

「ウガオガアアアアアアアアア！！！！」

もう、俺の知っているアカさんはそこには居なかった。

「グガラアアアアア！」

「うごおおおおっ!?」


完全にベールを脱いだオーガに力任せに投げつけられるフウマ。

地面に体を強く打ちつけ、激しく痙攣している。

そんな身動き取れないフウマに向かって、オーガは飛んで踏みつけようとする。

「ま、まずいわ！　兄さんッ！」

「う、あ……」

慌ててその場に割って入り、フウマを抱えて飛び退くシノブ。

しかし、構わず着地するオーガは思いっきり地面を踏みつけ、その威力で大地が割れて巨大な穴が空き、まるで地震が起こったかのように大地が揺れた。

もし、あんなものをくらっていたら……

「ガアアアア……ウガアオアアアアアアア!!」

そして、もう止まらない。その野獣の瞳はもう何も見ず、ただその場にあるもの全てを破壊するかのように暴れまわる。

「ま、まずいわ……兄さん、皆、一先ずここは退くわよ！」

「シノブ……しか……し……」

「君もいいわね！　もう、友達がどうとか言ってる場合じゃないわよ！」

とにかく今は逃げるべきだと、シノブは俺に向かっても叫んできた。

友達？

そうだ、俺は……

『もう、見境いはない。もう、声すらも届かない。全ての意識や思考を断ち、ただ周囲の全てを滅するまで止まらない。そんな種族だ』

「トレイナ……」

『にしても、驚いたな。実力者とは分かっていたが、アレほどの力の持ち主を余も知らず、歴史に名を残さず隠れていたとはな……魔王軍最高幹部、『六覇大魔将』のあやつらとも遜色ないぞ？』

「な、に？」

　トレイナの口から語られる、暴れるオーガ……いや、アカさんの力。俺ですら知っている伝説級の肩書きの持ち主たちと並ぶ力?

『その意味が分かるか?　童』

「ああ……そんな力で暴れられたら……」

『そうではない』

「えっ?」

『あれほどの力を持ちながら、何故、余すら知らずに埋もれていたと思う?　もし、あれほどの力の持ち主が居たと余が知っていれば、破格の待遇で魔王軍の大幹部にしていただろう』

　その問いに俺は答えることができなかった。すると、どこか切なそうにトレイナは暴れるアカさんを見て……

『奴は恐らく元魔王軍の兵だが……これまでの人生、全てを解放するような怒りを見せず……その力を派手に使うことなく……本能に身をゆだねた暴力に染まらず……ずっと何かに耐えて生きてきたのだろう……どこかで発散させることもなく……そして、戦後は一人で耐えて、静かに暮らしていた』

「ッ!?」

『奴は確かにオーガだ。その種族の宿命には逆らえない。だがそれでも……やはりあのオーガは特殊な心の持ち主だったのかもしれない。それも……バカな人間たちが全てを台無しにしてしまったがな』

　そうだ。アレだけの力の持ち主だ。

ハッキリ言って、親父たち以外でこれまで俺が出会った誰よりも、寒気がするような圧倒的な強さだ。

その気になれば何だってできる。

街の一つや二つなんて簡単に滅ぼせるし、支配もできる。

しかし、アカさんは戦争でその名を轟かせてはいない。

だから、トレイナすらアカさんのことを知らなかった。

それは何故か？

『まぁ、もうそんな過去はどうでもいいであろうし……もう手遅れだ……もう、誰の声も届かぬ。暴れつくすまで』

そう、今はアカさんがどういう人生を送ってきたかじゃない。

重要なのは、今、この状況を目の当たりにして、俺がどうするかだ。

『さぁ、童……どうする？』

トレイナが改めて俺を試すように問う。

俺の答えを改めて見せてみろと言う。

アカさんの変貌振りにビビッた俺は……

「まったく……ほんと、ダセーな……俺は」

『童？』

「アカさんの予想以上の力にビビッて……怖いなんて思って……俺は危うく、同じことをするところだった」

そう、俺は思い出しちまった。

「昨晩あんたが俺にブーメランを指摘しただろう?」

トレイナがブーメランを指摘したこと。

トレイナの技を俺が使ったことで、親父や帝都のやつらが俺を軽蔑した。

そんな連中に、俺は「過去の戦争の話を持ち出すな」と吐き捨てた。

だが、一方で、俺は昨晩、アカさんが元魔王軍の軍人かもしれないという話に驚いたとき、トレイナはニヤニヤしながら「過去の戦争の話が気になるか?」と言ってきた。

アレと同じだ。

「予想外の力を使ったがために……」

それもまた、昨日のことだった。

「近しい奴から見せられる恐怖に怯えた顔ほど、傷つけるものはねーってのに……」

脳裏に浮かぶ、御前試合でのサディスの叫び。

あのときのあいつの表情を、俺は一生忘れないだろう。

だからこそ、同じことをアカさんに味わわせるわけにはいかねえ。

怯えるな。竦むな。むしろ踏み込め!

「アカさん……!!」

俺は前へ出て、ようやくアカさんを呼び止めた。

「ちょ、君ッ!?　何をやっているのよ!?」

「……彼は……たしか……」

この場から離脱しようとするシノブが慌てて俺を呼び止めようとするが、俺は前へ出る。

そして、アカさんが振り返って俺を見る。

「ガル？」

「アカさん……遅くなってごめん……つらかったな……ゴメンな……ケーキも……どっかやっちまって……」

「グガアアアアアアッ!!」


今の怒りに我を忘れているアカさんは、もう俺のことを認識できないようだ。

俺の姿を見ても、ただ獣のような唸り声を上げて殴りかかってきた。

「ウガアアアアアアッ!!」

「ぐおっ!?」

速い。反射的にブレイクスルーで俺は防御しようとした。だが、ブレイクスルー状態の俺などおかまいなしに、アカさんの豪腕はガードした俺ごと吹き飛ばす。

「がはっ、ぐっ、あ……アカさん……」

大木に背中から激突し、全身が痺れて、息が一瞬止まった。

「はは……優しくて……手先が器用で、料理もうまくて……それでいて、メチャクチャ強いんだな……アカさん……スゲーや」

「ガアアアアアアアアアアアッッ!!」

速くて、強い。ブレイクスルーが一瞬でかき消されちまった。

これが、アカさんの本当の力。

でも、だからって逃げるわけにはいかねーんだ。

「ああ、いいんだよ、アカさん。アカさんは何も悪くねーよ。俺ら人間だって、怒ったり、キレたりしたら暴れる。物に八つ当たりしたり、破壊したりするし、実の両親にも罵声を浴びせたりする……アカさんは……人よりちょっと力が強いだけで……やってることは普通のことなんだ」

「ウガアガアアアアアアアアアッ!!」

起き上がる俺に向かって拳を振り下ろすアカさん。

とんでもない右の強振。まともに当たれば肉片飛び散るだろうな。

でも、俺は不思議とこのとき、恐怖はなかった。

アカさんの拳の角度や筋肉の動きが自然と手に取るように分かり、今度はブレイクスルーを使わずとも避けることができた。

「ごめんな……俺たち人間が弱すぎるから……心が狭すぎるから……アカさんみたいにデカくねーから……そんな俺たちと友達になりてーなんて言ってくれたのに……」

「ウガ!　ガアアア!　ガルラアアアアア!」

「ほんとに、ごめんな……アカさん……だから、俺は!」

今度はアカさんの左のフルスイング。だが、明らかに大振りすぎるそのパンチの前に、俺はガラ空きになったアカさんの顔面めがけて右のストレートを突き上げた。

斜め上に突き出すパンチ。普通のストレートより威力は劣る。

だけど、カウンター気味に叩き込んでやった。

「ガ、ア……ガアアアア！」

俺に一撃入れられるアカさんだが、まるで怯む様子はない。カウンターで叩き込んでもこれだ。

パワーだけじゃなく、体の硬さやタフさもハッキリ言って段違い。

もし戦うなら、徹底的に距離を取ってスピード勝負をするのがセオリーだろう。

でも、これは戦いじゃねえ。

「アカさんが強すぎるから……ちょっと暴れたら、それが人間にとっては災厄扱い……意見をぶつけ合う喧嘩だってできねえ……ほんと、たまったもんじゃねーよな？」

「ウガアラアアアアア！」

「だから俺はせめて……アカさんがムカついたときに、真正面から堂々と喧嘩できる相手になってやる。そして、俺がスッキリさせてやる！　アカさんの怒りが発散できるぐらいに！　優しいだけじゃねえアカさんの別の顔とも、俺が向き合ってやる！」

戦いじゃない。喧嘩だ。勝つための戦いではなく、相手に想いをぶつけ合う喧嘩をする。

我を失って暴れるアカさんに届くように。

そんな俺の答えに、トレイナは尋ねてくる。

『それが貴様の答えか？』

「ああ」

『何故そこまでする？　所詮、昨日出会ったばかりのオーガだろう？』

「ああ、そうさ。でも……その出会ったばかりのオーガは……」

何故俺はここまで？　俺の答えは単純なものだった。

――それでも勇者の息子か？　――あんなの、戦士が使う技じゃねえ！　――戦士失格！　――戦士界から永久追放しろ！

これまで浴びせられ続けてきた声は、全部「勇者の息子」に向けられた言葉。

俺のコレまでの人生、賞賛も批判も全て俺の肩書きに向けて言われていた言葉だった。

だけど、昨日出会ったばかりのオーガは……アカさんは……――アースぐん、すげえな!!

俺の素性も肩書きも何も知らないのに……

「俺がこれまでの人生で、一番欲しかった言葉を言ってくれたから！」

俺を勇者の息子としてではない、アースとして認めてくれた存在。

だから、俺は応えなくちゃいけない！

応えるべきなんだ！

『そうか』

そのとき、俺の傍らに居たトレイナが笑ってくれた。

「さあ、続けようぜ、アカさん」

俺は一歩も引かない。その決意を見せてやる。

「俺は逃げねえ！」

「ガルル？」

「来い！　気兼ねなく、遠慮なく、俺に全部ぶつけて来いよ、アカッッ!!」

勝つとか負けるとか、そんなの頭に無かった。

ただ、届け！

そう想いを込めて、俺も吼えた。


俺がトレイナと出会って最も向上したのは、拳闘術というよりはフットワーク。

マジカル・ラダートレーニングで鍛えた俺の足捌きは一流剣士であるリヴァルをも翻弄した。

左ジャブを中心としたヒット＆アウェイこそ、俺が最もリスクを負わない戦い方かもしれない。

だが、今の俺は離れない。

インファイトを仕掛ける。

さっきのシノブたちとは違い、一撃入れられただけで全身が粉砕しそうなほどのパワーを持つアカさんにだ。

我ながら無謀。

でも、これこそが今の俺とアカさんの間では正しい選択のような気がした。

「グラアアアアアアアア!!」

だから、この拳も避けずに……ッ！

「でも、ちょっと流石に!?」

「ガアアアア！　グガアアア！　ガアアアア！」

「ちょ、やっ、ま、タイム！　ま、待って！」

やっぱり、怖すぎる！

さっきまでイキがって啖呵切ったものの、実際一発でも食らえば死ぬ。

ダチ同士の殴り合い。

相手の攻撃を回避しないであえて受けて、今度はこっちも殴り返す。

それが一番カッコいいんだろうけど、一発食らったら死ぬ。

だから、反射的にビビッて回避しちまう。

「ガアア、ウアガアアアアア、ガアアアア！」

「ぐっ、つお、んの、そい！」

強くて速い。とはいえ、フルスイングパンチだから何とか軌道を先読みして回避できるが、今の我を忘れたアカさんは止まらねえ。

俺はただ、インファイトでも小刻みに脚を動かしたり、首捻り、上体反らしなどで直撃を避けることしかできねえ。


『ふっ、なかなか器用なことができるな。結構その防御や回避も難しいのだぞ？　まぁ、腰が引けているのは気になるが……ビビッたか？』

「わ、わーってるよ！　くそ、あ～、もう！」

『受け止めてやると言って、それか？　それでは逆にオーガをイラつかせるだけだぞ？』

さっきはカウンターで一発アカさんに入れられたが、こうも拳をブンブン振り回されたらタイミングが合わないどころか、失敗したときのリスクが高すぎる。

せめて、もう少しアカさんのパンチを見ねえと何もできない。

だが……

「ちょ、何やっているのよ、君は！　くっ、私が今……」

「ッ、手ぇ出すんじゃねえ、シノブぅぅぅ!!」

「……え？」

何もできねーからって、余計な茶々も入れられたくねえ。

意地だってある。


「そ、そんなこと言ってる場合じゃ……」

「今こそ、そういうことを言う場合なんだよ！　そんな場の空気も読めねえ奴らはすっこんでろ！」

これは戦いじゃねえ。生き残るためのものじゃねえ。

ぶつかるためのもの。

そう、だからぶつからなくちゃいけねーんだよ。

ビビるな。拳を出して、殴り合え！

『そうだ。臆するな。余とのスパーよりは楽だろう？』

そりゃ、実際に戦えばトレイナの方が強いんだろう。

でも、やはりファントムスパーやヴイアールでのスパーとは違う。

当たればリアルな死が頭を過ぎる。

『貴様は言ったな？　これは喧嘩だと。なら、喧嘩で最低限必要なのは何だと思う？』

必要なもの？　技術？　身体能力？　経験？　頭？　意地？　根性？

『ハートだ』

いつも技術的なことを理論や理屈で説明して俺を納得させるトレイナが、ここに来て目に見えないものを俺に言ってきた。

だが、それが正解なのだと、俺の心が認めていた。

『これが戦いでもなければ試合でもないのなら、勝ち負けなど関係ない。貴様の言うように届けることが重要だ。倒れてもいい。逃げなければな。さすれば、その気持ちは届くさ』

そう。負けたっていい。逃げなければ。

「ウガアアアアアアアアッ!!」

アカさんの唸りを上げるようなアッパーだ。

こんなので殴られたら顔がふっとぶ！

「もう、君は何をやっているのよ、さっきから！　戦碁ではあんな超級の思考力を見せつけてくれたのに、何でその距離でオーガと殴り合おうとしているのよ！」

だから、うるせえって!!

「もっと、『頭を使いなさい』よ!!」

だああああああ、もう！　何が頭を使えだ！

振り絞るのはハートで、使うのは頭でいいのか？

「くっ、そっ、たれがあああああああああああ！！！」

アカさんのアッパーに対して、俺は上体反らしで回避……いや！

むしろ踏み出す！

上体反らしをしようとした体を、むしろ反動つけて前へ踏み込む。

ぶつかってやる。

やってやる！

ヤケクソになってでも！

「うるあああああ!!」

「ウガアアアッ、ガっ!?」

アカさんのアッパーに対して、俺は勢いつけて顔面を突き出した。

その結果、俺の「額」にアカさんの拳が突き立てられ、「グシャッ」と潰れた音が響いた。

「な……なんてことを……そっちの頭を使うは違うわぁぁ!!」

驚愕したようなシノブの声が聞こえる……聞こえる？

聞こえるってことは、俺はまだ死んでないってこと。

『いや……そうでもない。そっちの頭を使うで正解だ！』

そして、トレイナの声まで聞こえる。じゃあ、俺は……？

「つっ、いっっっっっっつ!?」

頭蓋骨が粉砕された「みたい」に痛い……だが、痛いってことは、俺はまだ生きている。

でも、今、何かが潰れるような音がした。

じゃあ、潰れたのは……

「ガアアアアグガアアアアア!」

咆哮するアカさん。だがそのとき、俺は見た。

俺を殴ったアカさんの拳が腫れていた。

なんで?

『なんてことはない。相手の拳を強固な額で受けるのは、拳闘のディフェンスにおける高等テクニックの一つ。もちろん受けるほうも只ではすまぬが……体全体を使って全体重をかけた頭突きと拳の対決では……貴様に分があっただけのことだ』

顔面ではなく、額で受け止める?

『それが、高等技術……大魔へッドバット!』

別に俺は狙ってやったわけではない。

シノブの声にヤケクソになっただけだった。

つか、頭の中身が結構くる……でも……これなら……

『額から少しズレただけで、顔面を破壊される。ゆえに……必要なのは、優れた動体視力。だが、それだけでは完成しない。最も必要なのは、恐れず自身を投げ出す……ハートだ!』

アカさんの拳を避けるだけだったら、アカさんをイラつかせるだけ。

だが、これなら?

もうちっと受けてやれる……かな?

「ウガアアアアアアア!!」

「ぜやああああああ!!」

潰れていないもう片方の拳で再び俺を殴ってくるアカさん。

今度は自分の意志で、意識して、意図的に、そしてハートを振り絞ってもう一度頭突き！

「ウガッ!?　ガアアアアア！」

「くはっ、わ、割れる……ぜ……だが……どうだい？」

視界が真っ赤になっている。目の中が爆発したのか、頭が割れて飛び散った血が視界を覆っているのか、もう分からねえ。

だが、そう見えるってことは、俺はまだやられちゃいない。

そして、我を失ったはずのアカさんが、自分の拳を見て一瞬状況に戸惑っているように見えた。

だが、ここからだぜ！

「二発殴ったな？　アカさあああああん!!」

「ガグアっ!?」

「ウルアアアア！」

ボディを突き刺し、アッパーを打ち込む。手ごたえあり。ガラ空きの肝臓と顎に間違いなく……

「ガアアアッ！」

「つっ、大魔ヘッドバット!!」

俺の攻撃は入ったのに、アカさんに怯む様子なく、潰れた拳で躊躇せず俺を再び殴ってきた。

だから、俺も躊躇しないで額を突き出した。

「な、にを……なにを、私たちは……見ているの……？」

「これは……いっ、たい……」

もう、シノブたちも唖然としている様子だな。

フウマとかいう奴らも、瀕死の体で俺たちを見て……まあ、どうでもいい！

邪魔さえしなければな！

今は、俺とアカさんの時間だ！

「もう一発返すぞ、アカさん！　果てまでぶっ飛べ！　必殺・天羅彗星――」

そして、今度は俺の番だ。右拳をフックとアッパーの中間の位置に構えて、そこから真っすぐ突き出すパンチ。

スマッシュだ。

俺の技名は、天羅彗星覇壊滅殺拳。

だが、もうそんなものは今になって俺はどうでもよくなった。

技名がカッコいいとかカッコ悪いとか、そんなんじゃねえ。

いや、カッコつけてる場合じゃねえ。そうだろ？　トレイナ！

『そうだ、今こそ叫べ！』

だから、俺は途中まで叫びかけていた技名を叫ばず、師から教わった本当の技名を叫ぶ。

「大魔スマッシュッッ!!」

「グアガアアッ!?」

その瞬間、俺は心が解放された気がした。人目も、人の印象も気にしない。

ダサかろうが、堂々と叫べばいいんだ。

「どうだ、アカさん！」

俺の渾身のスマッシュで、アカさんの顎が跳ね上がる。

完全に無防備……ならば、もう一発！

「次は俺が余分に殴るぞ、アカさん！　覚悟――」

「ツッガアアアアアアアアアア!!」

「うおっ!?」

だが、アカさんはすぐに体勢を立て直す。

変わらねえ野獣のような怒りに満ちた形相で、片足上げて更に振りかぶってから、俺に拳を投げるように打ってくる。

俺の拳も止まらねえ。

なら……

「ったく、だから……次も俺の番だって言ってんだろうが!!」

それなら、その勢い溢れるパンチも利用してやる。

俺は拳を突き出しながら、更に一歩踏み込む。

俺とアカさんの拳が交差する。

『それだ！　行け！』

珍しく興奮したように叫ぶトレイナの声が聞こえ……

「大魔クロスカウンタアアアアアア!!」

相手の直線的な攻撃に飛び込んで、交差させるように拳を叩き込むカウンター。

本当なら、そう簡単に成功するような技じゃねえ。

でも、俺は「できる」という自信があった。

アカさんの拳にまばたきしないで、寸分の狂いもなく額で受け止めたんだ。もう、今の俺の目は、たとえ視界が赤く染まっていても、全てを見切れるほど調子が上がってきた。

拳に残る、アカさんの顔面に打ち付けた感触。鼻や歯も砕いたかもしれねえ。

『ふは、ははは……見事。そして……ふはははは、あの娘も、そして忍の連中も、もはや脱帽しているな。そうだ、その目に焼き付けろ、愚かで矮小な人間どもよ！　世界よ！　あれが余の弟子だ！　そして、これが喧嘩だ！』

心臓がバクバク言ってるのが分かる。

友の顔面を全力で殴ったってのによ。

でも、次はアカさんが殴る番。


「さあ……次は……アカさんだ……こい……よ」

「グル……ガルルル……ウゴアアアアッ!!」

手負いの野獣だが、それでもアカさんは何度でも拳を振るう。

なら、俺も再び……

「大魔ヘッドバッ……ぐぉっ！！？？」

首が、曲がっ!?

『ぬっ、……童……』

やばい。アカさんのパワーに押されないように、首に力を入れてこれまでヘッドバットをした。しかし、それなら、俺はこれまでアカさんのパワーを……これで……何回目だ？

「いけないわ！　もう、彼の体も……」

「無理もない……あの体格差だ……」

首の筋肉も、頭も限界で、もう痛みで体も……あ……ヤベエ……何も考えられね……いや！

「考え……る必要なんかあるか！　必要なのはハートだろうが！　首が折れ曲がっても、俺のハートは折れちゃいねえ！　ヒビ一つ入ってねえぞ!!」

「ッ!?」

「何もかもが無くなっても……そこからまた、力が湧いて来るんだよぉぉ!!」

自然と拳を握っていた。そこから拳を捻り、肩、肘、手首を駆使してドリルのように突き出す。

「も、もう無理よ！　限界よ！　やめなさい！」

なんか、聞こえる？　限界？　バカ言ってんじゃねえ……だって……

「限界と書いて、『ここから始まり』と読むんだよ！」

もう、あんまり目も開けられねえから突き出すだけのパンチ。

「たとえ、取り返しのつかない傷を負ったとしても……取り返しのつかない後悔をするよりは！」

飛び跳ねたりしてアカさんの顔面を打つのではなく……

「大魔コークスクリュー・ハートブレイクウウウ!!」

「**ツッ!!??**」

アカさんの左胸のハートを打つ。

無意識にやっていた。

ブレイクスルーは溢れる魔力を全身に留める技術。

その留めた魔力を膨張させて、大魔螺旋などを行う。

なら、膨張させ、更にそれを一点集中させたら?

俺の頭突きに全魔力を込め、俺の右拳に全魔力を込め、そうやって一回一回切り替える。

戦闘という流れの中では危険な行為。

なぜなら、魔力を一点に集中させるということは、他の無防備な部分を攻撃されたらダメージが大きいからだ。

しかし、今の我を忘れて攻撃が単調になっているアカさん相手にはこれで通用した。

単純な力なら、アカさんは強い。しかし、フォームもメチャクチャに殴っているから、どうしても力が分散される。

一点集中に特化させた俺の頭突き、そして拳なら、アカさんにも届く。

「**ルアアアアア!**」

アカさんの左胸に叩き込む、大魔コークスクリューブロー。

揺れる。揺れろ。揺るがしてやる。

『さあ……どうなる？』

山や森が揺れるぐらいの強烈な咆哮を放っていたアカさんの雄叫びが止まった。

……かに見えた。

「ガ……ア……ガ……ガアアアアアアアアアッ!!」

「うぶっ!?」

次の瞬間、薙ぎ払うように振られたアカさんの腕に俺の体は勢いよくふっとばされちまった。

背中が、骨が、どうなった？

木々を貫通して、俺は？

「君ッ!?」

『童！』

ヤバい。今のはヤバい。完全に無防備なところをやられちまった。

もう、体が反応できなかった。

頭ももう、冷静に考えることもできねえ。

「ガアアア、ガアアアアア！」

一瞬止まったように見えたアカさんも変わらず野獣のように声を上げながら、ふっとばした俺へ歩み寄ろうとしてくる。

もう、ボロボロだ。

一方でアカさんは、拳が少し腫れて、顔もいくつか痣ができてるように見えるが、実際のところはそれほどダメージ無さそうだ。

「ちっ……ツエーな……やっぱ……」

首が……もう、普通にすることもできねえ……立てる？　腰は？　背中がもう痛覚ねえ？

「うぷっ、うっ、おえ……げえ……はあ、はあ……」

腹も殴られたから、何か腹に入ってたものまで吐き出しちまった。

いよいよ目もチカチカするし、そもそも血が目に入ってよく分からねえし……なんか……このまま放置されたら、俺、何もしなくても死ぬかも……

「……もう……流石に……ねえ！　ねえってば！　これでもまだ……まだ手を出してはダメなの!?」

ステップも使えないほど足が震える。

動体視力も今の俺の体じゃ使い物にならねえ。

パンチを打つ力ももうない。

頭突きも無理。

ハートももう、振り絞りまくって……

「嗚呼、ほんと……ダチとの喧嘩がこれほど……たいへんとはな……知らなかった。……俺……ともだち、少なかったから……」

できることは、せめてもう一度立ち上がること。

木に寄りかかりながら、生まれたての子鹿のように震える足にムチ打ちながら、それでも歯を食いしばってもう一度立ってやる。

『童』

「……？」

『だいぶ、ふっとばされたおかげで、まだ距離がある……呼吸を整えろ。それぐらいなら、まだできるだろう？』

そして、シノブが必死に止める中で、師匠は止めようとはしないんだな。

呼吸？　それぐらいなら……

『すばやく鼻から息を吸い……ゆっくりと下腹から息を吐くように……』

「スー……ハー……」

ああ、確かに少しだけ、頭の中が……いや、ガンガン痛いけど……少しは……

「え……？　あれは、『息吹』……いや、違うわ。アレは……」

「ああ……息吹と対を為す、『逃れの呼吸法』だ……ジャポーネ王国流武術に伝わる独特の呼吸法を……なぜ、彼が！　シノブ……本当に何者なんだ、彼は？」

『ふっ、忍どもめ。我が魔界武術を侮るな？　貴様らの居る場所は、我々は既に一万年以上前に――』

ま、もうツッコミを入れる元気はないけど、呼吸を整えたおかげで、あと一回ぐらいは動けそうだ。

「なあ……アカさん……俺も……まあ……そこそこイケてるツラになってきただろ？　だから、少しぐらいは……アカさんも思い出してくれよな？」

「ガルルルル、アグウウウ！」

「俺は……アカさんと……喧嘩してるつもりなのに、肝心のアカさんがそもそも自分を忘れてるんじゃ……俺ぁさっきから誰と喧嘩してんだって……話だよな？」

あと、一回だけ。

それで終わりだ。

だから、我を忘れたアカさん。

少しぐらい忘れた自分を思い出して、余裕があるなら俺のことも思い出してくれ。

「なぁ……アカさん……この喧嘩が終わって……仲直りできたら――」

「ガアアアアアアアアアアアッ!!」

「……あぁ……そうだな……おしゃべりは……これは、拳で伝えるんだよな！　アカさん！」

その瞬間、アカさんは俺に突進するように走ってくる。

ありがたい。

俺は走れねえから、向こうから来てくれる。

「シノブ……止めなくて……」

「無理よ……最初から止まらないのよ……もう……」

拳を振りかぶるアカさん。

カウンター？　いや、もう無理だ。タイミングをもう取れねえ。

なら……

「最後だ！　全部もってけ！」

残る魔力を全て右拳に。

自分を投げ出すように、全身の力と体重を込めて……俺もフルスイング！

「大魔ジョルトブローッ!!」

その瞬間、俺たち二人の拳が丁度ぶつかり合った。

俺の力と魔力。アカさんの力と怒り。

拳と拳のぶつかり合いは、どう考えてもアカさんの方が強い。

俺は再び体ごとふっとばされそうになる。

だけど、せめて……

「う、お、うおらああああああああああああああ!!」

両足で地面を力強く握り、踏ん張り、たとえアカさんに押し勝てなくても、押し切られねえように耐える。

「ウガアアアアアアアアアッ!!」

耐える。俺はここに居るんだって、証明する。

今の俺はできるんだ。

できるって、証明するんだ。――これで世界を救った勇者の息子など、恥ずかしくないのか？

「うるせえ！」――いくら姫様が神童とはいえ、勇者の息子が一度も勝てないとは情けないな！

「うるせええ！」――おやおや、相変わらずのスライム精神力。今日、筆記の結果発表と同時に模擬戦だったと思いますが……姫様に負けましたか？

「うるせえええ！」――アースも出るんでしょ？　でも、多分もう僕たち……アースにも姫様にも負けないかも！

「うるせえええ！」──悪いが覚悟しておくことだな。俺たちは実戦を経て、もうお前よりも先の領域に行っている！

「うるせええええ！」──あんな技……あんなの……戦士が使う技じゃねえ！

「うるせえええええええ！」

脳裏に浮かぶ、昨日までの俺にぶつけられた言葉の数々。

幼馴染に、世間に、最愛の人に、親に、それまで言われた言葉全てに反発するために、俺はトレイナの弟子になって強くなった。

だが、もういいんだ。

今の俺は、もうあんな言葉にどうこうすることをやめた。

勇者の息子の肩書き捨ててでも、今、俺が証明するのは、俺がアカさんに誓った決意だ。

「今、それを証明できればそれでいいんだよぉ!!」

両足が地面にめり込んで、抉るように押されて、もう俺の股がほぼ前後に開脚して地面に着いている。

正直、柔軟を二ヶ月してなければ、こんなに股が柔らかく開かなかっただろう。

そして、あの二ヶ月が無ければ、ふっとばされずにこうして耐え切ることも。

「へへ……だから……これで……いい……んだ……」

俺は結局アカさんをぶっとばすどころか、拳を押し切ることも出来なかった。

でも、押し切られずに耐えきった。

それだけで、俺は全てを出し尽くして、何だかスッキリした。

そしてアカさんは？

「ウガ……ガ……」

もう、俺も腕が上がらねえ……ああ……今、殴られたら、俺はもう……

「アー……ス……ぐん」

でも、次の攻撃が俺に飛んでくることは、もうなかった。

もう、俺は首を上げる力も残ってないが、ただ、振り絞るように声を出す。

「おう……」

「おで……おで……あ、アースぐんに……」

「……ああ……おかえり……アカさん……」

ああ、戻ってきたんだ……アカさんが……。

俺は……アカさんを……スッキリさせてやることが……できたのかな？

「アカさん……ワリーな……人間が……アカさんイジメて……俺もだいぶ、なぐって……ケーキもなくしちまったし……だめだな、俺も……」

「どうじて……アースぐん、おで、アースぐんを、いっぺー……いっぺー……こんな、怪我させて……ぐす……おでえ……」

「でも、やっぱツエーな……アカさん……俺もだいぶ強くなった気になってたが……まだまだだぜ」

「ごめんなぁ……アースぐん……ごめんなぁ……」

あれ？　なんだ？　何か、上から降ってきた？

雨？　違う。でも、何だか、温かい水が……上から降ってきて……

「アカさん……喧嘩するこたー、人間同士だってあるさ……ぶつかって、嫌い合って、……でも、そうやって……相手の嫌なところも……受け入れられるようになったら……」

「アースぐん……」

「前以上のダチになれたりする……はずだぜ……多分な。俺も……すくねーから……しらねーけど……」


あ……俺ももう、体が……意識が……言わなきゃ、その前に……

「アカさん……もう、ここに住めなくなっちまったけど……どうだ？　俺とコンビを組んで……世界を回ってみないか？」

「ッ!?　……アース……ぐん……？」

俺が喧嘩しながら思ってたこと。

喧嘩して、終わって、仲直り出来たら……

「俺とアカさんが組めば……敵なしの……最強コンビだぜ……」

誰の目も気にすることなんてない。

堂々と、世界を回ればいい。

文句がある奴は蹴散らしてやればいい。

きっと楽しいはず……

「アースぐんは……ちいせえけど……やっぱり……でっがくて、すげーな……」

こら、ちいせえは……余計……あ？　アカさん？　おれ、声がもう……なら、代わりに……

『ああ……見届けた……今度こそ最後までな……よくやったぞ、童』

最後に嬉しい言葉も聞けたし、満足だ。

だから俺は、言葉の代わりにピースサインをした。

アカさんに、そして見守ってくれた師に対して。

そして、ついに限界の先の限界も超えて、俺の意識はそこで途絶えた。

初めての命懸けの戦い。今にして思えば、なんてバカで無謀なことをしたんだろうと思う。

でも、不思議だ。

そんな自分を、俺は生まれて初めて誇らしいと思った。

俺なんかじゃダメだ。親父やおふくろの息子なのに、俺には才能が無い。

勇者の息子失格。

皆の期待に応えられない落ちこぼれ。

そんな俺は、全ての言葉から耳を塞ぎ、口汚い言葉を皆に吐き捨てて、生まれ育った故郷を飛び出した。

そして、今日俺は、初めて自分で自分を……

「……夜？」

目を開けたらもう夜で……頭が割れる！

「うおぅ、つ……いて……」

中も外も全部、割れそうになって、実際割れてるんだよ……俺の頭。

ただ、思わず摩(さす)ってみたら、俺の頭には包帯が巻かれていた。

頭だけでなく、拳や全身にも手当てが施されてる……

「アースぐん……目ぇ覚めただか？」

「……アカさん？」

俺は星空の下、藁を敷き詰めた上に寝かされ、起きたら焚火をしながら鍋で何かを煮込んでるアカさんが居た。

「アカさんが、手当てしてくれたのか？」

「いんや、俺ちがうだ」

てっきりアカさんかと思ったが、じゃあ誰が？

「おでを襲った人間たちの仲間の……娘っ子だ。色んな傷薬塗ったりしてだ」

「……シノブが……」

あいつが？　随分と念入りに手当てしてくれたもんだ。

「おでを襲った奴ら、信用できね……でも、あの娘っ子……土下座してでも、オデとアースぐんを手当てさせて欲しいってってた……」

そういや、俺だけじゃねえ。アカさんにも包帯が……そうか……あいつ……

「そっか……」

「あの娘っ子、アースぐんの恋人か？」

「いやいやいやいやいや、欠片も違う」

まぁ、ほとんど告白されたようなもんだったけど、結局曖昧になったままだしな。

いや、確かに美人で、胸は心底残念だけど、そこまで悪い奴じゃなかった。

それに、女に「惚れられる」なんてことは「初めて」だったから、ちょっとだけ気になったりはした。

「でも、アースぐんに、これ渡してぐれって言ってたど？」

「あん？　なんだコレ？」

そう言って、アカさんが俺に何かを手渡してきた。

それは、一冊の本のような物で、表紙にはこう記されていた。

「……交換日記？」

「んだ。これ、アースぐんに渡してぐれれば、分かるって言ってたど？」

「交換日記。そういや、そんなこと……」

恋人ができたらやりたいこと。それは、交換日記をすることだ。

普段言葉では口にできないことをコッソリ二人だけでやり取りする。

そして、ノートの端に小さく「好き」とか書かれていたら俺は飛び跳ねてベッドの上で悶えるだろう。

それぐらい、俺にとっては「街でデート」に並ぶほど神聖なる行いだった。

「っても……あいつ、別にそういう仲でもないしな……なにやってんだか……」

俺は呆れたように日記を捲ってみた。

すると、その最初のページにいきなり、ページを埋め尽くすほど言葉が書かれていた。

「うおっ!? な、なんだ～? ええっと……

『君の名前は聞きました。でも、まだここで君の名前は書きません。何故なら君の名前は正式に自己紹介をして、君の口から改めて教えてもらってから、君の名を呼びたいので。さて、君の雄姿を見せてもらいました。そして、君が本当にオーガと友情を結んでいることも。私も兄さんも、そしてチームの仲間たちも己の小ささ、そして君の友達には謝っても決して許されないほどの過ちを犯してしまったことを深く反省し、後悔し、君にも申し訳なさでいっぱいです』……なんだ、真面目な謝罪だな」

交換日記というか、手紙みたいな、そして謝罪文のような感じだな。

「んだ。その子はおでに何もしてねーけど……ほんどに申し訳ねーって言ってだ」

「ふーん」

ちょっと、変な性格だったりカチンとするところもあったが、悪い奴ではないんだ。

このメッセージからもあいつの気持ちは伝わってくる。

だが……

「えっと……ん?

『さて、もうすでに理解していると思いますが、私は君に惚れました。正直、今すぐにでも一線越えたいです。もし君がその気であれば呼んでください。二秒で駆けつけます』……を、ヲイ、コラ……」

「あは。急に恋文になっただな。アースぐん、モデモデだな。甘酸っぱいだな～」

「アカさん！」

急に不意打ちのように告白……恥ずかし嬉し恥ずかしいかも……で、アカさんもニコニコしてるし。

「ったく、あの女……あ～、なになに？　『でも、君がもっと互いに親睦を深めてからというのが望みであるのなら、私はそれを尊重したいと思い、まずはこうやって互いを知ることから始めさせて戴けたらと思います』……か……まったく、ほんとあいつは～……ん？」

少し照れながらも、あいつが真剣に俺と距離を縮めようという不器用な心遣いになんだか変な気持ちになった俺が、そのままページをめくると……・生年月日は？　・ご家族は？　・最終学歴は？　・好きな科目は？　・将来の夢は？　・趣味は？　・食べ物の好き嫌いは？　・好きな女性のタイプは？　・初恋は何歳？　・女性とどこまで経験がある？　・デートをするならどこがいい？　・最初のデートで手をつなぐのはあり？　・好きな下着の色は何色？　・ブラジャーとさらし、パンツとふんどし、好みはどっち？　・キスは何回目のデート？　・手を繋いだりキスを女から求めるのはあり？　・互いに処女と童貞だけれど、卒業はいつ頃？　・初体験で憧れるシチュエーションは？　・大きい胸は嫌い。むしろ邪魔でしょ？　・慎ましい胸が好きでたまらない？　・胸はむしろ無い方がいいでしょ？　・結婚は何歳に？　・プロポーズは男から？　女から？　・住むならどこがいい？　・部屋の大きさは？　寝室は同じでダブルベッドは絶対に譲らない。　・子供は何人欲しい？　・子供の名前は？　・子供に習い事をさせるなら何？

これ……まだ、半分以上も残ってるんだが？

あれ……なんか、ものすごい質問と空白の解答欄が用意されて……え？　なに？　これ、俺に書けって？

「こ、こわい。こわいこわい！　何これ？　つか、質問何個あるんだ？　って、最後の方には……お墓を建てるならどこ？　なにこれ!?　こえええ！」

急にゾッとして寒気がした。いやいや無理無理！

「すげーな、アースぐん！　やっぱすげーな！」

「アカさん、これ褒めるところじゃないから！　あの女が少し、てか、かなり変だから！」

ちょっとだけ、あいつにときめきかけたけど、もう恐怖が出て来た。

これ以上、日記を読むのは怖いと判断して、俺は日記を閉じた。

「で……その、肝心のシノブや……あいつらは？」

ボロボロになったアカさんの家や畑の残骸はちょっとは片付けているが、あいつらの姿はもうどこにもない。

とりあえず、俺が倒れている間に、アカさんを再び攻撃とかそういうことになってなくて安心したが、あの後どうなったかが気になる。

「あいづら、山を下りただ……あの娘っ子や他の連中も、アースぐんの勇敢な姿に心を打たれたって……自分たちが愚かだったたって言ってただ」

「へぇ……」

「おでの家とか、畑とか、償わせて欲しいっつってたけど……でも、いらねって言った。もう、ほっどいてぐれって」

「……そうか……」

今さら謝罪をされても仕方ないってことなんだろう。

だから、アカさんも仕返しをしない代わりに、もう関わらないでくれってことなんだろう。

それに……

「それに、おではもうここに住むことねえ」

アカさんはそう言ってニッと笑い、俺はそれが嬉しくて、俺も笑った。

「ああ、だな！　世界を、回るんだもんな？」

「んだ！」

俺が倒れる前に言った提案。

俺とコンビを組んで一緒に世界を旅しよう。

その言葉をアカさんは受け入れてくれたってことだ。

それがたまらなく嬉しかった。

「なぁ、どこに行こうか？　俺、帝都から遠く離れたとこは行ったことねえ。知識として知ってるだけだ。本で見たことある、海の底の国とか、雲の上の国とか、いずれ魔界にも行ってみてーしな」

「そが。雲とか海はおとぎ話だけど……魔界か……おで、魔王軍やめでがら、一度も帰ってねえ」

「そうなのか？　ってか、アカさん魔王軍やめたって……いや……」

そのとき、俺は思わず聞いてしまいそうになったが、やめた。

もう、そんなこたーどうでもいいからだ。

アカさんが自分で語ってくれるまで、俺も無理に聞かねえ。

過去なんてどーだっていいって、昨日言ったばかりだったから。

「なあ、アースぐん。これからのことは、今日はもういいでねーか?」

「アカさん?」

すると、アカさんが優しい顔をして、もう今日はこれまでにしようと言ってきた。

これからどうするか、そういう話し合いも楽しそうだと思ったけど、そう提案された瞬間、確かに俺ももう限界だった。

「だな。俺も、また眠くなってきた」

「そが。腹へってねーだか?」

「あ、いや……実はそこまで……あっ、でも何か作っててくれたなら……」

「いや、疲れすぎて胃に入んねーだろ。スープも明日の朝にして、今日はもうゆっぐりするだ」

そう言って、アカさんは煮込んでいた鍋の火を消した。

その瞬間、辺りが一瞬で暗くなるも、それでも俺たちは互いを認識できた。

星が輝いているからだ。

「今日はアースぐん……ほんど、すごかったからな」

「そうでもねーって……」

「ほんど、ありがとな。んで、ごめんな」

「アカさん……もう、そういうのは無しにしようぜ？　俺がやりたくてやったんだし……」

「……そが……」

そう言って、アカさんはデカい体でドカンとその場で俺の隣で横になって、互いに夜空を見上げていた。

「……アースぐんは……どして、魔族に偏見ないだか？」

「……アカさん？」

「最初は当然、おでのこと敵だと思ってだのに、でも、すぐおでを信用してくれて……今日、こんなに頑張ってくれた。どうしてだ？」

隣でアカさんが星を眺めながら、俺に聞いて来た。素朴な疑問を。

「昨日は、大魔王様の弟子って冗談言われたけど……ほんとはどうしてだ？」

別にトレイナの件は冗談ではないんだがな。

にしても、俺が魔族に偏見ない？　いや、そんなことはない。

ただ、俺は戦争を経験していないのと、やっぱりトレイナの存在が……それに……

「偏見は無くはねーが……俺は人間だけど……別に人間を心から好きってわけでもねーからかもな」

「え……？」

「そういう意味では、魔族とか人間とか、どーでもよかったんだ……ただ……俺のことを見てくれる人だったなら……」

言っていて、自分でも悲しくなるものの、それでも俺はそう口にしていた。

「俺は何不自由なく育てられ、良い所のお坊ちゃんで恵まれて……でも、俺は物分かりの悪いガキで……人の期待に応えられない落ちこぼれだったから……」

「アースぐんがか?」

「……それだけ、俺に求められるものは高かった……クラスメートが、世間が、俺のことを『こうあるべき』ってうるさく騒いで……俺に見えない肩書きを勝手に押し付けて、それが呪いのように四六時中ついて回り……苦しくて……誰も……『ただのアース』を見てくれなかった」

俺のこれまでの人生。そして、全て決定的になったのが、御前試合でのこと。

「俺はもう耐えられなくなって逃げたんだ……口汚く捨て台詞を吐いて、二度と戻るもんかって喚いて……逃げて逃げて……そして、迷い込んだ森で……アカさんと会ったんだ」

「……そだったのか……」

「ああ。だから……出会って僅かな時間でも……俺のことを純粋に『スゲー』って言ってくれた人は初めてだったから……魔族だろうと、鬼だろうと……俺も必ず何とかしねーとって思ったんだ」

まぁ、それも、そもそもトレイナと出会ってなければそういう考えに至らなかったんだろうけどな。

そうでなければ、俺はまだガッカリ扱いされる評価に妥協しながら、いつまでも帝都に留まっていた。

でも、ほんのちょっと世間の外に出るだけで、こういうこともあるんだ。

随分と狭い世界で悩みすぎていたんだなと感じた。

「そっが……おで、十年以上も地上世界に住んでるけど……そう言ってぐれだのは、アースぐんだけだ……アースぐんと会えたの……奇跡みてーだ……」

「それを言うなら、オーガと人間が野宿して星を見ながら横になって喋ってるのは、多分、地上も魔界も含めて世界で俺らだけだな。そりゃ、奇跡だ！」

「そがそが！」

そう言って、俺たちは笑った。ガキみたいに純粋に心から笑い合っていた。

「さて……今日はもう寝ようぜ……明日起きて……これからのことをいっぱい考えようぜ！」

「んだ」

なんだかこのままじゃいつまでも話してしまいそうになるから。でも、それはもう明日からにしよう。

話すことなんていくらでもある。

でも、今日は流石に俺も疲れて……あ、寝ようと意識したらすぐに……

「そういうの……無しにしようって言ってだげど……やっぱ、おで……言うだよ」

ん〜？　アカさん……なんだ、よ……もう眠いから……

「アースぐん……おでと出会ってぐれて……おでと友達になってぐれて……おでを助けてぐれて
――――」

あ〜、もうだから、これからコンビ組むんだし、いちいちこんなことで、礼を言い合っててもキリねーのに……ほんとアカさんは……――アースぐん、ありがとな
ん？　眩しい……？

「え、ん？　まぶし……え？　うおっ、もう朝!?」

アレ？　さっき寝たような気がしたのに……

「やっべ、一瞬で寝落ちしちまった……うわ、もう太陽が……」

少し目を閉じただけのつもりが、もう朝になっていた。

太陽が燦々と照り付けて、鳥の囀りも聞こえる。

しかも、早朝って感じじゃなく、これ、かなり寝坊したような……

『それだけ疲れていたのだろう』

「うおっ、トレイナ!?」

そういや、昨日の夜はアカさんと話をしていたから、トレイナをほったらかしにしてた。

あれ？　拗ねてる？

寝起きに見たトレイナはやけに真剣な顔をしながら座り、ジッと何かを見ている。

それは、昨日結局食べずにそのままにしていた、アカさんが作っていたスープの入った鍋だ。

「トレイナ、どーした……ん？　何だこの紙は？」

鍋の蓋の上に、何かが置いてあることに気づいた。

それは、一枚の紙。

こんなの、昨日あったっけ？

『童、それは貴様宛てだ』

「えっ？　俺に？」

何のことか分からずその紙を取ると、そこには「アースくんへ」と書かれていた。

手紙？

「なんだこりゃ？　……って、そうだ、アカさんはもう起きて……え？」

俺はそのとき、手紙より、俺の横で寝てたアカさんはどうしてるかと思って隣を見た。

「……あれ？　……アカさんは？」

だが、そこにはもう、アカさんの姿はなかった。

◇◇◇

「アースぐん……ごめんな」

アースぐん。怪我大丈夫だか？　それがスゲー気になるだ。

おで、あんときは自分のことも分かんなくなってたのに、今はハッキリ覚えでる。

昨日、おでがどんだけアースぐんを殴ったか。

そして、アースぐんが、おでなんかのためにスゲー頑張ってくれたことも覚えてる。

おで、人間と戦ったことはあっても、喧嘩したことは初めてだ。

そして、憎しみでも、殺意でもなく、おでのために体を張ってくれる人は、魔族にも居なかったでよ。

一緒に遊んでくれて、メシも食ってくれて、そして一緒に旅に出ようって誘ってぐれて、おではスゲー嬉しかったでよ。

おでは、魔王軍でも信頼できる仲間居なくて、一人だった。

おでは子供の頃は、オーガの里ではなく、魔界のダークエルフの里に住んでたでよ。

魔界のオーガはその力を見込まれて、兵隊になったり、用心棒になって働くことがあって、おでの父ちゃんと母ちゃんはダークエルフと友達で、里の用心棒として住み込みで働いてだ。

みんな優しぐて、平和で、いつまでもそんな幸せが続くと思ってだ。

でも、人間との戦争で全部壊れた。

ダークエルフもオーガも問わず徴兵された。

おでも父ちゃんと母ちゃんと一緒に魔王軍の『ハクキ大将軍』が率いる部隊に入り、そこで初めておで以外のオーガと出会ったでよ。

すげー、怖がっただ。

降伏した人間たちを容赦なく傷つけ、メチャクチャにして、笑いながら殺したり生き埋めにしたりして、村を、街を、国を滅ぼして、最後は火を付けてただ。

だから、昨日おでを襲った人間たちが言ってることは、間違ってね。

オーガは「そういう種族」って言われたら、悲しいけど否定できね。

父ちゃんと母ちゃんも、変わっちまった。二人とも他のオーガと同じ顔して暴れてただ。

アースぐんは、きっとおでのことを「そんなことねえ」って言ってくれるかもしれね。

でも、そんなごとねえ。

おでは、そういうの、見て見ぬふりしてだ。

仲間や両親を止める勇気も無ければ、人間を助けることもできなかっただ。

目の前でいっぺー人間死んだ。おでは、その場に居た。

そして、そんなある日だった。

おでは見ちまった。

他の部隊との共同作戦の日。

故郷で優しかったダークエルフの皆が、地上で悪魔みてーな顔して、人間たちを殺しまぐってるところを。

オーガと同じで、楽しそうに笑いながらやってただ。

それを見て、俺は分かっちまっただ。オーガが元々そういう種族だったわけじゃね。

みんな、「戦争」ってもんで変わっちまったんだって。

おでは悲しくて、苦しくて、泣きそうになっちまった。

いつか、おでもそうなっちまうんじゃねえかって思っただけで恐くなっただ。

そして、おでは気付いたら魔王軍を無断で抜けて、戦争から逃げちまっただ。

裏切り者になったおでは、もう魔界にも帰れなかっただ。

風の噂で父ちゃんと母ちゃんも死んだって聞いで、戦争でダークエルフも滅んで、故郷も無くなっちまった。

戦争はもうとっくに終わったけど、魔王軍の残党はまだ魔界に居て、今でも裏切り者の俺を許さね。

だから、おでは地上世界にずっと隠れてただ。

でも、十年以上も一人は寂しかっただ。

一緒に居てぐれる友達が欲しかっただ。

おでは単純だった。

魔界に帰れないなら、人間と友達になればいいだけだと思っただ。

でも、すぐに自分が甘かったことに気づいただ。

人間と友達になる方がずっと難しがった。

当然だ。戦争終わってるからって、おでのことを受け入れてくれるわけがなかっただ。

うまぐいかなぐて、怖がられて、逃げられたり、段々おでも人間に声を掛けるのも怖くなっちまった。

ほんとは、アースぐんと初めて会った時、声をかけたのスゲー緊張して怖かっただ。

だから、アースぐんと友達になれて本当に嬉しかっただ。

コンビを組もうって言ってくれたのは、一人になってから今日まで生きてきて一番嬉しかっただ。


でも、だからこそ、おではアースぐんと一緒に旅には行けね。

おでは、やっぱりオーガだから。


おでが一緒だと、宿にも入れねえ。メシ屋にも行けねえ。街にも入れねえ。色んな人に変な目で見られると思うだ。

何より、おでとこのまま一緒に居ると、アースぐんも悪い人だと思われるかもしれね。

そして、おでがまた昨日みたいなことになって、アースぐんを傷つけたりするかもしれねえ。

おでの、世界でただ一人の友達だから、アースぐんに迷惑をかけたぐねえ。

「……アースぐん……ごめんな」

この山に、森に、十年以上住んでいたけど、こんな形でおでが出ていぐなんて思わなかっただ。

人間に追い出されたりしない限りはと思ってだ。

だから、人間の友達のために出ていぐなんて思わなかっただ。

寂しいし、ほんどはアースぐんともっと遊びてえ。

でも、これでいいんだ。


「アカさ――――――ん！！！！　どこだ――――――！　アカさ――――――ん！！！！」


アースぐんが大声で叫んでる声が響いだ。

おでの手紙を読んだんだろうな。

ほんど、ごめんな、アースぐん。

「なんで……なんでだよぉ！　一緒に、冒険しようって言ったじゃねえか！　なんでだよぉ!!」

あんなに必死におでのことを捜してぐれる。

アースぐんにはほんと申し訳ね。

だげど、こんなおでを人間のアースぐんがそうやってぐれることが嬉しくてたまんね。

だがら、おではアースぐんと一緒に行けね。


「あっ……」

おでの目から……昨日もそうだった……そっが……

「知らなかっだ……涙って……こういうときも出るんだな……」

心細かったり、寂しかったり、怖かったり、悲しかったりして、泣くことはある。

でも、この涙は違え。

寂しいし悲しいけど、でもそれだけじゃね。

嬉しくて泣いてるんだ。

「おで……頑張るだよ……怒りで自分を分かんなぐならねーようにして……もっと強くなる……おでも、アースぐんみたいに強くなるだ……」

おで、アースぐんのこと、一生忘れねえ。

ありがと。元気でな。

涙を拭く代わりに、最後におでは山に向かってピースした。

いくら捜してもアカさんは見つからなかった。

残された手紙には、アカさんの気持ちや過去のことが書かれていた。

魔界でダークエルフの里に住んでいたこと。戦争で魔王軍に入り、歴史に名を残している大将軍の率いる部隊に居たこと。

戦争の悲惨さや変わってしまった人たちの姿を見ていられなくなって逃げ出したこと。

そして、俺と一緒に旅をできないということ。

その手紙を握り締めながら、俺はどうしても八つ当たりせずにはいられなかった。

「どうして起こしてくれなかったんだよ……」

アカさんが最後に残した鍋と朝食用のスープを前にしながら、俺は目の前に座るトレイナに愚痴を言った。

『奴の覚悟を尊重したままでだ。仮にも余が率いた戦争で人生を狂わせた者でもあるしな』

「だから、何でだよ！　別に俺は、アカさんを迷惑だなんて思わねーよ！　一緒に、こ、れから……色んなことって……いっ、しょにって……っぐ……」

同時に俺の瞳に何かがこみ上げてきた。

それでも構わず、俺は言い続けた。

しかし、そんな俺にトレイナは言う。

『今はな。しかし、これから先はどうなるか分からん。この地上世界を渡るのに、オーガと人間の旅はあまりにも目立ち、そして視線がきつかろう』

「周りの目なんて関係ねーよ！」

アカさんが居なくなるとき、トレイナは分かっていたはずだ。

もし、そのとき俺を起こしてくれていれば、アカさんを止められたかもしれない。

『世間の目を誰よりも気にした貴様が、それを言うか？』

「ッ……それは……」

そして、また突き刺さるブーメラン。

『確かにあやつと二人で旅し、面倒なことになっても貴様はそれを迷惑に思わないかもしれない。貴様は、情に脆い……』

「だ、だったら！」

『しかし、それがあやつには、つらいのだろう。きついことを言うかもしれないが、貴様が考えているほど、異形に対する世間の目は甘くない。それを誰よりも理解しているからこそ、あやつは貴様のもとを去ったのだ』

俺は何も言い返せなかった。

俺がただ「アカさんと一緒に旅したら面白そう」としか考えてなかったことに対して、アカさんもトレイナも俺なんかよりずっと考えていた。

『周りの目など関係ないだと？　笑わせるな。世界や人や魔族のことを欠片も知らぬ貴様がどれだけ強気な発言をしたところで、何の根拠にもならん。信頼もできぬ』

所詮、俺は口だけ。

そう言っているようだった。

そして、きっと俺はその通りなんだろう。

何も知らなくて、力も弱い俺が何を言っても信頼できるものじゃない。

そういうことなんだ。

「でも……それだったら……何のために……このままじゃ、アカさんは……あんまりにもつらいじゃねーかよ……」

トレイナの言ってることは分かったけど、それではあまりにもアカさんが救われなさ過ぎる。

何も悪いことしてないのに、元々住んでいたところから追い出されただけじゃねーか。

『……いや……そんなことはない』

「えっ?」

俺は結局何も出来なかった。そう思った俺の心を読み取ったトレイナが、強く否定した。

『童、これは慰めではない。あのオーガは貴様と出会って本当に救われたはずだ。貴様は間違いなく、あやつの友になることが出来た。だからこそ、奴は貴様の前から姿を消したのだ』

「……でも……」

『貴様は世界を知らん。人と魔族の底を知らん。力も弱い。だがな……それでも、貴様は人間でありながらオーガと友情を結んだ。余は、そんな者たちを初めて見た。本当に、貴様はよくやった』

トレイナの言葉が身に染みて、だからこそ余計に悔しかった。

俺がもっと強ければ。

俺とアカさんが堂々と歩いていても文句を言われない世界……そんな世界であれば……

『思えば……貴様の父たちも似たような夢を語った』

「え?」

『単純に憎しみで魔族と戦争をし合うのではなく、魔族と種族の壁を超えて争いの無い世界をウンタラカンタラ……とな』

それは、初めて聞いたことだった。

親父がそんなことを?

『まぁ、ヒイロがどうしてそういう考えに至ったかは別にして……余が死んで十数年……これが現状だ……』

「ッ、じゃ……じゃあ！」

そのとき、単純な俺があることを思いつくも——

『そもそも、うまくいかないことは分かっていた。むしろ、不可能だからだ。絶対にな』

「ッ……あ、お……え？」

『貴様とアカのように、個人間での友情はまだしも、それを種族単位や世界規模で実現させるのは、不可能だ』

俺がそのとき、「親父がそれをできないなら俺がやったら……」的なことを言う前に、トレイナは否定した。

『そもそも貴様ら人間同士とて、国や民族や文化、更には歴史認識の違いなどで争う。それを姿形の違う種族と？　住んでいる世界も違うのにどうやって？　それができぬから、戦争は起こった』

「それは……」

『そして、何より難しいのは……友好を結ぶための種族の線引きができぬことだ』

線引き。そう言ってトレイナはどこか複雑そうな表情を浮かべて、俺に告げる。

『たとえば、貴様は肉を食うだろう？　別に食わなくても人は死なぬ。だが、それでも食うだろう？　では、動物は友好の対象外か？』

「……そんなこと……」

『先日貴様が食ったウサ………動物の肉も……。どこから食用だ？　動物は？　魔獣は？　では、どこから魔族だ？』

どこから線引きするか……あんまり考えたことなかった。

ただ、大雑把にならば……

「人間と……会話ができるとか……」

『しかし、余も含めて、獣人などは動物や魔獣と会話ができるぞ？　中には相棒、親友、家族のような絆で結ばれている奴らも居る。そんな奴らに言うか？　人間は動物や魔獣と会話できないから、それを食ったり狩るのは許してくれと』

「そ、そんなこと言われても……俺は……」

『そうだ。分かるはずがない。人は住む環境によって常識や文化や考え方が違う。それを魔族と人間ですり合わせようなどというのは無理だ。仮に無理やりすり合わせようとも、必ずどこかで綻びが生まれる。そういうものだ』

俺の言葉や考えに対して全てを論破する材料も知識もあり、そして俺の浅く甘ったれた考えをダメ出しするように、トレイナは言う。

『だから、童よ。安易に、「魔族と人間が仲良くできる世界を目指す」など薄ら寒いことは言ってくれるなよな？』

難しいとか、そういう話じゃない。

不可能だ。

それがトレイナの結論であり、それを覆すことなんて今の俺にはできなかった。

「俺は……弱くて小さくて無知なガキだから……だから世界も変えられないって言いたいのかよ……」

情けなくなって俺はそのままゴロンと仰向けになった。

だが、そんな俺にトレイナは言う。

『そうだ。だからこそ、貴様が何を為すにしても……強く、大きく、そして多くのことを知って大人にならねばならぬ。アカとのことを決して無駄にしないためにもな』

だからこそ、俺にもっと成長しろと……

『童。もっと強くなれ。そして奴のことを考えながら、世界を渡れ。ただのらりくらりと世界を旅するだけでなく、そこで貴様が何を感じ、どうしたいと思うのかを意識しろ。ひょっとしたらそこに……何かヒントがあるのかもしれない』

「ヒント？」

『今の貴様が言っても薄ら寒いことも……強く、大きく、そして多くのことを知って大人になった貴様が、それでもなお同じことを言うのであれば……その言葉は熱を帯びて、きっと『何か』に繋がるはずだ』

「何かって……何だよ？」

『ヒイロや余でもたどり着けなかった、『何か』にだ』

今の俺が何を言ってもそれは根拠のない口だけの言葉になる。

でもこれから成長して、それでも俺がなお同じことを言えば、何かに繋がるかもしれない。

トレイナにしては曖昧な言葉で、先行きも不透明なもので、明確な答えやゴールがあるわけでもない。

だが、それでも分かっていることは……

「俺は……堂々とアカさんと遊んでも、旅をしても、周りから何も言われないようにしてぇ。あんたはバカにするかもしれねーけど……今の俺の気持ちは間違いなくそれだ」

『そうか……』

今の俺の気持ちは間違いなくそれであり、そしてそれをどうにかするかは……

「もっと強くなって、世界見て回って、色んなことを知ってみせるよ」

『ああ、そうだな』

今後の俺次第であり、そのためにもどちらにせよ俺は前に進まなくちゃいけねえ。

「だ〜〜、もう！　食う！　食うぞ！」

『ああ』

そう決めた俺は、アカさんが残してくれた朝食の鍋の蓋を開ける。

よく煮込まれたスープが入っており、俺は食って少しでもデカくなってやると、勢いよくそれを全部食らうことにした。

ちょっと目から汁が出たりしてしょっぱくなったりしたが、俺は全部食って、前へ進むことを決めた。

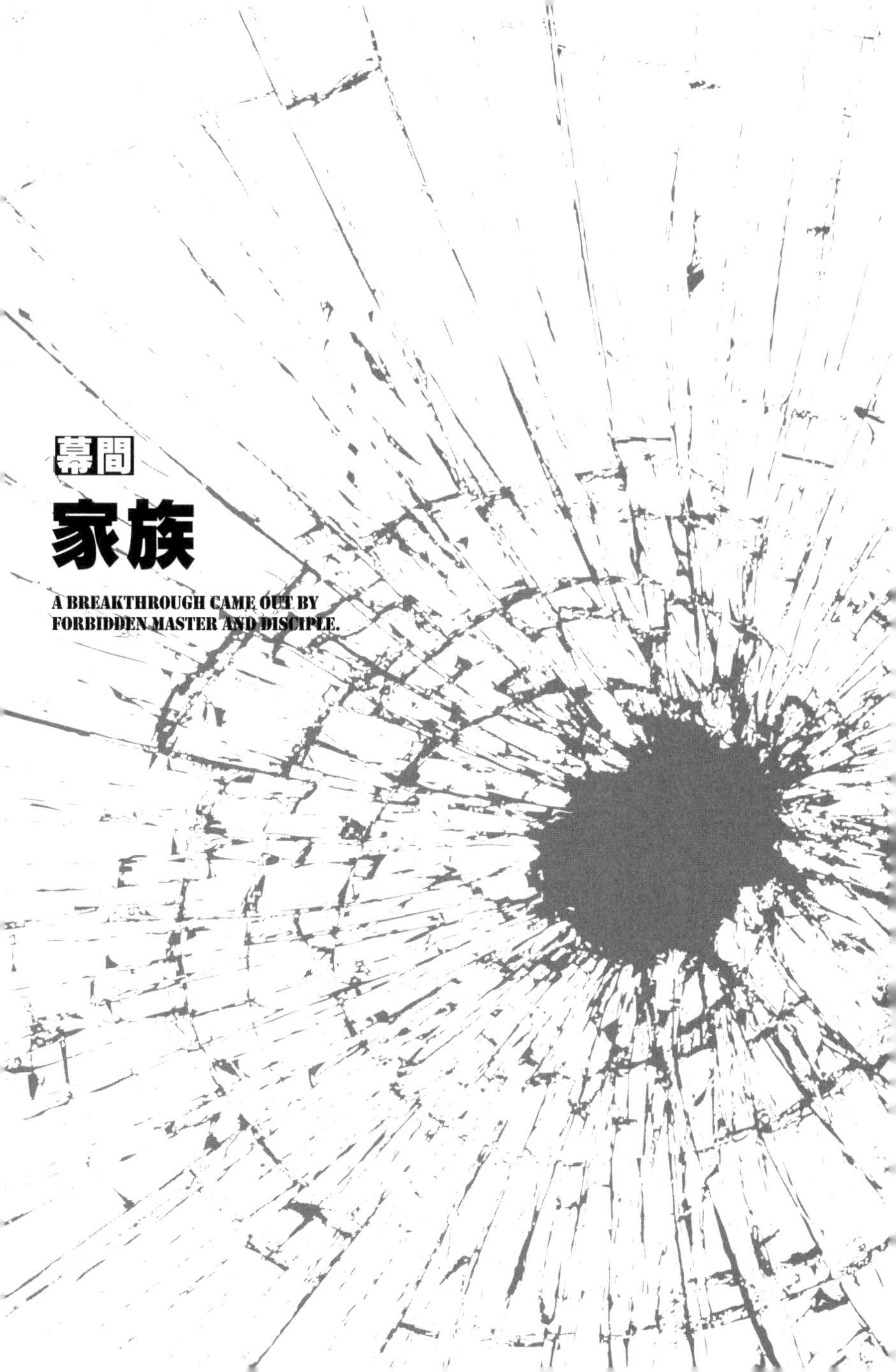

幕間

家族

A BREAKTHROUGH CAME OUT BY
FORBIDDEN MASTER AND DISCIPLE.

——何があっても、アースを見つける！　俺は帝都の外まで出るが、マアムは念のため一度屋敷に戻ってくれ！　ひょっとしたら、アースが一回立ち寄るかもしれねえ！

そう言って、ヒイロは駆け出した。私たちの最愛の息子を連れ戻すため。

本当は私も一緒に走り出したかった。

でも、ヒイロの言うように、アースが一度屋敷に立ち寄ることも考えた。

そのまま飛び出したアースの荷物や財布は、闘技場の控室に置きっぱなし。

お金も何も持たずにそのまま帝国の外へと飛び出すことを躊躇して、ひょっとしたら一度屋敷に戻っているかもしれない。

でも、そんな淡い期待は屋敷に戻った瞬間、崩れてしまった。

「帰って……ないわね……」

屋敷に戻ってみても、特に何の変化もない。

サディスが毎日綺麗に掃除をしているから、何一つ散らかっていない。

今朝も、闘技場へ来る前にきっと一通りの家事を済ませてから来たはずだもの。

「マアム様……その……サディスさんを……」

「空いてる部屋に寝かせて。サディスも起きたら大変だろうけど……」

一足早く屋敷に戻って部屋中を捜し回り、それでも見つからず、立ち寄った痕跡も無い。

それが分かってしまい、綺麗に整理整頓されているアースの部屋で唇を嚙み締める私のもとへ、意識を失ったままのサディスの介抱を任せた部下の戦士たちがようやく追いついた。

でも、結局私はアースに追いつくことはできなかった。

「……アース……一体どこに……あんたに一体何があったの？」

今でも夢ではないかと思いたくなるわ。

御前試合。これまで、アカデミーの先生やサディスから、『人づて』で聞いていたアースの戦いとはまるで違う、剣すら持たない体術を披露。

その動きは、私たちの想像を遥かに超える力と技術を以てリヴァルを翻弄し、そして最後の最後に見せたあの技……

「ううん……そんなことじゃない……そう……そんなことじゃ……」

そう、私が考えなければならないのは、そんなことじゃない。

アースがどうしてあんな力をとか、そんなの今はどうでもいいこと。

私がもっと考えなければいけないのは……——こんな苦しい思いをするぐらいなら……勇者の子供なんかに生まれたくなかったよ……

「うっ、うう、ううううううう！！！」

アースは、私たちの知らないところで、私たちの息子であることを、ずっと苦しんでいたの？

確かに、そういう話は聞いていた。

アカデミーに入り、フィアンセイちゃんに勝てなくて、フーやリヴァルのような特出した何かが無いことで、少しコンプレックスを抱えていると……

『聞いていた』。

でも、私は『聞いていた』だけで、何をした？

苦しくて、悔しくて、自分が憎たらしい。

私は……

「アース……」

涙が止まらない。

この部屋には……十年以上のアースの思い出が詰まっている……この部屋に入るだけであの子の匂いがする。

だけど、ここにあの子は居ない。

あるのは、毎日サディスが綺麗にしているあの子の……ん？

「あっ……」

そのとき、私は部屋のクローゼットに掛けられていた服を見た。

それは、アカデミーの制服。

「制服……そういえば、あの子が入学するときは、下ろし立ての制服のサイズがちょっと大きくて、皆で笑っ……ッ!?」

そして、私は制服を見てあることに気づいた。

アカデミーの制服は、生徒によってサイズが違う。

そして、アースは「どうせすぐに背が伸びるんだ」なんて言って、少し大きめのサイズを注文した。

その時、私はたまたまサディスからその話を聞いていたから、制服のサイズのことは知っていた。

でも……

「違う……入学したときに着ていた大きめのサイズより……もっと大きくなってる……あ……」

どうして制服のサイズが変わっているのか？　一瞬分からなかったけど、そんなの簡単なことだった。

アースが大きくなって、制服のサイズが合わなくなったから、また新しい制服を下ろしたんだ。

「そっか……アース……あんた……こんなに大きくなってたのね……こんなに……」

そう、私はそのことを知らなかった。

そして、気付いてすらいなかった。

なぜ、気付かなかった？

私がアースを見ていなかったからよ。

「私は……そんなことすら……見ていなかったのね……気付いてなかったのね……」

親失格……当然ね……

「だから……あんたが何に苦しんで……何に悩んで……何があったのかも分からなかった……」

普段あまり会えなくても、親子だから繋がっている？

繋がっている気になって、何も見ていなかった私に……私たちのどの口が言うのよ。

「私たちの子供なんだから何があっても大丈夫……ふっ……何言ってんのよ、私は……アースのことを自分とヒイロを重ねてしか見てなかった……アースは私ともヒイロとも違う……アースは……アースなのに……」

だから私は……――俺はただ……一度でいいから……父さんに……みんなに……勇者の息子としてじゃなく……俺を褒めてもらいたかった……それだけだったんだ
「実の息子に……最愛の息子に……あんなことを言われ……いいえ……私たちが、アースに言わせてしまった！」

どうして、アースにあんなことを言わせてしまったの？

こんな形で、ようやく……アースを失って気づくなんて……何が勇者よ！　何が英雄よ！

「ごめんね……アース……ごめんね……普通の親にすらなれなくて……ごめんね……」

世界を救って……仕事だ平和の世を守るだと言って……手にしたはずの幸せを守れなかった。

「坊ちゃま！　はあ、はあ……坊ちゃまッ!!」

「ッ……サディス……」

そのとき、乱暴に開けられた扉にハッとした私の前には、顔を蒼白にして震えるサディスが立っていた。

「サディスさん、……今は少し休まれた方が……」

起きてすぐに来たようね。

そして、今のサディスに私の部下の声なんて届いていない。

サディスも色々と思いだし、そのうえで……

「奥様……坊ちゃまは……」

「……私たちに見切りをつけて行ってしまったわ」

「ッ!?」

その瞬間、全身を震わせながらよろめくサディスに、私はかける言葉が思い浮かばなかった。

そう、全ては私とヒイロの所為。

そしてサディスは……

「私は……何を……叫んで……坊ちゃまを……私が……」

サディスが何を思っているのか、痛いほどに分かる。

「今日という日のために……一人で……黙々と努力を重ねた……坊ちゃまに……わ、たしは……」

自分の所為だと、激しい後悔と罪の意識に囚われてしまっている。

でも……

「死ぬほど泣いて座り込んでも……あいつは帰ってこないわよ」

「ッ……あ……あ……」

泣いている場合じゃないのよ。サディスも。私も。

「後悔して泣きながらでも……足は動くんだから……私もあんたも……ヒイロも」

「おく……さ…………お姉ちゃん……」

「たとえ許されなくても……償いを考えながら、今はまず追いかけるのよ」

今は追いかけなければいけない。

私たちは。

「……はい……」

たとえそこが、どこであろうと。

「アースは帰ってきてないか!?」

「お邪魔します、あの、アースは！」

「街にはどこにも……家には戻ってませんか!?」

と、また騒がしく……この子たちか……

「フィ……姫様……フー……リヴァル……」

「マアム殿、今……帝都全体が厳重警戒態勢になって外に出られず……だから、帝都内を隈なく捜したんですが……あいつは……」

顔を真っ青にして……お姫様も何があったのか分かっていないけれど、アースが居なくなったという事実に落ち着いて居られないってことね。

思えば、この子の気持ちを知っていて……だから、私もヒイロもソルジャも……できればアースとって……その時点で、ダメよね。

アースのことを何も見ていなかった親失格の私たちが、アースとこの子が結ばれたらなんて……かつて、七勇者として家族のような絆で結ばれた私たちが、本当の家族になれるんじゃないかって……

『自分たちが嬉しい』ということしか考えなくて……

「あの、マアムさん……」

「アースは……一体、どこへ……どうして……こんな……」

息を切らしているフーとリヴァル。成長したはずの二人も、今は子供のように不安そうな表情でアースのことを心配している。リヴァルなんて、まだ御前試合での怪我の手当ても碌にしていないのに、必死で走り回って……

そして、この二人に対しても同じよ。

私とヒイロはこの二人が『あいつら』と同じような飛び抜けた才能を芽生えさせているという話を聞いて、アースのことを何も知らないのにこの二人と比較して発破をかけるようなことをして

……


「知らないわ。どこへ行ったかは」

「そんなっ!?」

「だから！　……知らなくちゃいけないの……私はアースのことを……もう一度……」

挙げればキリがないほど出てくる親としての過ち。

それを抱えながら、それでも私たちはアースともう一度会わなくちゃいけない。

そして……会いたい。

嘘じゃない。愛しているから。

アース。あんたは許してくれないかもしれない。

今さらだと、拒絶するかもしれない。

でもね、私はそれでも……もう一度……今度こそ……あんたの母親になりたい！

たとえどれだけの月日がかかったとしても。

◇◇◇

――こんな苦しい思いをするぐらいなら……勇者の子供なんかに生まれたくなかったよ……『父さん』……

実の息子をあそこまで追い詰めて、あんなことを言わせちまった最低の親でも、それでも追いかける。

本当だ。嘘じゃない。お前のことは世界で誰よりも愛して――――ごめん……ちゃんとした理想の勇者の息子になれなくて
……世界一愛しているなんて、俺に言う資格なんてあるのか？
俺は今日まであいつの何を見てきたんだ？
なぜ、あいつが『大魔螺旋』を使えたのかも分かってない。

どうしてこんなことに……

「ヒイロ様。ご子息が掘られた地中の穴ですが、やはり途中から道が塞がれており、そこからどこかへ枝分かれしたかどうかも分かりません……」

「ああ。だが、あいつの魔力量からそう遠くには行ってないはず。なら、どこの穴から抜けたかよりは、地上へ出てどこへ向かうかだ」

あいつの魔力量は健康診断の数値を聞いたことがある。正確な数値は忘れたが、フーや姫より少なかった。

なら、それほど遠くには行ってないはず……ということで、いいんだろうか？

そもそも、あいつがリヴァル以上の力を持っているなんて、ひどい話だが全く予想してなかった。

大魔螺旋だけじゃねえ。

あの、身のこなし、拳の力や、足捌き、どれをとっても目を見張るものだった。

あいつが魔法剣ではなく、あんな戦い方をするようになってたことすら知らなかった俺の予想なんて……

「俺もほんとに情けねえ……魔力量から遠くには行ってない？　息子があんなに強かったことも知らなかったくせに……」

リヴァルを翻弄していた拳や足の動き。あれは、今にして思えば何も小細工なんて無かった。

綺麗なフォーム、研ぎ澄まされた動き、どれをとっても……

「何が、戦士の使う技じゃねえだ……大魔螺旋に至るまで振るっていた力はどれも……努力をして身につけた力じゃねーか……」

俺は何故、もっと冷静に見てやれなかった？

そうすれば、もっとちゃんと話し合えたはずだ。

「ヒイロ様……帝都周辺には大小含めて多くの街や村がありますが……その全てを我々だけでカバーするのは……」

今、俺が独断で帝都から飛び出して、アース追跡にあたって、急だったこともあったが数名の戦士が無償で協力してくれることになった。

だが、それでもこの人数で手分けして捜すのは不可能。

「一応、帝都の連絡班から周辺の街や村、更には国境警備には至急連絡を入れることになっておりますが……」

「ああ。だが、アースは着の身着のままで出てった……金もあんまり持ってないだろうし……ひょっとしたら野宿でもしてるかもしれねえ。腹を空かせてるかもしれねえ」

とにかく、俺は俺でアースの向かう場所を考えねーと。

「地図を見せてくれ」

「あ、はい……」

　家出したアースがどこへ向かうか。帝国領土内の地図を広げてみる。

　金もあんまり持ってないアースがどこへ向かうか？

「この『ムカツタ大森林』と『ココニール・マウンテン』にもし向かわれていたら少々捜索が困難ですね。広いですし……一応、山を越えた麓に街がありますが……」

「そういえば、この時期はこの場所で戦碁の催しなどがあって、ジャポーネの連中など出入りが多く、賑わっているという話ですが……そう、ホンイーボですね」

　まず、一番目に付く山岳や大森林が広がる地域だ。だが、それは無いだろうと俺は感じた。

「あいつは俺と違って賢い奴だ。遭難したらそれこそ命の危険すらあるってのに、こんな所に向かうとは思えねえ。それに、あいつはサバイバル経験もねーはずだ。そんな危険を冒してまでこの方角や、ホンイーボへ行くとも思えねえ。あいつ、戦碁は弱かったし、そこまで行きたい場所でもないだろうしな」

　そうだ。だから考えろ。俺の息子のことを。

　あいつなら、こういう状況で次にどこへ行く？

「なぁ……このホンイーボと真逆に位置する……イーナイ都市……ここは確か今の時期……」

「あっ……確か、腕自慢たちが集った格闘大会があったような……そこそこ賞金も出る大会でしたね」

「それだ！　あいつは、きっとここに向かってるはずだ！　森や山を抜けてまでホンイーボに向かう理由なんてねーし、ここだ！　俺はここに向かうぞ！」

きっと、アースはここに向かっているはずだ。

そう思った瞬間、俺は一秒でも早くと、駆け出していた。

「ヒイロ様、お待ちを！」

「あ～、もう。とりあえず、連絡班に報告だ。ヒイロ様のご子息は、イーナイ都市に向かっている可能性ありと」

アース。見つけて、捕まえて、俺はあいつに何て言葉をかけてやれる？

どうしようもねえ親父であることを、俺はどれだけ謝ればいいいんだろうか？

ちゃんとした親になれねえ俺が、あいつに何て言ってやれる？

いや、それでも俺は行かなくちゃ――

「ヒイロ様！　ちょ、……魔水晶で通信です！　軍総司令からです！」

「ッ、な……こんなときに……減俸でもどうなってもいいから、後にしろって――」

「緊急でお話があるとのことです！」

「きん……きゅう？」

クソ、急いでいるときに！

『ヒイロ！　お前は……勝手な行動をしおって……』

「……なんすか!?　今、急いでんすけど!?」

『おい、ヒイロ。周りに人目があるときにはちゃんと弁（わきま）えろ……と言いたいが……まぁ、いい。それは後だ。悪い話と、もっと悪い話がある』

総司令自ら連絡するってことは、よほどの緊急？

しかも両方悪い話だと？

『まず、悪い話だが……姫様やリヴァルたちが書置きだけ残して帝都を出たようだ』

「……は？」

『目的はどう考えてもお前の息子の捜索だろう』

「いや、ちょ、え？　今、帝都は厳重警戒態勢で封鎖中じゃ……」

なんてこった。いや、フィアンセイちゃん……つか、姫様……行動早すぎだろうが。

それだけアースのことを想ってくれてんのは嬉しいが、もっと立場的なのを……なんて、俺が言う資格もねーが。

『姫様、リヴァル、フー……他にも『笛吹き一族』の娘の姿もないようだ。そやつの能力で警備を潜り抜けたのだろう』

「笛吹き……パイパ家か……あ〜、あの子か……」

『流石に姫様に戦士の護衛も無く出歩かせるわけにはいかない。そこで、姫様の追跡と保護をマアムに頼んだ。精神的にそれどころではないと思ったが、あいつ自ら強く志願してくれてな』

「……え？　マアムが？」

『ああ。正直奴には他に抱えている仕事が山ほどあったが、緊急事態なので、こっちを優先してもらった。サポートとして、お前の家のメイドも一緒だ』

「サディスまで!?」

『一応情報共有と思ってな。正直、お前も仕事が山ほどあるが……今は、息子を優先させてやる。だから、お前の方ももし姫様を見つけたら至急保護してくれ』

マアムが？　サディスも？

家で待っててくれって言ったのに……アースじゃなく、姫様の捜索に自分から買って出た？

どういうことだ？

だが、これでマアムは山ほどあった仕事を放り投げて、帝都の外に出られる。

ん？　ん？　まさか……マアムと姫様は……

『で、次はもっと悪い話だ』

「あ、う、うす」

マアムたちの「企み」を俺が疑い出したとき、ここからが本題だと総司令の口調が重くなった。

『御前試合の件……魔族側もチェックしていたようだ。まぁ、我々も催しということもあり、無理に規制しなかったこともあるんだが……早速、魔界側から、あの『ライファント総統』から問い合わせがあった』

「ライから？」

『お前の息子が使った技……大魔螺旋だけでなく、その直前に使っていた魔力のコントロール技術……あれは、『ブレイクスルー』と呼ばれる技だそうで、大魔王トレイナが開発した技だそうだ』

「ッ！！？？」

『勇者ヒイロの息子があの技を使うのはどういうことかと、聞かれている』

なんてこった。大魔螺旋だけじゃなく、あの緑色に発光した魔力の力も、トレイナが開発したもの？

「そうか……似ているとは思ったけど、トレイナは赤い光だったから……でも、やっぱり同じ技だったのか……」

やはり偶然じゃねえ。

アースは、トレイナに関連した力を身に付けている。だが、どうやってだ？

いや、誰かがアースに教えたのか？

しかし、それなら誰が？

「俺も戦ったことはあっても……技名までは知らなかったが……そのブレイクスルーを使えるやつって、どれぐらい居るんすか？」

『魔族でもあまり詳しく分からぬ技術だそうだ。大魔王独自の技術だったようで、誰かに伝承されたわけでもないとのことだ』

「そうすか……」

『ただ……ライファント曰く、もし仮にあの技術を使えるものが居たとしたら……唯一可能性があるとすれば……』

そのとき、総司令のトーンが更に低くなった。

嫌な予感がする。

そして、総司令の口から出された名は……

『この十数年行方不明になっている、『旧・六覇大魔将』の一人にして、大魔王の信奉者……『暗黒戦乙女・ヤミディレ』だけだそうだ』

「……か～……あ～……あ～……よりにもよって……」

『ああ、そうだ。あの六覇最強の『白き鬼皇・ハクキ』と並ぶ、魔王軍残党の最大危険人物の一人だ』

　急に頭が痛くなってきた。

「まさか……奴が、アースと接触してたなんてことは……そんなことあるはずが……」

『しかし、ライファントはそれを疑っている。ただし、そんなことをヤミディレがする理由も無ければ、意味も無い……とはいえ、どうしても気になるとのことだ』

　ヤミディレ。かつて、魔王軍の大将軍の一人にして、人類の強大な敵でもあった。

　大魔王に対する忠誠を超え、もはや崇拝していた奴だ。

　だからこそ、大魔王の戦死後の和平協定にも反対し、姿を消した。

　ずっと行方不明だったあいつが……まさか……？

『とにかく、事はお前の家族問題だけで済まなくなりつつある。肝に銘じておけ、ヒイロ』

「……承知しました」

『元・六覇の獣王ライファントが総統となって今は魔界をコントロールできているが、他の生き残りの六覇が野心を持って動き出せば、ライファントといえども抑えきるのが難しくなるだろう』

　そう、問題は俺たち家族だけの話にならないかもしれない。

　何かが始まろうとしている予感が拭えない。

　アース、お前に一体何があったんだ？

　でも、たとえ何があろうとも、必ずお前に追いついてみせる。

　そしてそのときは、どんなことでもいい。話してくれ。

　もう一度、俺にお前の親になるチャンスをくれ。

——そ、その大会で俺が優勝したら……オッパイ触らせてくれ！

あのときは、まさかこのようなことになるとは想像もしていませんでした。

——分かりました。いいでしょう。坊ちゃまが優勝できましたら、そのときは！　私のオッパイを一日好きにしていいこととしましょう！

大会に臨むにあたって坊ちゃまからのお願い。

私は、それで坊ちゃまがやる気を出されるならと、年上のお姉さんとして、ちょっとエッチなご褒美を余裕の笑みを浮かべて了承しました。

でも、部屋に戻った私は……——ふぉおおおお、こ、これは、やばたんです！　私は何という了承を!?　お、おっぱいを坊ちゃまに……こ、これは旦那様や奥様に烈火のごとく叱られるのでは!?

ベッドにダイブして足をバタバタさせながら枕に顔を埋めて悶えたものです。——し、しかし、まさか坊ちゃまがこんな要求を……も、もし万が一そうなったら……私は理性を保つことが果たして……どうしましょう！　なんか、私が逆に押し倒してしまってその先にいってしまう恐れが……いえいえ、坊ちゃまのそういう教育はせめてアカデミーを卒業してから……なのに、私は……

了承してしまったことに慌てる私。

しかし、悶え続けているところで、ふと窓の外、庭で頑張っている坊ちゃまが目に入りました。

――うおおお、ケンパ！　ケンパ！　ケンケンパ！

ハシゴを使って変わった鍛錬をしている坊ちゃま。

一見遊んでいるように見えましたが、汗の量やその表情から真剣さが伝わってきます。

恐らくは、これまでと何かを変えようと、坊ちゃまが必死になって殻を破ろうとしているのが分かりました。

それを見て、悶えていた私はだんだんと落ち着きを取り戻し……――はぁ……えっちくて新しいブラでも買っておきましょう……

そんな、人には言えないことがあったものでした。

だから、当時は想像もつきませんでした。――やめて！　おとーさんが！　おかーさんが！　大魔王に、おじさんが、おばさんが、おじーちゃんが、おばーちゃんが、みんなが！　大魔王に殺されるッ!!

今でも耐えられない。

私があんなことを坊ちゃまに言ってしまった。

私が坊ちゃまの努力を全て台無しにしたのです。

御前試合に向け、坊ちゃまが色々と工夫して訓練をし続けて迎えた晴れの舞台。

私の一言が全てを台無しにしてしまったのです。

いや、台無しどころではありません。

奪ってしまったのです。

坊ちゃまの今日までの日々や居場所を全て。

どうして、坊ちゃまがあの技を使ったのかは分かりません。

しかし、私があんな風に取り乱さなければ……そう思えば思うほど、自分が許せません。

私の人生の恩人であるヒイロ様とマアム様。その二人の宝でもあり、私の命よりも大切な坊ちゃまが……命より？　軽い。なんて私は軽すぎる。

自分の命より坊ちゃまの方が大事だと、どの口がそんなことを言えるのでしょうか。

坊ちゃまへの想いよりも自分のトラウマで我を忘れてしまうなど、この身を切り刻みたくなるほどの罪。

本当は、今すぐ打ち首にでもして欲しい。

しかし、それはまだ。

たとえ、坊ちゃまが望まれなくても、坊ちゃまともう一度会うまでは……

「旅の準備も旅行以外では久しぶりですね……」

私のすべきことをするために。

巨大なリュックにあらゆるものを詰め込みます。衣服、日用品、調理器具、食料、医療用具セット、そして武器。

いつも整理整頓がクセになっている私の部屋も、今は色んなものが散乱している状態ですが、片付けている暇などありません。

すぐにでも坊ちゃまを追いかけるためにも、部屋はこのままにしていきます。

「……あ……」

必要なものをリュックに詰め込んでいる途中で、私は戸棚に保管していた箱が目に入りました。

それは、私の宝箱。

しかし、今はその宝箱を見るだけで切なくなります。

「サディス！　準備できた？」

「あ……」

「ちょっと何を……ん？　それは……」

そのとき、簡単な準備だけを済ませた奥様が部屋に来られ、そして私の手元を見て首を傾げられました。

奥様にも内緒にしていた私の宝物。

私は切ない気持ちになりながら、その宝箱の蓋を開けました。

そこには、多くの小物や玩具の指輪やアクセサリーなどを保管しているのです。

「これ……坊ちゃまが私の誕生日やアカデミーの入学祝いなどでプレゼントしてくださったものです……」

「そう……」

今よりもずっと小さい頃から、少し恥ずかしそうにしながら私にプレゼントを渡してくださった坊ちゃま。

その度に、私は坊ちゃまを力強く抱きしめてキスしてしまいそうになる衝動を必死に抑えていました。

「あいつは、あんたのこと……大好きだったもんね……」

坊ちゃまが私を想ってくださる。歪んだ私はその想いにいつも蕩けてしまいそうになっていました。

「なのに、私もヒイロもその気持ちすら軽んじて、あいつと姫様が結ばれたらなんて……ひどい話よね……」

ええ。私もそうでした。

別にメイドとして坊ちゃまの傍に居られるのなら、私はそれでもいいと思っていました。

むしろ、坊ちゃまと姫様が結ばれることで、多くの人が満足すると。

だから、私は思春期に入っても坊ちゃまに応えるどころか、思わせぶりな態度で振り回しているだけでした。

「ねえ、サディス……恩とか周りがどうとかは別にして……実際のところ、もし、アースがあんたにってなったら……あんたはどうしてた？」

「攫っていたかもしれません」

「あっ……そ、そう」

「もう、その資格は私にはありませんが」

私がそう答えると、奥様も複雑な笑みを浮かべながら頭を押さえられました。

「……ほんと……何やってんのよ、私は……何も見てなかった……自分の子供のことを何も……何一つ……」

自惚れではなく、坊ちゃまの初恋は私だったはず。

そんな坊ちゃまが「そういう年齢」になっても私を想ってくださるのであれば、私はこれまで抑え込んでいた理性全てを捨てていたかもしれません。

本棚にある背表紙を加工して置いている本。

『年下男子をリードする１００の方法』、『処女でも迷惑かけない初体験の準備』、もう、それらも今の私には……それに……その下の棚には……坊ちゃまのコレクション……──坊ちゃま……ベッドの下、机の引き出しの二重底、天井裏、そして意表を突いて最近家に帰って来られない旦那様の書斎……うふふふ、隠しきれると思いましたか？　坊ちゃま。甘々ですね～──ぐっ……なんでバレて……──坊ちゃま。私は常日頃、強盗対策も含めて部屋に誰か侵入した痕跡や、部屋の物が前日と比べて僅かでも移動していたら瞬時に分かるように仕掛けをしているのです……にしても、埋蔵金の山ですねぇこれは。お小遣いを何に使っているのですかねぇ？　っていうか、坊ちゃまの年齢では法律違反ですよ～？　──ちが、いや、これは……その……──こういう本に出てくる年上巨乳メイドとのイチャイチャ……嗜虐的な女を雌豚にする……坊ちゃまもこういうことがしたいのですかね～？　将来が心配です、ヨヨヨ──そ、それは、べ、別に、本の中だけの幻想として……──あら、そうですか？　それは残念です。私もだんだんとこういうのに興味が出て、もし坊ちゃまが望まれるなら……──え!?　ほんと!?　え、ま、マジで？　──ウ・ソ♪──え……うぇぇ？──はぁ～……やはり、坊ちゃまには少々お説教が必要ですねぇ～

思春期に入った坊ちゃまがことあるごとに諦めずに所持しようとする艶本の数々。

年上モノだったり、メイドモノだったり、嗜虐的な女たちに関連した、えっちいものです。

ネチネチ私は坊ちゃまにお説教をし、真っ赤になった坊ちゃまは正座をし、そして私はその本を全て燃やし……たフリをして、坊ちゃまが「年齢」をクリアすればお返しできるように保管。

そして、当たり障りのないタイトルのものは、姫様に……

「私も……坊ちゃまに嫌われるようなことしかしていないのですがね……」

「そう？」

そう、昔からそうでした。

私は坊ちゃまを振り回し、からかい、惑わし、そして今日……あんなことを……

「ほんとダメね……私は……」

「ええ、私たちは……」

互いに切ない笑みを浮かべながら、私はその想いのままリュックを背負います。

「でも……あの日常が私の幸せでもありました……坊ちゃまをからかって……それが可愛くて……でも、坊ちゃまにとってはウザったいだけだったかもしれませんし……もう、坊ちゃまが望んでいなかったとしても……せめて……もう一度、会って話だけでも……こんな形でお別れは……それだけは！」

そう、今は落ち込むよりも行動です。

「行きましょう、奥様」

「そうね。姫様も待ってるだろうし……にしても……姫様がこんな大胆な作戦を思いつくとはね……」

そう、全ては姫様の計画。

居なくなった坊ちゃまを求めてこの屋敷に飛び込んできた姫様の案。

第十二話

愛が重いがどうのこうのだったな?

A BREAKTHROUGH CAME OUT BY
FORBIDDEN MASTER AND DISCIPLE.

シノブの手当てが良かったのか、アカさんとの喧嘩で負った傷も思っていたよりも早く癒えてきた。

いや、それどころか軽めのシャドーをしてもキレがあり、トレイナとのスパーでも結構動けた。

「……なんか……御前試合からそんなに経ってないのに……前より強くなった気がする？」

傷を癒やし、ココニール・マウンテンを下山途中で軽めのトレーニングをし、俺は思わず呟いた。

御前試合の前は二ヶ月間みっちりトレーニングをして成長を実感できたのに、あれから僅か数日で俺は前より強さを感じていた。

『それはやはり、実戦での経験が活きたのだろう』


そんな俺にトレイナは「当然」とばかりに頷いた。

『世界でも強者の部類に入るであろうアカと、手加減なしの命をすり減らす戦いをしたのだ。筋力や運動神経に変化はないかもしれないが、感覚が一皮も二皮も剥けたのだろう』

「感覚が……？」

『そして、もう一つは自信だ。あれほどの強者を相手に死を恐れることなく前へと飛び込んだことによって、感覚だけでなく、精神的にも強くなったはずだ。それに、忍の女との戦いも良い経験になっただろう』

自分では正直分からないが、言われてみたらそうかもしれない。

あんなに強かったアカさんと、足を止めて殴りあった。

あの強力な拳をまばたきせずに額で受け止め続けた。

あと、ついでにシノブ。

感覚と精神の向上で、こうも変わるもんなんだな。

「なんか……今ならどんな修行でも耐えられて、もっと強くなれる気がする」

『いい傾向だ。御前試合のような明確な目標がなくとも、自分で「やりたい」と思えることはな』

そう、現在の俺は「とりあえず強くなりたい」という感じで、明確で身近な目標があるわけじゃない。

しかしそれでも、強くなる自分が嬉しくて、自らトレーニングしたいと思うようになってきた。

『たとえ、身近な目標が無くとも……手に入れて損をしないもの、それが『強さ』と『誰にも負けぬ特技』と『金』などだ。たとえ、今すぐ必要でなくとも、あることで決して損はしない』

「へぇ……金か。まぁ、たしかにそれなくて不安だったからな」

必要なくても、あって損はしない。確かにその通りだった。

そして、今の俺はもっとも「強さ」を欲して、調子も良くなっている。

得られるうちに、たくさん手に入れたい。

「なぁ、トレイナ。せっかくだし、この山でもうちょい修行しねーか？　ここなら、パルクールの特訓もできるし、修行といえば山籠もりって感じだしな」

以前のように、おっぱいだなんだとニンジンぶら下げられているわけでもねーのに、俺自身も何かが変わってきた。

アカさんとの出会いと喧嘩と仲直りと別れ。それらが確かに俺を少し変えたのかもしれない。

あと、ついでにシノブ。

だが、そんなやる気が出てきた俺に対してトレイナは……

『いや、元気になったのならまずは下山だ。トレーニングは平地で行う』

「な、にい？　何でだよ！　せっかく山に居るんだぞ？　ほら、山って空気が薄いから、ここで鍛えて下界で戦えば、より強くなってる的な感じじゃねーのか？」

せっかくのやる気に水を差すような、というか以前のトレイナだったら睡眠中でもトレーニングをさせるほどだったのに、どうして？

だが……

『逆だ。空気が薄いからこそ、これまでと同じ、ましてやこれまで以上の質の高いトレーニングができないのだ。そうなれば、必然的にトレーニングの負荷を落とさなければならない。高地トレーニングで確かに心肺機能を高めることはできるが、貴様はまだ平地で質の高いトレーニングをした方がいい』

「そ、そういうもんなのか？」

『うむ。理想は、空気の薄い場所では寝泊まりなどして体を順応させて、トレーニングは平地で行う……余はそれを、『マジカル・リビングハイ・トレーニングロウ』と呼ぶが、それでも体を順応させるのに数週間以上も要する』

またもや出た、トレイナ理論。

『貴様に技術やパワーが既に身についた状態で、より高みを目指すのであればそのトレーニングも有効だが、今の貴様はまだ一つの技術や知識でいくらでも成長できる。ならば、平地でトレーニングをし、そして平地で世界を渡りながら知識を増やしていく……今はそれでいい』

流石はトレイナ。別に優しくなったわけじゃなくて、ちゃんと理由があるわけか。

「そっか、じゃあ……このまま山を下りてってことか」

『そうだな』

帝都から森に迷い込み、アカさんと出会い、ホンイーボの街にたどり着き、またアカさんの家に戻って喧嘩。あと、ついでにシノブと戦った。

数日体を休め、そして今は山を登って向こう側に下山している途中。

明確な目標がなくても、足は軽やかに進んだ。

『さて……となると、この山を下った先にあるのは……どこだ？』

「ああ。ホンイーボから出発して、ココニール・マウンテンを越えたところだと、俺の記憶が正しければ……商人たちが集う街……『カンティーダン』……だったな」

俺も帝都の外の地理を完全に覚えているわけじゃないから、曖昧だけどな。

『ああ、それならば余も聞いたことがある。何百何千の商人たちが露店を開いている有名なマーケット通りがあるやつだな。伝説級のお宝と偽ってコピー商品を売ったりしている詐欺まがいな犯罪が行われる一方で、経済効果があるために潰すこともできない街だったな』

「へぇ、あんたも知ってるんだな」

『まぁ、その街は何かと、いわくつきな街だからな。余も噂程度では耳にしている』

いわくつき？　なに？　そうなのか？　それは聞いたことないぞ？

俺は、色んなものが安く手に入る街って噂しか聞いたことなかったから。

『丁度よいではないか。貴様は、ハンターにもなれんのだ。この間の戦碁のように金を稼ぐにあたって、その街で掘り出しものでも探そうではないか』

「いやいや、掘り出しものって……俺は目利きできるわけじゃねーし……」

そんな簡単に掘り出しものなんて見つけられるのか？

そう思った俺の前では、神々しいオーラを放っていかにもツッコミ入れてほしそうなトレイナ。

「あ～、トレイナ……ちなみに、あんた……そういうのは……」

『この大魔王の瞳は、あらゆる真贋を見分けようぞ』

あ～、はいはいスゴイスゴイ。なんか、だんだんとこいつがどれだけすごくても、驚かなくなったぞ。

『まぁ、そういう専用の魔法が無いわけではないが、真贋を見分ける能力を培うのも良い経験になる。うまくいけば、一攫千金もありえるぞ？』

「いや、あの……俺はとりあえず、強くなりたくて、別に鑑定士になりたいわけじゃ……」

とはいえ、流石に街に立ち寄らずに旅を続けられるわけがないから、結局寄るんだけどな。

山籠もりでの修行は今の俺にはそこまで効果的ではないというトレイナの指摘を受けて山越え中

の俺。

とはいえ、すぐに麓に辿りつくというわけではなく、多少の時間を要することになる。

そのため、そもそもホンイーボの街で旅の準備をまったくしていなかった俺に、山越えはそれなりに難儀だった。

水も食料も特に用意していなかったからだ。

「少し、腹が減ってきたな……アカさんの家から一回また街に戻ればよかったぜ……」

『やれやれ。初日の夜を忘れたか?　こういう時こそ山という豊富な自然の恵みの恩恵を受けるべきというのに』

「あ、この赤い実……なんか、甘そうだな……食えるかな?」

『やめておけ。それは毒だ。山で食ってはならぬ実の中でも定番中の定番だ』

下山途中で腰をおろして一息つく俺の言葉に溜息を吐くトレイナ。

そう、初日の夜、アカさんともし出会えなければどうなっていたことか。

蛇とか蛙とか捕まえて食うのもやだ。捕まえたウサギも逃がした。

キノコを採っても結局食わなかったから、俺はまだサバイバルを何一つ経験していないんだ。

『まぁ、とはいえそういう毒も経験してこそ逞しさは増したりするのだが、貴様にそこまで今は求めん。今はまだ栄養があってバランスの取れた食事を摂取して成長することが重要。成長期の食生活を考えるなら、やはり平地の方がよかろう』

食生活。そう言われて真っ先に思い浮かぶのは、ガキの頃からずっと俺が食って来たメシ。

それらのほとんどは、同じ人物によって作られたもの。

「食生活か……たった数日だけなんだけどな……サディスのメシを食ってないのは……」

それなのに、もうだいぶ食ってないような気がしてしまう。

毎日当たり前のように食っていた。

トレイナですら、サディスの献立を見て感心するほど、俺のことを考え、俺のためだけに作ってくれたサディスの手料理。

いつも俺の傍に居てくれて、俺を大切にしてくれた。

だからこそ、俺はサディスに報いたかった。

そんなサディスにカッコいいところを見せたいと思った。

いつまでも雇われ主のお坊ちゃんではなく、一人の男として見て欲しいと思っていた。

でも、ダメだった。

それどころか、サディスを傷つけた。

それを思い返すと、またどうしようもなく切なくなっちまう。

『……ん？』

そのとき、サディスを想って物思いに耽っていると、トレイナが何かに気づいたようだ。

『おい、童。ここから少し先……道なりに進んだ場所に……何かあるぞ？』

「えっ？」

何か？　何かって何だ？　蛇？　蛙？　ウサギ？　まさか、オーガなんてことはないだろうな？

「……なんか、獣とかか？」

『いいや、そういったものではないし、危険もないが……あれは……ん？　ん～……何をしているのだ？　『あやつ』は……』


何か良く分からない感じだ。

ただ、トレイナは何かに気づいて、そして徐々に顔が呆れ出している。

しかも、頭まで押さえている。

「……なんなんだ？　一体……」

危険がないならいいだろうと、俺は気になって立ち上がり、そのまま道なりに進んでみた。

すると、木々が少し開けた場所に出て、そこに何かが落ちていた。


「……なんだこりゃ？」

それは、袋のようなものに包まれた何か。

さらには、その傍には筒のような物。

そして、更にその傍には……

「筆記用具？」


筆記用具とかまで落ちている……いや、置かれている？

しかも、そこには紙も一枚添えられて……

「置き手紙？　……『遠慮なく食べてください』……なに？」

落ちてるわけじゃない。食べてください？　おいおい、急に怪しくなったぞ？

何かの罠？　でも、とりあえず中身を確認……

「な、なんだこりゃ？」

袋を開けてみたら、中に入っていたのは、白い米が拳ぐらいの大きさになって丸めて固められた物体が三個ほど。

さらには、米と一緒に黄色くて四角い食べ物と思われるものが一口サイズで切り分けられたものがあった。

『それは……ライスボールと玉子焼きだな……』

「らいすぼーる？　玉子焼き？」

『うむ……携帯用の食事や弁当として、ジャポーネで定番の料理だ……』

ジャポーネの料理？　それが何でこんなところに落ちていて、しかも「遠慮なく食べて？」ってことは、これ、食べていいのか？

『毒は入っていないようだな……食べて問題なかろう？』

「えっ、いや、でも……い、いいのかな？」

正直、何でこんなものが落ちていたのか分からないし、怪しさ満点すぎる。

しかし、どうしてもこのライスボールとやらを目にした瞬間から、涎が出そうになるほど食をそそられた。

「あれ？　でも、フォークとかナイフは？　まさか、素手で？」

『ジャポーネで、ライスボールは素手で食べる』

「おいおい、素手で食べるって、行儀悪いって怒られないか?」

『……お坊ちゃんめ……』

素手で何かを食べるって、そんなの許されるのか?

フォークやナイフの使い方だってサディスに凄い怒られてたのに、素手で?

なんだ?　ジャポーネって原人みたいな奴らなのか?

でも、突ける物も無いし……仕方ねえ、このライスボールを豪快にかぶり付いて……

「ッ!!??」

かぶり付いて……俺は……何だろう……体全体に染みわたる……米一粒一粒の味がヤバい!

しかも、このライスボール、中に何かの具が入っている?

なんか、白い米の中に、白い何かが……

『ほう……魚介類に、あるソースを絡めて……なるほど……トゥナマヨウ……というものだな?』

「う、うめぇ……うめえ、なんだこれ!」

『だろうな。余の生前の知識では、ジャポーネライスボールランキングで、ぶっちぎりの1位を獲得するほどのものと聞いたことがある』

「マジか!　トゥナマヨウ最高!」

何だろう。疲れた体が甦ってくるような感覚だ。

「こんなライスの食い方があるなんて……こっちの玉子焼きは……ッ!?　こ、これは、甘い!　でも、ウマい!」

『砂糖が入っているのだろう。ジャポーネの玉子焼きは、砂糖を入れる東の文化と、出汁を利かせて少ししょっぱい味の西の文化で違いがあるのだ』

「へぇ、なんか、ガッツリ白い飯を食った後に落ち着く感じがして、俺、結構好きだ！」

『そうだろうか？　余としては、食事として甘い玉子焼きは好かんが……』

初めて食ったな。帝都でも手に入れられる食材なのに、今まで食べたことのない料理だった。

シンプルなのに、俺、スゲー好きになったな。

トゥナマヨウライスボールと甘い玉子焼きか……

「あ〜、水も！　水も適度に冷えてて疲れた体に染みわたる！　うめぇえ！」

最初は怪しんだものの、気づけば俺は数秒でライスボール三つと玉子焼きを完食していた。

満腹というわけではないが、体のエネルギーになるには十分すぎる補給だった。

今日はまだまだできると思えるぐらいの回復だった。

「しっかし、コレ……ジャポーネか……」

で、満足はしたものの、少し落ち着いて空になった残骸を見て俺はふと思う。

「……やっぱり、あいつか？」

『突如、ドロンと現れ、ソレを置いてドロンと消えた』

どうやら、あいつで間違いないようだ。

「……なんでだよ？　あいつ、兄貴達と一緒に帰ったんじゃないのか？」

『さぁな。少なくとも周囲に他の忍たちは居なかったが……』

じゃあ、あいつの単独？　どういう意図？　俺のため？　単純な善意？

『ん？　おい、童。先ほどの置き手紙……裏にもまだ何か書いてるぞ？』

「え？　裏に？」

遠慮なく食べて下さいの裏に何か書かれている？

言われて俺が紙を裏返すと……――交換日記のお返事はまだかしら？　でも、分かっているわ。きっと、筆記用具が無かったから書けなかったのでしょう？　だから、置いておきますので、これを使ってください。お返事もらうまでずっといつまでも待っています。ずっと、待っています。ずっとずっと待っています♡

と、何だか少しドロドロした雰囲気を感じる字で書かれていた。

一瞬とてつもない寒気を感じるとともに、俺はすっかりそのことを忘れていたことに気付いた。

「えっ、と……やっぱ、コレ……書くのか？　ああ、この筆記用具はそのための……」

アカさんの家の前に捨ててもよかったんだけど、結局何だかんだで持ったままだった交換日記。

『ふっ……本命からは遠ざかる一方で、面倒な女に距離を詰められているようだな、童よ』

「うぐっ……そ、そんなこと言われても……」

どこか冷やかすような笑みを浮かべるトレイナ。

正直、俺もこうやって想いを真っすぐ向けられることは初めてなんで、悪い気はしない一方で、少し怖い気もしたりする。

そして何よりも、どう対応していいか分からない。

『童よ。あまり一直線すぎて愛の重い者には、半端な優しさや思わせぶりな態度を取ると……後々になって取り返しのつかないことに発展する恐れもある。どんな答えを出すにせよ、誠実であれ』

そして、ついに俺の師匠は俺の色恋にまで口を出す状況に。

『そして、答えを出すにあたっては、ちゃんとその人物を見極めよ。先ほど、貴様に持っていて困らないもの……力や金などを言ったが、まだ重要なことがあった。それは、『人を見る目』だ』

「ひ、とを？」

『そうだ。誰かれ構わず八方美人になって好かれる必要はない。百万人の部下が居なくとも、たった一人だろうと、心から信頼できる者を見極めて、その者を傍に置くのだ。愛する者でも、無二の友でも……それが人生の力になるはずだ』

人を見極める力を養え。

『先ほど、真贋を見分ける能力について話をしたな。それは、物だけにあらず。人を見る目も養え。世の中、あのオーガ……アカのような奴ばかりではない。貴様のように育ちの良い坊ちゃんは、すぐに騙されるから、気を付けることだな』

思えば、俺は確かにサディスや親父たちに認めてもらいたい一方で、俺を見る世間の奴ら全員を見返したい気持ちがあった。

でも、トレイナは言う。

たとえ、百万人に認められなくても、たった一人の信頼できるものさえ居れば……それを見極めることが出来れば……か。

「ふーん。……心から信頼ねぇ……まぁ、そういう意味では今の俺にはあんたが居るしな……」

『まぁ、そう……だ……な……ん？　……ふぇ？』

「ん？」

そう、たとえ大魔王でも、トレイナは今では俺が心から尊敬し、信頼し、そして俺を導いて……ん？

「……え？」

『……ん、……お、おお……う、うむ……』

何だか、ちょっとキョドってるトレイナ……あれ？　俺、無意識で今、何て言った？

普通に自然に……あれ？

「…………」

『…………』

って、ちょっと俺、今だいぶ恥ずかしいこと言わなかったか!?

何だか恥ずかしくなって、俺は思わず……

「あ、いやいや、あ、あのな、今は、うん、まあ、くはははははは！　えーっと、なんだっけ？」

『え？　な、なんとな？　今、何と言った？　ふはははは、すまぬ。死んでからたまに少し難聴でな』

「おお、そうか！　いや、別に何も言ってねえから、き、き、気にしゅんな！」

『おお、そうかそうか！　うむ、ではこの話は終わりだ！　うむ、今日は良き天気だ！　こんな日は空の下で体操でもするぞ！』

メチャクチャ気まずくなって互いにキョドっちまったよ。

『「あははははは……はは……」』

でも、うん、トレイナが難聴系大魔王だったから仕方ねえよ。うん。

だって、本人が聞こえてないって言ってるんだから、聞こえてないんだよ、うん！

だから、話を元に戻そう。

「で、えーと、何の話だっけ？　そうそう、愛が重いがどうのこうのだったな？」

『うむ、確かそうであったな！』

「ああ。でも、さっきの話だとあんたも、やけに実感が籠もってるじゃねーか。ひょっとしてあんた、昔、愛の重い奴に――――」

『さて、童！　炭水化物を取った後は、何もしないよりは適度に運動をした方が良い！　そこで、貴様に丁度いい体操を教えてやろう！』

……ん？　俺が半分冗談のつもりで言ったのに、何か急に焦ったようにトレイナが話題を変えた。

おや？　こんな師匠は初めて見たような気がするぞ？

「なあ、トレイナ……あんたまさか……」

『大魔体操第一ッ！　まずは大きく背伸びの運動からー！』

まさか……トレイナの過去の恋バナ？　……スゲー聞きたい！

『両足飛びの運動！　いち、に、さん、し、閉じて、開いて、閉じて、開いて！』

でも俺は、必死に誤魔化しながらもヘンテコな体操で両手足を広げながらリズムよく飛んでいるトレイナに噴き出してしまって、結局その話題は頭から飛んでしまった。

そして、まぁ、俺から言い出したことでもあるし、交換日記の返事は書くことにしよう……答えられる範囲で……

◆◆◆

ちゃんと自分で言ったことには責任を持って応えなければ。

何よりも、空腹と喉の渇きでつらかった状況下で施しを与えてくれた相手だ。

別に、シノブに何の恨みがあるわけでもないし、嫌いなわけでもないので、俺はちゃんと交換日記の返事を書くことにした。
・ご家族は？
↓父と母と、家族同然だったメイド一人
・最終学歴は？
↓帝国戦士アカデミー中退？
・好きな科目は？
↓好きな科目は特にないが、嫌いな科目も無い。
・将来の夢は？
↓ビッグな男になる
・趣味は？
↓最近はイメージトレーニング
・食べ物の好き嫌いは？

↓好きな食べ物はオムライス。嫌いな食べ物はピーマンとブロッコリー
・好きな女性のタイプは？
↓普段は余裕があって冷たいけど本当は優しい感じ
・初恋は何歳？
↓4歳
・女性とどこまで経験がある？
↓街で買い物
・デートをするならどこがいい？
↓公園で手作りの弁当を食べたい
・最初のデートで手をつなぐのはあり？
↓二回目から
・好きな下着の色は何色？
↓白
・ブラジャーとさらし、パンツとふんどし、好みはどっち？
↓ブラとパンツ。ふんどしって何だ？
・キスは何回目のデート？
↓三回目
・手を繋いだりキスを女から求めるのはあり？
↓手を繋ぐのはあり。キスは——

そこで、段々と俺の手が止まってきた。

そう、質問を一項目ずつちゃんと見てみると、最初は当たり障りがなかったのに、どんどんと恥ずかしいことまで聞いてくるようになっている。

「こ、こんなのいきなり答えられるわけねーだろうが！　つか、男に好きな下着の色とか聞いてんじゃねえよ！」

『……早く気づけ……そして、ふんどしとはジャポーネ特有の下着で、帯状のものを腰や股間に巻きつけて……と、それよりも貴様、街で女と買い物したことあったのだな？』

「そんくらいあるさ！　さ、サディスと……夕飯の買い出しにくっついていって……」

『……それは、カウントされるのだろうか……で？　それは買い物をしただけか？』

「そ、それは……その……街の露店で売っているお菓子を買ってもらった……」

『いや、待て。それは貴様が何歳の時の話だ？』

何だか、呆れたような顔のトレイナ。

くそ、俺だって本当ならデートの一つくらいできていても……でも、アカデミーに入ってからはサディスの意地悪も増し、アカデミーではアカデミーでは邪魔が……

『ちなみに、メイドだけではなく、アカデミーではどうだったのだ？』

「どうもこうも……ねーよ……」

『そうなのか？　たとえば、放課後に……女と一緒に下校するなど……』

「なかったよ！　つか、アカデミーでは姫のワガママに付き合わされたりで、周りのクラスメートも皆して俺をクスクス笑ったりして……」

『ほう……』

そう、トレイナが呆れるぐらい寂しい青春を俺が過ごしていたのには理由がある。

全ては姫の所為だ。

「ひでーんだぜ？　数年前、アカデミーの女子でお菓子を作って男子に食べてもらうってのが流行ったことがあって、姫もそれに乗ったんだ。でも、姫は実は料理だけは下手くそで、なのに練習するから感想を言えとかってクソまずいもんを実験で俺に無理やり食わせ続けて、気づいたら俺は姫の実験台で忙しそうだから女子は俺以外の男子にお菓子を食べてもらおうとかってなって……そのあと男子と女子のグループが仲よさそうにしてたのに俺だけその輪に入ってなくて……それだけじゃねえ！　ある日、放課後に送り迎えの馬車が無いとか言って、宮殿は俺の屋敷とは反対方向なのに護衛で無理やり送らされたり……そうそう、姫の肩に埃がついてたことがあってそれを取ってやろうと思って手を伸ばした瞬間に姫が奇声を上げて顔を真っ赤にしながら怒って俺を殴り飛ばしてクラスの女子たちの笑い物にしてくれたし……俺が模擬戦でクラスの男子のゲリピに勝って女子にキャーキャー言われた瞬間、俺の評価を貶しめるようなことを女子たちに丁寧に長々と説明しやがるし……そういや、アカデミー入学前の幼稚舎で俺がコマンと……ん？」

と、俺が姫に対する恨みつらみを口にしていると、だんだんとトレイナが呆れを通り越して、少しイライラした顔を見せだした。

なんで？

「おい、なんだよ、トレイナ……その顔は……」

『貴様は……人を見る目もそうだが……人の気持ちも勉強する必要がありそうだな……』

「何でだよ!?」

どうしてだ？　俺が姫の所為でどんな不遇にあったと思っている。

最高学年になるにつれて、クラスの中では付き合ってるカップルが出来たり、デートしてる奴も居たし、長期休みのときには……その……卒業してるやつも……

『やれやれ、人を見る目どころか、人の心を理解する力もこれではな……先ほどは、心から余を信頼すると言ってくれて少し嬉しかッゴホン、……信頼するなどと言っていたが、こんな頭の鈍い奴に言われても、何の価値も湧かんな』

「そ、そこまでか!?」

『とにかく、真贋を見分ける能力を持ち、更には目に見えるものだけでなく、ヒトの感情の機微も貴様は学ぶべきだ。というより、それはむしろ人が現実で生きるにあたって必要不可欠なものだ。人の気持ちの分からぬ者は、仮に貴様が他人を信頼したところで、誰も貴様に心を開こうとせんし、誰も貴様に信を置く事は出来ない。アカは単純に例外だったと言っても過言ではない』

そして、かつては人類を滅ぼそうとした魔王様に人の感情をもっと理解しろと言われる始末。

おかしい。俺って、そこまで鈍い奴でもないはずだ。

それこそかつては、階段を上り下りするサディスのスカートの中のホーリーランドをこの目にしようとする時は、サディスの表情や視線、一挙手一投足全てを見極めようとした。……まぁ、そうやって覗いた中身がパンツではなくショートパンツで、更にはショートパンツに『ハズレ♡』と書かれていた時は何とも言えない感情を抱いたが……

『真面目に聞け。もし、貴様がもう少し人の心を理解することが出来ていれば……アカを黙って行かせることは無かったはずだ……』

「ッ！！？？」

『人の心の奥底まで完全に読めとまでは言わんが、もう少し関心を持って考えれば……分かったかもしれない』

それを言われた瞬間、俺は胸が締め付けられた。

その通りだ。

「……そう……だよな……うん……俺が……マヌケだった……俺がもっと……本当にそうだよ……」

『そうだ。でなければ、仮に運よくアカや忍の娘のように、せっかく貴様に情を抱く者が現れても、気づけば貴様の傍には誰も居なくなるぞ？』

あの夜、アカさんが「明日ゆっくり話そう」と言った時、俺がもっとアカさんの本心を読み取ることが出来ていれば……アカさんを一人で旅立たせなくて済んだかもしれない……

『人の心は、ただ仲よくするだけで簡単に分かるものではない。誰かに申し訳ないことをしてしまった……何気ない一言でその人物を傷つけた……激しくぶつかり合ってしまった……そして……その人物に取り返しのつかないことをしてしまった……そういったことがなければ分からないこともある』

「ぶつかり合ったり……取り返しのつかないこと……」

そう言われて身に染みる。

ぶつからなければ分からないことがあるってのは、俺も何となくわかる気がした。

『その点、次に訪れる街……カンティーダンはお誂え向きかもしれんな。人の裏をかいて騙そうとする者……真実を語る正直者……色々と溢れている。街を歩くだけで色々な商人に話しかけられるだろう』

「なんか……怖そうだな……」

『まぁ、これも経験と思え。どれほど喧嘩や戦闘が強かろうと、世は簡単に渡り切れぬ。少しは、そういうことも貴様は学べ』

「わーったよ」

トレイナの言うことはもっともだと感じ、俺もその言葉に頷いて……って、本当はこういうのも、もっと俺が相手を見極めて心を理解したうえで了承しなくちゃいけないことなのにな……ま、アカさんだけじゃなく、トレイナも例外ってことで……

「よし、とりあえず交換日記も書ける範囲の回答はしたし……そうだな。ここに置いて行くか。あと……『ライスボールと玉子焼き、すげー美味しかった、ありがとう』……と、これでよし」

交換日記と置き手紙だけをして、ライスボールがあった場所に置いておく。

「さて……それじゃあ、さっさと行くとするか、カンティーダンに」

そして、俺はこの数時間後にようやく下山して麓の街のカンティーダンに足を踏み入れ……早速……

第十三話

不良なんかにお節介される筋合いはねえよ！

A BREAKTHROUGH CAME OUT BY
FORBIDDEN MASTER AND DISCIPLE.

少し時間がかかったが、ようやく山を越えて麓まで辿り着いた。

視界に広がるのは、帝国領土内ではあるが、俺が今まで来たことのない新しい土地の街並み。


商業都市『カンティーダン』だ。

帝都のように高い建物はないが、街の通り道の左右には隙間なくテント式だったり、床にシートを広げて商品を並べたりしているような露店が溢れ、街ゆく人々が多く群がっている。

「さあ、寄ってらっしゃい！　今日の商品はこちら！　あの帝都の上流階級の貴婦人たちが身につける、エルオスのバッグ！　通常では１００万マドカもするこのバッグは私が製作元から直接仕入れたために、超お買い得！　半額の50万マドカでどうだ！」

「オトーサンオトーサン、このティレックスの懐中時計本物！　本物！」

「これがこの値段？　は、ふかしこいてんじゃねーよ！　俺の眼は誤魔化せねえぜ？」

「なあ、あんた。ちょっと俺の話を聞かねえか？　良い儲け話があるんだけどよ、あんたにだけコッソリ教えてやるよ」

「奴隷のセリはいつごろに始まる？」

「これは、ある葉っぱから取れるものでな……これに火を付けて吸うと魅惑の世界へご案内する代物だぜ？」

戦碁大会をやっていたホンイーボとはまた違う活気。

売る側も買う側も真剣そのもので独特な熱気が漂っている。

通りには、帝都のような夕飯の買い出しをするような子連れの主婦や、俺と同じような若い学生などはあまり居ない。

だが、それでも大勢の人々で賑わって街が溢れかえっていた。

「す、すげぇ……帝都の商業地区よりすげえ賑わいだ……」

『ふっ……あまり、キョロキョロするな？　貴様のような慣れていなさそうな若者は、カモにされるぞ？』

おっと、そうだった。

ここから先は、気を引き締めないとダメなんだったな。

「ああ、分かってるよ。だが、最初から警戒してりゃ騙されたりするようなマヌケはしねーさ。ちゃんと、『目』を養って、色々なものを見てみるさ」

『そうだな。そして出来れば軍資金もなるべく集めた方が良いだろう。身分証の無い貴様でも、金さえあれば世渡りする術はいくらでもある』

ここに辿り着く前にトレイナに言われたこと。

真贋を見分ける能力。物だけでなく、人を見極める能力を培うこと。

そして、これからの旅に備えて可能であれば金もある程度確保しておきたい。

それを意識しながら、俺はようやく辿りついた『カンティーダン』に足を踏み入れ……

「そこの若者！　ちょっと私の話を聞いてくれないかい？」

おお、さっそく話しかけられちまったよ。

街の入り口に突っ立っていたオッサン。恰好は小綺麗だが、いきなり初対面に話しかけるか？

怪しいぜ。

「おっと、急に話し掛けてすまない。私は今度この街で新しい店を開こうと考えている、マンション・ゲイツというものだ。だが、一人で店を開くのは何かと大変でね……若者の手を借りたいんだけど、もし興味があれば私の手伝いをしてくれないかい？　給料はちゃんと払うし、店が繁盛すればその分、もっと払うよ？」

なるほどな。若者に金をチラつかせて……怪しすぎるぜ。だいたい、こんなオッサン一人で開く店が繁盛するとも思えねえ。

「ワリーけど他を当たってくれ」

「あっ、そ、そうか……それは残念だ……繁盛間違いなしなんだが……」

俺が断りを入れるとシュンとなるオッサン。俺をしつこく勧誘する様子は無い。

『おい、せめて何の商品を扱うか聞いても良かったのではないか？』

「えっ……？　そうかな？」

『ああ。人を見極めろと言ったが……即断即決しろとまでは言ってない……』

「ん～……」

オッサンに断りを入れた俺にトレイナが耳元でアドバイスしてきた。

とはいえ、トレイナに『騙されないように』と言われた途端、この街に居る奴らが全員怪しく見えちまうしな。

「お、そこのお兄さん！　お金に困ってないかい？　私は、マゴ！　マゴ・マサギ。もし困っていたら私の手伝いをしてくれないか？」

「ちょっと待て！　お兄さん、リンゴに興味ないかい？　俺の作ったリンゴで一緒に世界を変えてみないかい？　俺はスティブ・ワークズ」

「君、俺たちの商品に興味ないかい？　今ならお安くするよ？　俺たち、ランプ兄弟が作った、魔法を使わずに空を自由に飛べる商品——」

つか、まだ街に入って数歩歩いただけなのに、色々な奴に声をかけられる。

仕事の手伝いだったり、自分の商品を買わないかと言ったり、つーか魔法を使わずに空を自由に飛ぶとか何言ってんだよ？

「……なんつーか……活気はあるけど、胡散臭い街だな……」

『そうか？　なかなか情熱的な目をした奴らも交ざっているように見えるが……』

「そ〜か〜？」

だんだん人がウザったくなって、疲れてきて俺は溜息を吐いた……その時だった。

「きゃあ」

「うおっ!?」

誰かが後ろから俺にぶつかっ……柔らかい弾力が俺を弾き……

「いや〜ん、ごめんなさい……」

「い、いやっ、……ッ!?」

スイカが二つッ!?　スカート短ッ!?

「ごめんなさい、ボク。お姉さん、この壺を持ってボーッと歩いてて……」

「い、い、や、べ、つに……」

バカな。なんだ、この圧倒的に短いワンピースは。胸元が爆発しそうなものは!?　真っ赤な口紅を塗りたくって口元のホクロがセクシーで、なんかやけに綺麗でスゲー体のお姉さんが俺にぶつかって尻もちついて、見え……

「えっと、この壺……お姉さんのか？」

「うん」

いかんいかん。視線に気付かれる前に……なんか、何の変哲もない壺だな……

「ごめんねぇ、拾ってくれて……そうだ、お詫びにお姉さんがボクにコーヒーでも御馳走しちゃおうかしら？」

「え、いや、でも……」

「んもう、子供が遠慮しないの……お姉さんと少しお話しましょう？」

腕が谷にズッポリムギュリと……!?

「ボク、名前は？」

「あ、アース……だ、です」

「そっ。私はデイト。デイト・ショウホっていうの。よろしくね♪」

これは、怪しいぞ!?　うん、怪しい！　色々と話を聞かないとダメなんじゃねーか？　つか、もっとよく見ないと……

「お、お話って……いや、あ～、その、お姉さんはこの街で買い物？」

「ううん、売るのが目的。この壺を」

壺を売ろうとしていたとのことだが、その顔が急に浮かなくなった……

「これは、……幸運の壺……持っている者に幸運をもたらしてくれる壺なのよ?」

「へ、へぇ……」

「ただ、ちょっと事情があって、これを売って……病気のお父さんにお薬をと……」

「えっ!?」


な、なに? こんな派手な恰好をしているかと思ったら、そんな深刻な事情が?

「これが、数万でも売れたら……でも、うまくいかないものね」

そう言って、瞳に僅かな涙を浮かべながら舌をペロッと出すお姉さん……な、なんて可哀想なんだ!

俺の手持ちは今、8万ぐらい……

『その壺はガラクタだ……二束三文でも値が付けば良い方だ……そもそも、本当に幸運をもたらすなら、父親も無事だし、そもそも運よく売れるはずだろう?』

「ッ!?」


そのとき、トレイナの血も涙も無い非道な発言が……トレイナ……お前に人の心はねーのかよ!

いや、大魔王だけれども!

『おい、騙されるな。この街の者たちは目が肥えている……だからこそ、露店や質屋にも出さずに貴様のような素人に……』

うっ……確かに……でも……でも……

「ねえ、アース君……そのね……もしよければなんだけど……もし、お姉さんを助けてくれたら……お礼に……ね？」

嗚呼、くそ、このお姉さんがチラチラと俺を見て……なんか、既にはだけている胸元を更に……いや、しかし……

「ご、５万ぐらいでよければ……」

「ほんとありがとう！　アース君優しいアッお姉さん用事思い出したから帰るねバイバイ」

流石に全財産はきついので、俺が何とかできる範囲ぐらいならばと金を出した瞬間、お姉さんはニッコリ笑って速攻で俺の手から金を取ってその場から走って、幸運の壺をそこらへんに放り投げて走り去っていった。

「い、行っちまった……な、れ、礼は？　何かしてくれるんじゃ……」

『おい……』

「……ふっ……ま、まぁ、これも人を救ったと思えば……」

べ、別に見返りを求めたわけじゃねえ。

そもそもこの持ってた金だって、あぶく銭みたいなもんだしな。

金を持っていた俺が、病気で苦しむ人の助けになるなら……

「おい……あの若いの、さっそくやられたな」

「ああ。デイトのやつ、街に来たばかりの、女に慣れて無さそうな童貞臭いガキをまたアッサリ騙しやがった」

「これでデイトの被害にあったバカな男は何人ぐらいだ？」

……人の助けに……？

『おい……』

「し……師匠……お、俺……警戒してたけど……あの金は……師匠が……」

『はぁ……情けない顔をするな……』

「とっ……とッ捕まえてやる、あのくそ女！」

気を付けろって言われてたのに。

そもそも、あの金はトレイナが手に入れてくれた金なのに俺は……

「おい、大変だぞ！　向こうの通りで、デイトが何者かに襲われたぞ!?」

「なんか、罠に嵌まったかのように網に引っかかってるぞ？」

「おい、なんか若い女の子が急に現れて……やけに色っぽい恰好の、だけど胸が無い女の子がぶへおあ!?」

「ちょ、どうしてこっちに攻撃を？　あの貧にゅぶっへあぐ!?」

「なんだ？　うおおお、よ、容赦ねえ！　何だってんだ？　それにあの女の子……おい、身動き取れねえデイトの身ぐるみを全部剝いでやがるぞ！」

「なんなんだ、あの子は!?　ん？　何言ってんだ？　巨悪巨乳は滅ぶべし？　人のハニーを騙して万死に値する？」

そのとき、通りの向こうで何か騒ぎがあったようだが、俺はそのことに気づかずにトレイナの話を聞いていた。

カンティーダン。偽物も本物も入り交じり、超高価な物も激安な物もどう判断するかは売る側と買う側次第。

少しでも値切ろうという買う側と、びた一文負けないという売る側のぶつかり合いがあちらこちらで繰り広げられていた。

「ほ〜う……あの大魔王トレイナ直筆の文書か……」

「ええ！　これは、魔王軍のゼッツメーツ領土を連合軍が制圧した際の現場で発見されたもので、大魔王トレイナが領土を取り仕切っていた部隊長に送った命令書です」

そして……

『そんなものを余は送ったことなどない。大体、余は直筆の文書は残さぬ。命令は魔水晶で行ったし、余が直接命令するのは六覇クラスだけだ。部隊長クラスに送ることなどまずありえぬ』

中には全知全能を誇るトレイナが知るものまで多くある。偽物交えて。

「これは二世紀前、滅亡したモナイ王国の国王が持っていた輝きの杖。歴史的価値から見てもとんでもないものですが、今なら何と……」

『ただのガラス細工が埋め込まれた偽物だな。そもそもあの国の王が持っていたのは、太陽の杖……』

「これは、かつてジャポーネが誇った伝説の剣士コンドゥの愛刀・コテツ！」

『本物はかつて余がへし折った』

というか、さっきからトレイナの話を聞いている限り……

「……偽物しかなくねーか?」

『まぁ、こんなものだ。カンティーダンは千三つというからな……』

「はは、千個あれば本物は三つってか?」

『いや、三つも言い過ぎかもしれんな。もっと少ないかもしれぬ』

最初は一攫千金……なんて考えていたが、現実はそんなに甘くなさそうだ。

だって、本物が無いなら儲けるもクソもない。

「さあ、ジャポーネより伝わるこの壺、今ならお安くするけどどうだい?」

『……ん?　なに?　こ、この壺は……おお、この見事な釉(うわぐすり)……年代も相当経っているが保存状態も良い。うむ、いい仕事しているではないか』

と、今まで呆れた表情でカンティーダンの品や商人たちを見ていたトレイナの表情が一変して、一つの壺に注目した。何やらお宝の雰囲気か?

これは買った方がいいのか?

そのことを聞こうとしたとき……

「誰か～、助けてぇ～」

「ん?　うおっ!?」

声が響き、振り向くとそこには人だかりができていて、中心には網に捕らえられた全裸の女が助けを求めていた。

その女を見た瞬間、俺はハッとした。

「テメエはさっきの詐欺女ぁァぁァぁ!!」

「へっ？　げっ、さっきのガ……ボクじゃない。あれ～、ど、どうして怒ってるのかな？」

女が俺のことを見た瞬間、顔を青ざめさせやがった。

正直、どうしてこんなことになってるとか、今は全裸とかそんなことよりも怒りが勝っていた。

「おい、コラぁ！　さっき俺からぶんどった5万を返せゴラァ！」

「ちょ、待って、もう無いのよ！」

「無いわけあるかァ！　ついさっきだぞ！」

「本当よ、見てよこの恰好を、スッポンポン！　変な女の子に『このお金は没収』とかって盗まれたのよ！」

そう言って裸の体と、何故か真っ赤に腫れあがって、まるで憎しみでも込められたかのように何度もビンタされたようなデカ乳は……っていかんいかん、そうじゃない！

また、乳とかに騙されんじゃねえぞ、俺！

「ざっけんな！　人の善意を踏みにじりやがって！　純情を！　どうしてくれんだ！」

「な、べ、別に騙したわけじゃ……ちゃんと壺はあげたじゃない。あの壺が5万で納得してお金出したのは君でしょ？」

「二束三文の壺で、嘘の同情話を聞かせて金を持っていった奴が屁理屈こねてんじゃねえ！」

俺はまた惑わされねえように、手形の付いたオッパイ……乳房からは必死に目を背けながら、女に食って掛かった。

正直、女が何で強盗にあったのかは知らねーが、因果応報だろうとも俺の金は返してもらわねーといけねえからだ。

だが……

「いーや……盗んだわけじゃなく、ちゃんと壺という対価を渡されて金も渡した以上、取引は成立している。成立した後にゴネて野暮なのはお前さんだぜ、兄ちゃん」

「そういうこっと。成立した取引を暴力で解決しようってのは、街のルールに反するぜ？」

「ま、騙される方も悪いってことでよ」

その時だった。

人ごみを掻き分けて、三人の男たちが前へ出て来た。

「あん？　なんだよ、あんたらは」

出て来た男たちは若く、俺よりは年上だろうが十代後半から二十代前半くらいか？

全員が何故かコートのような長い黒服を纏い、その服には何やらド派手な刺繍が施されている。

髪型も、バゲットみてーなヘンテコな突き出した頭の奴も居るし……いや、ほんと何なんだ？

「よう、デイト。変な女に襲われたって聞いて駆けつけてみりゃ……どうなってんだ？」

「ちょ、遅いわよ！　『特攻グレン隊』！　早く下ろして、私から金奪った女を捕まえて！　そのガキもどうにかしてよ！」

「ったく落ち着けって。大体、こいつはまだガキじゃねえか。ま～た、カタギを引っかけたか？」

そして、女とも知り合いと見える……というか、この街では有名なんだろうか？

「おっ、グレン隊の兄ちゃんたちだ」

「今日もダセえがイカした恰好してるぜ！」

「よっ、お疲れ兄ちゃんたち！」

「おい、今日は『ブロ総長』はいねーのかい？　居たら、あとでいい酒が入ったから持ってってくれ」

街の商人たちがこの状況に笑みを浮かべて歓声を上げている。

だが、俺からすればヘンテコな男たちが急に邪魔してきたようにしか見えねえ。

そして、その男たちは馴れ馴れしい態度で俺に近寄ってきた。

「よう、兄ちゃん。この街にはルールがあってな。一度成立した取引に後からゴネる……ましてや暴力に訴えようとするのは御法度なんだよ。この尻軽女に騙されたのは気の毒だが、まぁ授業料だと思って諦めるんだな」

「そういうこっと。ちゃんとルールを守らねえと、俺らみたいなのが来るってわけだ」

そう言って、男たちは俺の肩を組んだり、頭をポンポン叩いたりと……イラッとした。

「誰だよ、あんたらは？」

「俺らは、この街で雇われている用心棒ってところだ」

「用心棒？　いたいけな十代のガキからなけなしの金をぶん取っていった女を守るとは、随分と立派な奴らだぜ」

俺も正直イラついていたこともあって、売り言葉に買い言葉みてーに現れた野郎たちに挑発気味の言葉をぶつけてやった。

「ほう。この街で俺らに喧嘩売るとはなかなか世間知らずなんだろうが、シャバ僧にしちゃ～いい度胸してやがる」

その反論の声をあえて自分たちで制した野郎たちは、一人だけ前へ出て拳をパチンと鳴らせて俺に向き合う。

「いいぜ。売られた喧嘩を買うのもチームのルールだ。さぁ、こいよ！」

ここまで来れば、鈍いとか言われている俺でもこの先どうなるか分かる。

つまり、喧嘩しようぜってことだ。

「いや、ちょっと待て。俺は別に暴力する気も喧嘩する気も……ただ、5万を返して欲しいだけだ」

「ああ。だが、事情を知らねーとはいえ、俺らを小馬鹿にするのは喧嘩を売ったと見なす。それが嫌なら、土下座で詫びを入れるんだな」

「ああ？　詫びを？　やなこった」

変な女に胸を押し付けられたり、偽物か本物か分からねえ商品を売ろうとする商人たちよりも、よっぽどシンプルで分かりやすい。

「じゃあ、かかって来いよ、シャバ僧！　その体と頭と心に、俺たち特攻グレン隊を刻み込んでやる！」

そう言ってバゲット頭の男が両拳を上げて構える。同時に周囲に人垣が出きて歓声が上が――

「覚えておけ！　俺は、特攻グレン隊の第三特攻戦士、名は――」

「しらねえよ」

「ッ!?」

「つか、山の向こうの帝都にすら響いてねーんだから、その程度だろ？」

……歓声が上がる前に、そして誰かさんが名乗る前に、俺は一瞬のステップインで相手の懐に飛び込んで、左のスマッシュ……の寸止めをしてやった。

「なっ、え……え？」

「「「…………え??」」」

本人だけでなく、今から、何故か慕われているような何とかって組織の喧嘩が見られると期待した商人の連中が口開けたまま固まる中、俺はバゲット頭の横を素早く抜けてその後ろにいる他の二人へ走る。

「ちょっ、な……なんだこのガ――――ッ!?」

「おせーよ！」

「ッ!?」

焦ったように野郎は反撃の右拳を繰り出すが、俺はその右拳に交差させるようにカウンターを男の顔面スレスレに……

「大魔ライトクロス」

……の寸止めをし……

「な、あ、あ……こ、こいつ――――」

残る一人には即座に振り返って、何か言い終わる前に顎と右のテンプルにスクリュー気味のパンチを寸止め。

次の瞬間、誰もが言葉を失い、現れた三人の野郎たちは呆然とするどころか腰を抜かしている。

まぁ、こんなもんだろう。

トレイナの求める真贋を見分ける能力とやらとは少し違うが、喧嘩前には物腰や筋肉やたたずまいで既に三人が俺と勝負にならねえことは分かっていた。

だから俺は呆然とする三人に……

「商人の街だろ？　なら、あんたらも……喧嘩する相手の力を見極める真贋を見分ける能力を身に付けねーとな」

ちょっと、見下すかのように言ってやった。

『ふっ、真贋を見分ける能力か……貴様が言うか？』

俺の言葉にツッコミを入れるトレイナだが、少し機嫌が良さそうだ。

『だが、あまり雑魚(ざこ)を圧倒して調子に乗らんほうがいいぞ？　やり過ぎると逆に小物に見えるからな』

「了解」

こいつらは俺の敵にならねえ。そんな俺にトレイナが掛ける言葉は、油断するなではなく、調子に乗りすぎるな。

トレイナらしいと思いながら、俺は腰を抜かした野郎三人を見下ろすように軽快にその場で飛び跳ねてステップする。

「で、もういいか？」

「「「ッッ！！？？」」」

俺がそう尋ねると三人の野郎たちは一斉に立ち上がった。

「つっ、油断したぜ……へへ、お前、素人じゃねえな。どっかで何かを習ってたな？」

「だが、寸止めするとは随分と甘ちゃんだぜ」

「ひょっとして、帝都の甘ちゃんか？」

腰を抜かしたが、戦意は折れていないのか、三人は笑みを浮かべて構えた。

「言っとくが、グレン隊の喧嘩はこんなもんじゃねえ！」

「おうよ、これでグレン隊の力を測ったと思ったら大間違い！」

「俺らに寸止めなんて生意気なシャバ僧には俺らの必殺スペシャルフルコースをご馳走してやるぜ！」

寸止めはどうやら逆にこいつらに火を点けたのかもしれねーな。

まぁ、なんだったら殴ってもいいんだけどな。

「何が必殺スペシャルフルコースだよ。最近の年上はどいつもこいつもネーミングセンスがダセエ」

『貴様が言うか？』

「商品もフルコースも、意地でも返品させてもらうぜ！　三人まとめてかかって来いよ！」

『いや、だから調子に乗るなと……まぁ、構わぬが……』

「ただし、そんときゃ今度は本当に殴るけどな」

調子には乗るなと言われても、イラついていたこともあって気分がノッてしまっている。

俺は三人に向かってまとめてかかって来るようにと更に挑発すると、野郎三人は「ブチッ」と音を立てて声を荒らげる。

「テメエ！　俺らを舐めてんじゃねーぞ！」

「おうよ！　俺らはな～、裏世界最強の武道術・『魔極真流』を三日でマスターしたんだよ！」

「俺らにイキったこと、後悔させてやる！」

　そう言って、野郎三人は互いに頷きあって一列に並び、そのまま走って俺に向かってきた。

　黒いコートを纏った野郎三人の突撃は……

「『見せてやる、グレン隊が誇る黒い特攻三連星による魔極真ジェッ――――』」

『ん？』

　一瞬だけ、トレイナが何か首を傾げたような気がしたが、俺は構わず……

「大魔ボディブロー！」

「『へぶ、ぶご、ドムウ!?』」

「まずそうなフルコースは、受けつけねえな」

　先頭の野郎のボディに一発叩き込み、その勢いに巻き込むように後ろの奴等も纏めて殴り飛ばしてやった。

「な、なんだって!?」

「おい、あのガキ、何なんだ!?」

「あいつ、メチャクチャツエーぞ！　あの三人が一瞬で！」

「おい、ちょ、誰か『ブロ総長』を呼んで来いよ！」

　流石に今度は倒れてすぐに立ち上がれず這い蹲る野郎三人の姿に、周りの商人たちも驚愕の声を上げる。

そして、気づいたらあの女が居なくなってる……

「くそ……いらんことしてる間に逃げられたか……どうすっかな……」

『………』

「ん？　トレイナ、どうした？　んな、神妙な顔をして」

『いや……ちょっとな……』

そのとき、傍らのトレイナが何か気になったのか、倒れた野郎三人をジッと見ている。

何か気になることでも……

「ガハッ、て、テメエ……や、やりやがったな……」

と、そのとき、野郎たちが体を起こした。と言っても、今度は簡単に立ち上がれなさそうだが。

「だが……な、俺らを倒したぐらいで調子に乗るなよな？　俺たちには、ツエー味方が居るんだからな……」

「おい、なんか物語に出てきそうな情けない捨て台詞に聞こえるぜ？」

「な、ん、だとオ!?」

とはいえ、これ以上の面倒ごとを起こすのはそれこそメンドクサイ。

まずは逃げた女を……それとも5万を諦めて、残り3万でどうにかする方法でも考えるか……

「テメエ、後悔すんなよな！　お前はこの帝国で最も敵に回しちゃならねえ男を敵に回したんだぞ！」

「あ～はいはい……じゃあ、怖いから俺はもう行くぜ」

いつまでもチンピラに付き合ってられるか。

まずは簡単な日用品と食料……そして、やっぱ金だ。金だよな。

「って、おい！　ほんと、行くなって！　もうすぐ、ここに俺らの総長、ブロが来るからよ！　ブロがくりゃ、オメーみたいなガキ……」

最初はこの街でお宝を安く購入して売るとか考えてたけど、そもそも簡単に宝が紛れ込んでいるように見えねえ。

そういや、さっきトレイナが俺に「何か商売」的なことを言ってたが、俺に何の商売が……

「だ、おい！　だから、無視すんなって！　戻って来い！　くそー、誰か早くブロを呼んでくれ！　ブロー！　ブロー！　ブロー！」

って、さっきからいい加減に……

「ったく……聞こえてるってーの。街中で人の名前を連呼すんじゃねえよ、ハズイだろーよ」

と、その時だった。

「どむうっ!?」

「……へっ？」

あまりにも五月蝿いから一喝しようとした瞬間、颯爽と現れた一人の男が、バゲット頭を軽く拳骨した。

「で……お前さんら……ここで何をしている？」

だが、その男が現れた瞬間、バゲット頭も商人たちも、まるで「英雄」が現れたかのように目を輝かせて笑みを浮かべた。

「ぶ、ブロッ!?」

「よー、お前さん、騒ぎすぎだ」

「ブロ、聞いてくれ！　言いにくいんだが……俺ら負けちまって」

「んなもん見なくても分かる。ま〜、お前さんらが負けてもな〜んにも驚かねーが」

「んな、ひ、ひでえ!?」

「カッカッカ」

ど派手な刺繍や文様が施された白のロングコートに白ズボン。

頭には白色の大きな帽子を耳まで隠れるほど深く被り、口元には火の点いたタバコを咥えている。

「だが、ま〜、気にすんな。敗北は別に恥じゃねえ」

「ブロッ……」

「だ・が、その後に俺の名を呼んだことは気に入らねーがな」

スラッとした長身で細身に見える……が……分かる。

「……へぇ」

『……む……ぬ？　こやつ……』

細身に見えるが、服の上からでも分かる。かなり……やるな……まあまあ。

「つかな、お前さんらも喧嘩に負けて人に頼るぐらいなら最初からすんなよな？　テメエで喧嘩してその結果、身を滅ぼすことになってもいいやつだけ喧嘩しろ。あと、俺が遊び技を教えただけで、

魔極真流を勝手に名乗るなって」

「ブロ～……そ、それはそうだけどよぉ……だが、あのガキは俺らの街のルールを破って暴力に出ようとした！　ルールを破る奴に黙ってられるか！　常識だろうが！」

「んなもん、お前さんらがオッサン等と勝手に決めたもんだろー。いつそんなもんが帝国議会で承認されて法律になった？　街の外から来た奴に関係ねーだろうが」

「うぐっ、そ、それは……」

「そんな自分勝手なルールを作って、それを押し通すために喧嘩して、結果返り討ちにあったときになって都合よく人に頼ったり常識を口にしたりするのは、ちょいとムシがよ過ぎるんじゃねーのか？」

　年齢はかなり若そうだ。普通に十代なんじゃ……にしても……鋭い眼光しているが、ガラの悪い荒れた奴らの頭にしちゃ、随分と落ち着いた物腰だな。

　何というか……貫禄？　なんか、うまく説明できない何かが全身から溢れている気がする。

「覚えておけ。俺ら不良が世間の常識を持ち出しちまったら、何もかも終わりなんだよ」

「う、うう……」

　そして、なんか軽い説教みたいなものまでしてる。

　なんか、チンピラたちの頭にしちゃ、ちょっと予想外だな。

　そして……

「で、お前さんがイザコザに巻き込まれたり、起こしたりした奴かい？　若いな……ガキか？」

「ん？　お、おお……変な女に5万で二束三文の壺を……」

「か～、あ～……デイトか……カッカ……あいつも仕方ねーやつだな……そりゃ、不運だったな」

俺に振り向いた男。落ち着いた口調で話しかけたかと思えば、苦笑しながら頭を抱えたりと、よく喋るやつだ。

「でだ、そんな不運だったお前さんには、二つの選択肢がある」

「あ?」

だが、そんな様子を見せながらも男は……

「土下座してワビを入れるか、俺のタイマンを受けるかの二つだ」

「……へ?　はっ?　えええ?」

変わらぬ口調のままで俺に予想外の提案をしてきやがった。

「は、じょ、冗談じゃねえ!　つか、何で俺がワビを入れるんだよ!　そもそもあんたは関係ねーだろ!」

「いや～、まあ、そーなんだけど、ほら、お前さん、こんな馬鹿とはいえ俺の仲間をやったじゃないの。そのケジメはやっぱつけとかんとな」

「自分で仲間に『人に頼るな』とか言っておきながら、実際はやるんかい!　どういう理屈だ!　メチャクチャだぞ!」

「当たり前だ。お前さんは俺が話の分かるまともな奴に見えるのかい?」

一瞬でも、少しは話の分かる奴かもしれねーと思ったのに、まさかの選択肢に俺は思わず声を荒らげた。

だが、男はまるで一切悪びれることなく、まっすぐな目で俺に言う。

「どんな理由でも、仲間をやられた。それだけで男が戦う理由は十分だろ？」

メチャクチャな理屈。それは自覚してるけど、「だからどうした？」と開き直ったように男は笑う。

「な、なんつー迷惑な……」

「カッカッカ。おう、運が悪い奴らに絡まれたな」

そして、それをどこか誇らしげに笑っている。

何だか、今まで出会ったことの無いタイプだな、こいつ。

「けっ、だが俺はワビを入れる気はねーぞ？」

「なら、仲間がやられたケジメは、俺が体を張って取らにゃならねーってことだな」

その瞬間、笑いながらもどこか表情を引き締めて……空気が……変わった？

「……こいつ……」

何だろう。不思議な感じがする。

姫やリヴァルのように研ぎ澄まされた空気じゃない。

キレたアカさんみたいに圧倒的な押しつぶすような空気でもない。

「この街に何をしに来たか知らねえが……喧嘩をする以上、盛大にもてなすのが……」

「へっ……この街のルールってか？」

「いいや、俺の流儀だ」

静かなのに、どこか包み込むような、その包み込んだ空気が少しずつ俺の中で熱くなっていくような……なんだ？

強さがよく分からねぇ。

『見極められぬなら……踏み出して確かめてみるしかなかろう』

「ッ!?」

そのとき、黙っていたトレイナが俺の耳元で呟いた。

『確かに……戦士や軍人……魔導士やハンター、殺し屋やマフィアとは、また違う存在だ……まぁ、ただの頭のおかしな開き直ったバカとも言えるが……こやつはこやつなりの信念に基づいて生きている……そのように感じる』

トレイナもどこかこの男……ブロという人物を測りかねている様子だ。

珍しいことだ。

だが、なんか言われた言葉に納得もした。

「じゃあ、体を張って俺の頭を地面に擦りつけさせてみろよ！」

「ほう。かっこいいじゃないの、お前さん。ギラギラしてる。ガキだが……男じゃねーか」

だから、俺もトレイナの言うとおり、飛び込んでみることにした。

軽くステップ踏みながら、大魔フリッカーの構え。

「ははは、馬鹿かあのガキ！　ブロとやろうってのか!?」

「ブロはな～、アウトロー界の伝説、『魔極真流』の道場を卒業してんだぞ！」

そんな俺の様子に俺にやられた野郎たちや商人たちからは呆れた声が上がる。

つか、何だよ、その何とか道場は？

『……トレイナ……聞いたことある？』

『ないな、まるで……だが……少々気になりはするが……』

案の定、トレイナすら知らないってことは相当認知度の低い道場か？

とはいえ、未知である以上は警戒しないとならねえ。

すると、俺が気を引き締めて腰を少し落としたとき、ブロは少し恥ずかしそうに頭を掻きながら

……

「だ～、もうやめろ、お前さんらは。ハズい。つか、一般の奴らはほとんど知らねーって。それに、喧嘩に男がこれまで歩んだ道も努力も関係なけりゃ、口で語るもんでもねえ。ぶつかって語り合って、ツエーもんが勝つのが、唯一無二のルールだっての」

そんな、どこか爽やかに、しかしまるで自分が負けるわけねーって自信を漲らせるブロに……

「お前さんも、そう思わねーかい？」

「同感！」

俺は向かっていった。

「いくぞ、オラァ！」

まあまあ……かなり……いや、そんなもんじゃねえ。

喧嘩が始まるときになって、やっぱり只者じゃないという雰囲気が漂っている。

三下のレベルと比べる相手じゃない。

まずは、実際に拳で様子見をしながら測ってやる。

「大魔フリッカー！」

鞭のようにスナップを利かせた俺の左。

初見ならまず見極めるのは不可能だ。

「あて、て、いてて……お、ぉお？」

案の定、俺の左が二、三発、ブロの頬を叩いた。

普通に当たった。

「は、え？　ちょ、何だ、今のパンチは!?」

「は、速すぎて何発殴ったのか……」

「ブロも避けれてねえ!?」

周囲から湧き上がるどよめき。どうやら、俺の左は連中にとっても予想外ということだろう。

だが、目の前のブロは？

「お～、すげーな」

被弾しているくせに、余裕の表情。

なら、もうちょい当ててやる。


「なんなら、もっとくれてやる！　そ――――れええ！」

「おっ!?　あて、お、おととと……」

大魔フリッカーの連射。

懐に入らずに、左の距離でブロの顔面を何度も嬲（なぶ）る。

「なっ、ぶ、ブロが!?」

「おい、ブロ！　何やってんだ、本気出してくれ！」

何度も左でブロの顔面を弾いて、拳に感触が伝わって……

「ったく……地味なことしやがって……せいや！」

「ッ!?」

次の瞬間、俺の左足の腿に衝撃が走った。

まるで、鈍器で殴られ稲妻が走ったかのような痛み。

それは、散々殴られまくっていたブロの右足の蹴りが俺の腿を叩いた痛み。

『ぬ……ローキック……』

ろ、ろー、きっく？　いや、にしても、何だこの痛みは？　痺れ、ステップが……

「左のパンチで距離を取りながら、右の大砲で相手を狙う……オーソドックスな戦いだが、型にはまりすぎだぜ、お前さん」

「な、に？　……え？」


そのとき、俺の頭上に何かが影を落とした。

「喧嘩は派手にやってこそだろう？」

それは、俺の左腿を蹴ったブロの右足が、そのままその足を大また開きで頭上まで上げていた。

相当な体の柔らかさじゃねーとできねえその体勢は、まるで大口開けた獣の顎。

『ッ、……カカト落としだと!?　下がれ、童！』

「いや、あ、脚が……のおお！」

トレイナが声を上げた瞬間、頭上に上げたブロの足のカカトが俺の脳天目掛けて振り下ろされた。

すぐに後ろに下がろうとしたが、左足に鈍い痛みが走って一瞬反応が遅れ、結果、ブロのカカトが俺の鼻先を掠め……

「にゃろ……ぶぼっ!?　お、あ……」

勢いよく俺の鼻から血が噴出した。

「つ……鼻血……こいつ……やりやがっ――」

鼻血。しかも両方の穴から勢いよく地面にドバドバと垂れ……

『ボケッとするな、童！』

「へっ？　っ!?」

俺が鼻血に気を取られて舌打ちした瞬間、トレイナの声。

ハッとして顔を上げた瞬間、目の前にはブロの姿はなく……え？　どこに？

『上だ！』

上？　見上げた瞬間、ブロは真上に高くジャンプし、空中で回転しながらその勢いに乗せて……

「喧嘩の最中にボーッとするな！」

「ぐぬっ！」

『ちっ、遅い！　その場で尻もちついて転べ、童！』

トレイナのその指示が無ければ、間違いなく俺の脳天か顔面にブロのカカトが振り下ろされていた。

尻もちついて、ブロの蹴りを回避というかやり過ごした俺の頭上では、まるで勢いよく剣が振られたかのような風切り音が聞こえた。

「おぉ……避けた。やるな、お前さん」

「にゃ、ろ、う！」

『……胴回し回転蹴り……この男……』

妙な足技を使いやがって。だが、いつまでも調子に乗らせるか！

左足の痛みはまだ残っているが、こんなもん、アカさんのパンチに比べりゃ屁でもねえ！

「っそが！　グシャグシャになれや！」

「カッカ……沸点が低いな……だが、嫌いじゃない」

「大魔オーバーハンド！」

左でチマチマなんてやめた。

右のフルスイングをぶん回して……

「魔極真ローリングソバット！」

「ッ!?」

その瞬間、ブロは片足で飛び、回転させながら俺のオーバーハンドにぶつけるように強烈な蹴りを叩き込んできやがった。

『……飛び後ろ回し蹴り……いや……これは……ソバット？』

右拳が、変な音を立てて……いや、ま、けられねえ！

「うおおおおおおお！」

『無駄だ……蹴りは拳の三倍の威力はある……それを破るには……出し惜しみするな！　使え！』

そうだ、負けられるか。

あの、アカさんと正面から殴り合ったんだ。

それなのに、ここでアッサリ翻弄されちまったら、アカさんに申し訳ねえ。

弱い俺を守るために俺の前から居なくなったアカさんのためにも……

「こんな所で負けてられるか！」

「ッ!?　あ、この光……この技は……」

「ぶっとべえええええ！　ブレイクスルーッ!!」

様子見だけで危うく翻弄されてそのまま押し切られるところだった。

俺の見極めなんかアテにならなかった。

こんな所でイキがってるチンピラだと思いきや、こいつ……プロは強い。

先日戦った忍者戦士より……ひょっとしたら、帝国の上級戦士より……

そして、まだ力の底が見えねえ。

だからこそ、この選択は間違いじゃねえ。

このままブレイクスルーで押し切る。

この状態なら、多少の足の痺れもかまわねえ！

「大魔グーススステップ！」

減速から急加速のステップで相手のタイミングを外して一瞬で懐に飛び込んでからの……

「大魔スマッシュ！」

左のスマッシュ。相手の首から上をふっとばすぐらいの勢いで振り切る。が……

「カッカ……ゾクッとした……すごいな、お前さん」

「ちっ……」

見切られた？　大振りすぎた？　僅かに上体を後ろに反らして俺の拳を回避したブロ。

俺の拳は代わりにブロが咥えていたタバコを粉々に粉砕していた。

だが、これで終わらせねえ。

「大魔オーバーハンド！」

追撃のフルスイングをもう一度顔面に……

「魔極真ジンガステップ！」

「……はっ？」

と思った瞬間、ブロが腰を落とし、顔面を防御しながら独特な左右に揺れるようなステップで俺のフルスイングを回避した？

いや、違う。

「避けられたんじゃねえ……俺が捉えられなかった？」

『ジンガ！　こやつ……何故そのステップを？　まさか……』

「こいつ、マジで何者だ!?　こんな奴が、帝国にも名が知られずに……なんで？」

それは、これまでラダートレーニングで色々なステップを学んできた俺も初めて見るものだった。

思わずハッとしちまい、その隙に、ブロは俺の拳の間合いの外まで出ちまった。


それが……

「な……なん……」

「なんだよ……この二人……わ、僅か数秒でどんだけ……」

「おれ、息を止めて見て……呼吸も忘れてた……」

「な、なにがおこったのか、ぜ、ぜんぜん分からなかった……」

周囲を置き去りに、俺とブロがぶつかった僅か数秒の出来事だった。

「ちっ……」

渾身の一撃を避けられた。僅かなインターバル。俺はブレイクスルーを無駄にしないよう、一旦解除してブロを睨む。

するとブロは、驚いたような表情で苦笑していた。

「……驚いた……お前さん、スゲーのを使えるじゃねえか……ソレ……どこで覚えた?」

「そっちこそ、妙な技を使いやがって。フツーは拳で殴り合うんじゃねーのかよ?」

ブレイクスルーに驚いたようで、それをどこで習ったか聞いて来やがった。もちろん、答えられるわけないので、俺は息を整えながら返した。

すると、ブロは両肩を竦めながら答えた。

「フツーはな。だがな、お前さんは思わないかい? 俺たちは幼い頃から両の足で立ってこれまでの人生歩んできた。つらいときも、苦しいときも、どん底に落ちたときも、そして地に這い蹲ったときも……この足でいつだって立ち上がって、前へ進んだ」

「……だから?」

「つまり、足こそがテメエをこれまで誰よりも支え、耐え、共に進んできたんだ。それゆえに、人はその足にこそ人生が詰まってんだよ。足を相手にぶつけることは、自分の人生や想いを叩きつけているようだと思わねーかい？」

また、なんともメチャクチャな理論と理屈を捏ねて、それを自信満々に言いやがった。

「ふん……俺は『フツーは』って言っただけで、別に拳で殴り合うのが喧嘩で一番必要とまでは言

わねーよ……だから、足とも言わねえ」

「ほう……」

そう、拳でもない。足でもない。

喧嘩で一番必要なもの。

それはもう、とっくに身に染みて習っている。

そうだろ？　トレイナ。

『無論だ』

そう、俺が身をもって知った……

「結局……喧嘩で一番必要なのは……ハートだろうが！」

だから、俺もそれを自信を持ってぶちまけた。

「さぁ、続きだ！　恐れず自身を投げ出す俺のハートをぶつけてやらァ!!」

力強く胸を叩いて、両拳を上げて、仕切り直しのファイティングポーズ。

すると……

「ぷっ、くく……カッカ……カッカッカッカ!!」

ブロは、その場で尻から地面に座り込んで、ツボにはまったかのように盛大に笑った。

それは、馬鹿にして笑っているわけではなく……どこか嬉しそうだった……

「こりゃ、一本取られたな。そうだ……俺としたことが、喧嘩の原点がスッカリ抜けていた……いいな、お前さん。サイコーだ」

「ぬっ……」

「そのギラギラした目は……何だか、俺がもうちょい青臭かった頃を思い出させてくれるな」

そして、ブロは笑いながらも、目を細めてどこか昔を懐かしむかのような、そしてどこか温かい眼差しで俺を見てきた。

「ふっ、なんだかスッカリ、そんな気分じゃなくなっちまったな……なァ、お前さん。新たに二つの選択肢があるんだが」

「なに？」

「一応俺もまだまだ喧嘩できるから、このまま続きをとことんやるか……もしくは、お前さんがデイトに取られた金の分……返してやれねーが、取られた分だけ俺が奢ってやる」

「……え、あ？　ええ？」

気づけば、場の空気もスッカリと喧嘩をする雰囲気じゃなくなった中で、ブロが俺にそう提案してきた。

その提案には俺だけでなく、ブロの仲間や商人たちも驚いてザワつき出した。

「いや、え……なんで!?」

「クソ生意気で反抗的なガキ……嫌いじゃねーのさ。だから、なんかお前さんを気に入っちまった」

そして、ブロは俺に選択肢といいながら、なんか本人は既に戦う気がないとばかりに、立ち上がって俺に寄ってきて、馴れ馴れしく俺の肩を組んできた。

「ええい、は、離れろよ！　つか、だから俺は……」

「なぁ、来いよ。まず、酒でも一杯奢ってやる」

「いや、それはいいから！　俺、まだ酒を飲める年齢じゃねーし！」

「そっか、じゃあ一足早く階段上れるかもしれねーな」

そして、ブロは俺を引っ張っていく。

突然のことに俺は抵抗しようとするが、何故か振り払うことが出来ず、そのまま連れて行かれてしまった。

それが俺と、この街に燻（くすぶ）っていた世界が知らない無名の不良・ブロとの出会いだった。

「ったく、ブロは相変わらずだぜ」

「ま、しゃーねーか。つか、あのガキ……フツーに強かったんだな」

「ブロと正面からやりあうとは、流石に俺たちを倒しただけあるぜ」

バゲット頭たちがそんな話をしながら、俺の前を歩いている。

おかしい。俺たちは血に塗（まみ）れてぶつかり合った数分後に、どうしてもう肩組まれてるんだ？

それに、まさかの人生初の酒場に連れて行かれてしまった。

「ちょ、ま……おい、待てよ！　酒場なんて、不良やおっさんの溜まり場だろうが！　俺は行かねーぞ！」

そういや昔、サディスに「悪影響だから、行ってはいけない場所」の一つとして挙げられていたしな。


「ほぅ……お前さん、ワルガキみたいな面構えで、酒場は初めてか」

「だから、普通は来ねーだろうが！」

「カッカ、まっ、これも社会科見学だと思って楽しんでみろ」

そう言って、ブロは俺を街の酒場に連れて行く。

それは、帝都にあったようなオシャレなものとは全然違う。

ボロい看板。壊れかけの扉。所々、ヒビが入ったり、壁が剥がれたり、柱も折れかかったりと、今にも潰れそうな汚い酒場。

それは、見かけだけでなく中身も同じ。

「う、うげ……」

店に入った瞬間、俺は思わず口を押さえちまった。

そこでは、誰が飲んだか分からねえ空き瓶が転がり、顔を真っ赤にした不良たちがテーブルや床で酔いつぶれて寝ていたり、両脇に女を座らせて笑っている男たちや、服を着崩した女たちが品の無い恰好で騒いだりしている。

更に臭いも、酒やタバコ、ゲロの臭いも混じってねえか？　未だかつてこんな悪臭漂う汚ねぇ空間は見たことねえ。

「あれ？　ブロ～、なーんだよ、その子は」

「へ～、生意気そうだけど、結構かわいーじゃん？」

「そーいや、黒い特攻三連星の喧嘩に行ってたんじゃねーのか～？」

俺たちが店に入った瞬間、全員がブロの仲間なのか笑いながら皆が声を上げたりして近づいてきた。

そして、当然その視線はブロに肩を組まれている俺にも向けられる。


「あぁ、こいつはデイトの被害にあったガキでな……その流れで三連星もぶっとばしちまって、まぁ、俺とも喧嘩したんだが……気に入っちまったんで連れてきた」

「そうだぜ、俺たちのジェットストリームアタックを破りやがった」

「いい喧嘩するぜ？」

「ほら、お前も緊張してないで、入りな」

ザックリと俺の説明をするブロたち。だが、そのザックリ過ぎる説明もブロという男を知る連中からは珍しくないのか、皆が特にツッコむことなく笑顔で頷いた。

「へぇ、つまり期待の新人ってか？　まだ、若いがいいのか？」

「おい、よろしくな。困ったことがあれば頼れよ？　それが、俺らのルールだ」

「ふ～ん、ドーテーっぽい～……あは、お姉さんがイイコト、教えちゃおっかな～」

「こらこら、食うんじゃねーぞ？」

喧嘩したってのに、そこは気にせずアッサリと受け入れる。

何だか、どいつもこいつも大雑把で、細かいことを気にしない奴らなのか？

「ほら、お前さんも座りな。今日は俺の奢りだ」

そう言って、ブロが俺をカウンター席へ誘う。

俺は正直戸惑いながらも、とりあえずは言われたように座った。

「……酒は飲めないんでね、オレンジジュース下さい」

「「だめ――――！」」

「カッカッカ、しゃーねぇ。マスター、俺のボトルがあるだろ？　それくれ」

「あいよ」

そして、こいつら本当に俺に飲ませる気か!?

いや、でも法律違反じゃ……だが、ブロもそんなことお構いなしに笑いながらタバコを取り出して新たに火を点けた。

「……フゥー」

「って、隣でタバコ吸うんじゃねえ！」

「ん？　おぉ、ワリ。お前さん、タバコは？　吸うか？」

「タバコも酒もできるか！　俺ぁまだ十五だぞ！」

酒どころか、タバコまで俺に差し出してきやがった。

流石に俺も「いけないこと」だと声を荒らげた。

「ほぅ、意外といい子だな。お前さん……さては、坊ちゃんか？」

「ぬっ!?」

「何不自由なく育てられて、でも、なんか反抗期になって親にでも反発して家を飛び出した？　そんなところか？」

「ぬっ、う……ぬぅ……」

大体当たっていて、思わず言葉に詰まっちまった。

「か、関係ねーだろうが……あんたには」

「ああ。関係ないな。どうでもいいし、人がグレる理由なんざそれぞれさ。ここに居る皆を含めてな」

「っせーな……んな単純じゃねえよ……」

「ふっ……そうかい。まっ、そこまで聞く気はないがな」

俺がイラッとして壁を作ろうとしたが、ブロはそのことにあまり追及もしなければ聞いてこようともしなかった。

「親への反発とか、家が貧乏だから荒れたとか、教師への反抗とか、学校についていけなくなって楽な道に走った。他人の影響。色々さ。そのどれもが、簡単に不良になりうるキッカケになるし……いちいち気にしてても仕方ねえことさ」

そう言われて、俺はハッとした。

不良というこいつらからして、家から飛び出した俺なんて珍しくないんだと。

だから、こうして楽しそうに笑っているこいつらも、そしてブロも……？

「そして、不良になるのは、ちょっとした好奇心っていう理由もよくある。ガキはダメだと言われている酒とかタバコとか、女遊びとかな」

そう言って、ブロは火を点けたばかりのタバコを俺に差し出してきた。

とはいえ、そんなもん吸えるかと俺は拒否した。

「だから、タバコなんて体にワリーだろうが。酒もだ」

確かタバコは十八からだっけ？　つか、アレは吸うと体力が落ちるとか、肺が汚れるとか聞いたことあるし、まったくいいことがねーだろうしな。

「ほう。吸ったこともないのに、体に悪いって決め付けるのかい？」

「……え？」

「十五も十八も大して変わらないだろ？　それとも十五で吸うと決定的に体が悪くなると論文で発表でもされたか？」

「ん、なことは……」

「そもそも、喫煙や飲酒の年齢制限は、もはや十代とは何の関係もないオヤジたちが勝手に決めた基準さ。自分の体に悪いかどうかなんて、結局自分で試してみるしかないんじゃないのか？」

まあ、言われてみれば……って、そうじゃねえだろうが！

「って、そんな悪い誘いに引っかかるかぁ！」

「おっ」

「こちとら、もうこの街であの女に痛い目に遭わされてるんだからな！　だから、タバコも吸わなけりゃ、酒も飲まん！」

口車に乗って悪い遊びの誘いを「やらない」と断る。

女にアッサリと騙されたことを、俺はちゃんと教訓にした。

『うむ、そうだ。それでよい、童。タバコも酒も簡単にできるが、それにハマってしまえば、簡単に断つことができなくなる。体にも悪い』

と、傍らで両腕組んだトレイナが「ウンウン」と頷いていた。

『にしても、ブロとか言ったか……馴れ馴れしく余のわらb……こほん、余の弟子の成長を阻害するようなものを勧めおって……おい、童も染まるではないぞ？』


つか、トレイナが何だか「ぷんすか」してるんだが……

「カッカッカ、つれないもんだ。ここは人生の先輩……悪い遊びの師匠の話を聞いてもいいんじゃないのか？」

『誰が師匠か！　師匠は余ぞ！　今日会ったばかりの半端者が何を言うか！』

いや、あのトレイナ？　なんか、俺を飛び越えて怒るのやめろ。つか、ブロには聞こえないし。

あと、なんか照れる……

「だが、まあ、不良になる気がねーなら、まだお前さんは全然手遅れじゃねえってことだ。いいことだ」

と、そのとき、差し出したタバコを咥え直しながら、ブロが俺の頭をポンポン撫でてきた。

「人は、簡単に不良になることができる。ちょっと踏み出す……いや、踏み外すだけだ。でもな、その先に道は何もねえ。下に落ちるだけだ。だから……不良から普通の人に戻るのは苦労するのさ……」

するとブロは俺を諭すように……

「お前さんにどうしてそこまでギラついた闘争心があるのかは知らねーが……俺たちのような他人から見たら無価値なクズじゃねえ。まだ、何にでもなれるんだ。帰れる場所があるんなら、帰ればいいんじゃないのか？」

「ぬっ……な、に？」

「じゃないと……いつか、帰りたいと思っても、もう帰れなくなる……取り返しのつかない後悔をしちまうかもしれねえ……そうなってから、元の普通に戻りたいと思っても、手遅れだぞ？」

まるで、家出した子供に大人が説得するようなことを言ってきやがった……いや、「まるで」というか、まんまそうなんだが……

「けっ、大きなお世話だ。何にでもなれる？　分かってるよ。だからこそ、何かになるために、俺は家を出たんだ」

「ほほぅ……」

「不良なんかにお節介される筋合いはねえよ」

それでも不良なんかと一緒にするなと、俺は撥ね除けた。

「俺は家を出て、帝国を出て、そしてビッグな男になるんだよ!!」

「カッカッカッカ、眩しいじゃないか……ま……もうちょい考えるんだな。とりあえず、今は未来のビッグな男に乾杯かな？」

「けっ、バカにしやがって」

そう言われて、舌打ちしながら俺は、差し出されたグラスに入った水を勢いよく飲……え？

「ご……くっ!?」

「あ……」

『ちょ、童!? な、こ、コラ、貴様は何をしている！』

しま、つい飲んで……あ、なんか頭に駆け巡って鼻の奥に変な香りが、いや、熱い！ なんか、体が熱い！ つか、この部屋も暑い？

「っぺ、まっず……なんだこりゃ？」

「あ、ワリ、そういや酒は断ったんだったな……今、水を……」

「くそお、マジィ！ のどがァ、くしょう、あ、水だ、これ飲も」

「あっ、待て待て。それ、水じゃない！」

あ～、水がまずくて、氷がちべたい。暑い。そっか、暑いもんな。服とかじゃまだもん。

「あ、おいおい、一杯で……あ～あ、おいおい服脱ぐなって、あ～」

「……じゅるり……脱いだ服は……私が没しゅ……片付けるわ」

「ん？ お前さんは？ お姉ちゃん……見たことないな」

「ええ、つい先ほどこの店のウェイトレスになった、シノ……ん、んん……カゲロウよ」

「へぇ、そうなのかい？」

「さて、この服は洗濯でも……くんかくんか……はう～♡」

「お、おい、姉ちゃんどうした？ なんかものすごく幸せそうな顔をしているが……」

ん？ な～んか聞いたことあるような女の声が聞こえるけど、だめだ、頭くらくらで喉渇いたから……

『おい、童！　正気に戻れ！　その持っているグラスを置いて、飲んだものを吐き出せ！　それと、忍の女が潜入しているぞ！　おい、童！』

な？　なにい？　トレイナが三人に分身してるぞ？　すごい、さすが俺の師匠だ、すげえ！

やべーよ、あたまがくらくらするのだぜ～。

「うい、あ～、あちゅいんでしゅ！　あっちっちのちー！」

でも、なんだか気分がアガッてきて、なんだろう。

今なら何でも出来る気がする。

「あ～あ……ったく」

「なんらー、ブロー！　おまえ、な～んですわってるんですか！」

「まさか一杯でこれとはな……カッカッカ、若いじゃねえの」

おう、ハイテンションタイム！　つか、なんで皆静かなんだよ！

「おおい、おめりゃ！　飲んでねーのか、バカティンが！」

ったくう、これじゃあ踊るしかねーじゃねえかい！

「おっ、はははは、なんか、あのガキがやるみたいだぜ！」

「坊や～、まだ全部脱いでないんじゃないの～？」

「そうそう、お姉さんたちがパンツを脱がしちゃおっかな～！」

なにい？　俺の服を脱がすのは誰じゃ？

そんなのサディスだけだったのにい！

「うっ、うう……サディス……」

そうだ、サディスが最後に俺の服を脱がしてくれた……なんさいだっけ？

『さっ、坊ちゃま、バンザイしてください』

『ん』

『こんなに汚して……さ、入りましょう。ゴシゴシ洗って差し上げ……坊ちゃま？』

『じ～……』

『あっ、んもう、坊ちゃま。私の胸を見てどうされたのです？』

『サディスの胸……おっきくなった？』

『……坊ちゃま……この肉に興味を持たれるのはまだ早いですよ？　……そういうの、えっちっち、っていうのです』

『えっ？　お、おれ、えっちっちなの？　それだめなの？』

『はい、えっちっちな坊ちゃまは嫌いです……じゅる……っ、涎が……まだだめです、まだだめです、クールになるのです私……食べちゃダメ……』

『違う！　お、おれ、えっちっちじゃねーもん！　えっちっちじゃねーし！』

そうだ、俺はえっちっちじゃないから、サディスともうお風呂入んないって恥ずかしがって
……俺の馬鹿ヤロウ！

「俺のバカ！　俺、えっちっちじゃねえかよ！」

「「急にどうした!?」」

そうだ、俺はえっちっちだったんだ。だから、それを認めればよかったんだ。そしたら、もっと

サディスとお風呂に入れたんだ!

　何で俺、もっとあのときに、サディスの体を詳しく見てなかったんだよ!

「えっちっちな俺はステップします!　ほわ～～～……蝶のように舞う!」

「「「こいついかん!　……でも、体がメッチャキレてる!!」」」

　そうだ、蝶のように舞って、蜂のように過去の俺にパンチだ!

「カッカッカ、いいね～、ここまでベロベロに酔った奴は久しぶりに見たな……じゃあ、そっちが魅せるなら、俺も元凶として付き合うか」

「ん?　なんらー、ブロ!　お前に俺のステップこえられるか!　俺のすてっぷは、世界一頼りになる、俺のサイコーの師匠から伝授された、マジカル・フットワークなんだぞー!」

『ぬっ!?　……ぬっ、た、頼りに……世界一……ふ、ふん!　こ、この酔っ払いめ……そんなつもりで教えたわけでは……というより、ふ、不意打ちとは小癪なやつめ……』

　そうだ、俺とトレイナのマジカル・フットワークから繰り出すステップは世界を獲るんだ。

「カッカッカ……じゃあ、俺は……『魔極真カポエイラ』を見せてやろうかな」

『ぬっ!?　か、カポエイラ……!?　どうしてそれを……やはり、こやつ……魔極真とはひょっとして……おい、童!　正気に戻れ!　ちょっと大事な話が!』

　カポカポ～?　なんら、そ……なにいいいっ!?

「きたー!　ブロのカポエイラ!　蹴り主体の格闘と踊りを混ぜたかのような動き!」

「すてきー、ブロー!　あとで、シようよー!」

「おら、負けんなガキ!」

「ボク、がんばれ～！」

すごい、つか、カッコいい？　なにそれすごい！　床に手をついて足をあげたり、体をグルグル回したり、イカす！

「さらに、カポエイラからの～……魔極真旋廻！」

「「「キタ――――――ッッ！！！！」」」

「なにしょれえ――――！」

しゅごい！　今度は逆立ちしたと思ったら、そのまま潰れ、背中で床の上をグルグル回ってる？

『ぬっ……これは……マジカル・ブレイクダンス……か……』

なにそれカッコいい！

トレイナに教わったものよりカッコいい？

『……むっ!?　おい、童……酔っ払っていようが心の中は筒抜けぞ？　……余が教えるものの方がカッコいいわ！　そもそも、ブレイクダンスとて元々は余が……』

「あるえ？　おこっ、ひっく、おこっちゃ、や～。ぷんぷんトレイナ嫌いになっちゃうぜい？」

『…………貴様というやつは……は～、仕方ない。余が、貴様にカッコいいステップを教えてくれよう！　かつて魔界にて、キング・オブ・ポップと呼ばれた余のパフォーマンスを！』

「うい？」

『あらゆるステップをマスターした器用な貴様なら、できるはず！』

あれえ？　トレイナまでなんか踊り出した？　んーん、歩き出した？

『このように、前に歩いているように見せながら、交互に足を後ろに滑らせる……』

「ふぁっ!?」

『これぞ、『大魔バックスライド』！　通称、ムーンウォークだ』

「しゅ、しゅごい！　やっぱり、トレイナの方がカッチョイイ！　だいすきだぜ！」

『ふふん、そうであろう。カッコいいであろう！』

トレイナが、胸張って「どやぁ」ってやってる。

でも、しゅごかった。かっこいい！　これなら俺も勝てる！

「おい、坊主！　さっきから壁に向かってぶつぶつ独り言を呟いてどうした？」

「君の負けでいいのかなー？」

いいはずない。ちゅか、今は習ってる最中だから、シーだろ！

『さあ、ボンクラ共に見せてやれ！　普通は練習が必要だが、貴様なら一分でできる。足の運びや体重移動の感覚が人より優れているからな』

「ふぁい！」

『最初は片方の足をつま先立ちにし、重心をかける。そのまま反対の足をスッと後ろに……その際、カカトを上げるな。それを交互に繰り返し……』

「ふぁい！　あらよっと、スイスイスイ～！」

あっ、できた。

『よし、そこで高速でスピンだ！　そして、叫べ！』

「アオッ！」

うあ、あひ、世界が回るぅぅぅ！

「なっ、おおお、お前さん、何だそれは！　ははは、すげ！　かっこいいじゃねえの」

「うお、おおお、まるで重力を感じさせない、何だあれは！」

「無重力のステップ！」

「く～、私もムラムラしてきた！　夜にはまだ早いけど、巨乳ポールダンサーとして、私の魅力をボクに……あれ？　ちょ、誰よ！　なんか、ポールがいつの間にか全部折れてるんだけど!?」

「さすが、私のハニーね！　素敵すぎるわよ……これ以上私を惚れさせてどうする気？　確か女からの強姦は罪には……」

気持ちいい歓声だ。ああ、みんなが俺を見てる。もっと熱くなってきた。

「カッカッカ……こりゃ、まいったな。イケてるダンスはお前さんの勝ちだ！」

「うひー！　ばんざいなのらー！」

どうだー！　まいった言わせたやーい！　俺とトレイナの勝ちだぜ！

「なっ、ぶ、ブロが負けた！」

「くそ、だが、ブロをダンスで負かしたぐらいでいい気になるな！」

「そうだ、あいつはグレン隊の中でも最弱のダンスだ！」

だが、ブロが負けを認めたってのに、バゲット頭たちがまたシャシャリ出てきやがった。

こいつらまで俺に挑む気か？

「いくぜ、お下劣なダンスならどうだ！」

「んひ？」

「さぁ、行くぜ！」

ああ、バゲット頭が俺と同じように脱ぎ出した。

すっぽんぽんすっぽんぽん！

でも、別に男の裸は何とも思わん！

「きゃー！　あいつったら！」

「ってことは、久々、『アレ』を見られるな！」

「ああ！　とってもヨカティンだ！」

なにちん？　ん？　バゲット頭が酒瓶を股間に当てて……ええい、なら俺だってパンツも脱いじゃうもんな！

「お、おお、てめえ、なかなかの度胸だな！」

「うおおお、あいつも脱いだぞ！　だははは、いいぞー！」

「きゃ～、か～っわいいー！　ぷぷ、被って……」

「カッカカッカ……あ～あ……」

『ぶっ!?　こら、童、貴様何をしている！　ぷらぷらをしまわんかァ!!』

「ちょ、ダーリン！　はあはあはあはあはあ、私、クールになるのよ。落ち着いて、形、サイズ、更には膨張時の大きさを想定して脳裏に焼き付けるのよ！　シミュレーションできるように！」

当たり前だ、ふりょーなんかに負けてたまるもんか。

喧嘩は引いたらダメなんらから！

俺も落ちてる空き瓶を拾って股間でプラプラさせて……

「「「「は～、あっそーれ、ヨッカティ～ンティン！！！！」」」」

あれ？　そーいや、俺がマッパを人に見せたのは……サディスと、トレイナ以外は初めてだな……

でも、もう一つ初めて……

俺、こんなに楽しく騒いだの初めてだ……

「ん？　……魔水晶が……」

「お？　どうした～、ブロ。女か？」

「カッカッカ……まぁ、そんなところだ。つーわけで、ちょいと席を外すぜ？」

あれ？　なんだ～、ブロが懐に光る何かを取り出して、それは確か通信用の魔水晶で……まぁ、どうでもいいか！

「……押忍……師範……ブロっす」

『久しぶりだな』

あ～、店の奥でコソコソと～、やっぱ女か～？　真剣なツラして、口説いてんのかァ？

「どーしたんすか？　『例の大会』なら、俺は前も言ったが出ないっすよ？　そんな気分じゃねーし、大会の優勝の副賞も俺には気分が乗らねえし」

『ふん。今さら貴様にはもう何の期待もしていない。それに、もう貴様が大会に出場するとかしないとか、どうでもよくなったのでな』

「どういうことすか？」

『実は先日、面白い男を見つけてな。その男の存在に比べれば、貴様などもうどうでもよくなった』

「男？」

『そうだ、貴様に連絡をしたのはその男に関することで、ちょっと手を貸して欲しいからだ』

おんや？　なんか、深刻そうな顔してるぜ。おお？　女と喧嘩か？　後でからかってやろ～

『その男は勇者ヒイロと、七英雄のマアムの息子なのだが……先日、家出をして帝都を飛び出したそうだ』

「勇者の？　へぇ～……そりゃまた、立派な血統だ」

『ああ。だが、重要なのはそこではない。その男……ブレイクスルーを……そして、『大魔』の継承者の証しでもある、『大魔螺旋』まで使えるとのことだ』

「え？　ブレイクスルーに……だ、大魔螺旋？　……あっ……まさか……」

『そう、貴様では習得できなかった、魔極真の奥義とも言える技だ』

ん～？　ブロの奴、今度は驚いた顔してこっち見てるな～、なんら～？　俺の顔に何かついてるか～？

「ってことは、師範……そいつを……あいつと……『妹分』と？」

『おい、無礼だぞ？　あの方を、妹などと呼ぶな。だが……貴様の想像した通り、私はその男をあの方のお相手として、回収したい。そこで、貴様に連絡を入れたのだ』

「……」

『貴様は出来損ないだが、顔は広いだろ？　帝都を飛び出したとはいえ、まだそれほど時間が経っていないのなら、ひょっとしたら貴様の近くに現れるかもしれん』
「……あ～……そうかもしれないっすね……」
『もう貴様に帰って来いともいう気はないので、それぐらいの協力はしてもらうぞ？　私も今、そっちに向かっているので、より詳しい話は後ほどする。というより、もう既にそこにそれらしい男がいるとか、そういうことはないか？』
なんだよ、こっちを見たと思ったら、今度は急に眼を細めて切なそうな顔しやがって、俺がなんらってんだよぉ！

「勇者の息子か…………ふっ…………そうか……そういうことか……」
『ブロ？』
「残念っすが、『勇者の息子』なんて……俺は知らねえし、見てもいない……俺が見つけたのは、『新しいダチ』だけだ」

さあ、まだまだ俺はこれからだぜ！

第十四話

喧嘩で一番必要なのはハートだ!

A BREAKTHROUGH CAME OUT BY
FORBIDDEN MASTER AND DISCIPLE.

よく、「酔っ払っていて覚えていない」という大人の言葉を聞いたことがある。

俺はそれを「嘘だ」といつも思っている。

だいたい、酒に記憶消去の効能なんかがあるとも思えない。

そういうことを言うのは酒を「言い訳」にしているだけで、絶対に覚えていないはずがないと俺はガキながら思っていた。

そして、目が覚めた俺は思う。

自分が何をやらかしてしまったのかを、ちゃんと覚えている。かなり鮮明に。

だからこそ、目が覚めて、ちょっと痛む頭を押さえながら冷静になり、俺は途端に顔を青ざめさせた。

「お、俺、な、なんかすごい事をしていたような……う、うわあくぁあああ、俺はなんてことを！　なんだよ、ヨカティンッて！　バカじゃんバカじゃんバーカバーカ！」

目が覚めたら、俺は見知らぬ部屋に居た。

というか、かなり汚い部屋で簡素な部屋にベッドだけが置いてある。

その見知らぬベッドで俺は絶賛悶え中だ。


「って、しかも……俺、裸ぁ!?」

何だかスースーするなと思ってシーツを捲ると、俺はパンツすら穿いていない、完全な全裸だった。

『貴様の服はそこだ……』

「ッ、トレイナ!?」

『ここは酒場の二階だ。休憩室のようなもので、貴様は一頻り騒いだ後に倒れ、ここに運ばれて数時間寝かされていた』

急に声をかけられてビクッとして振り返ると、トレイナが呆れたように溜息を吐きながら、部屋の窓際で腕組みしていた。

そして、トレイナの言うとおり、俺の服は綺麗に畳まれていた。

「お、俺……服脱いで……」

『あの女に感謝するんだな……貴様の服を昼間の内に手洗いして外に干して乾かした』

「あの女……？　ッ!?」

そして、俺は次の瞬間、一気に意識が覚醒した。

なんと、綺麗に畳まれていた俺の服の隣に、「交換日記」が置かれていたからだ。

「ま、まさか……」

『忍の女だ』

「なんで!?　え？　だって、シノブとは別れて……いや、山の中でライスボールもらったけれども！」

まさかのシノブ。

つか、俺が酔って脱ぎ散らかした服をシノブが洗濯したのか!?

『というより、貴様は酔って気づかなかったかもしれないが……あの女……酒場に潜入していたぞ？』

「はっ!?」

『名前を変え、服装を変え、エプロンを着けた給仕の衣装で、化粧や名前まで変えているが……まあ、一目見れば分かる』

シノブが……この酒場に……ん？　ってことは……

『当然、あの女は見たぞ？　貴様の……裸をな』

「ッ!?」

み、見られた。お、俺の、俺のアレを……お、同じ歳の女に……！

「は、ハズか死ぬ!!」

『まったく……貴様は今度から酒は禁止にしろ。余も見ていてハラハラした……』

「うぅ……み、見られた……ってことは……その、俺のアレがアレなことも……」

いかん……サディスならまだしも……同じ歳の女に裸を見られた……最近までは俺の裸を見た奴ってサディスとトレイナだけだったが……もう、過去まで遡ると……

「しかも同じ歳に……同じ歳に見られたなんて、すげえ、ちっちぇ-ころ……姫と風呂に入ったとき以来だな……」

『おい、いつまでも落ち込むな……というより、貴様、幼少期とはいえあの姫と……』

やばいな。精神的なダメージがデカイ。

こりゃ、しばらくシノブの顔をまともに見られないな。

そして、この交換日記も……

「返事書いたばかりなのに、もう返ってくるとは……つか、あいつは兄貴や仲間と帰ったんじゃなかったのか？　まさか、これからもこうやって交換日記続ける気か？」

というより、まさか俺の後を追いかけてるわけじゃ……？

ちょっと背筋が寒くなりながら、俺が何気なく日記帳を捲ると、新しいページに……――サディスさんってだれ？

「うおおおっ!?」

ノートの左右のページに、ただ一言だけ大きな字でそう書かれていた。

怖かったのですぐに閉じた。


「つか、何でサディスのことを……？」

『貴様が酔って、あのメイドのことを口にしたのを聞いていたのだろう』

「ま、マジか……はは、こわ……」

いや、別に後ろめたいことは何も無い。でも怖かった。

『とりあえず、体を起こしてこれからのことを考えねばな』

「……これから？　まさか……シノブとのことか？」

『違う、そっちではない。せっかく、街に着いたというのに、ほぼ一日を宴会で潰したのだからな』

「あ……そ、そういや、数時間、俺は寝てたって……」

『もう、夜だ』

「ッ!?」

なんてこった。昼間の内に買い物とか、そしてこれから金を得るためのことを色々と考えたかったってのに、いらんことで時間潰しちまったな……

「よぅ、目ぇ覚めたか？　飲酒坊主」

「うげ！」

と、そのとき、部屋のノックと同時にこちらが答える前にドアを勝手に開けられ、その向こうからニヤニヤしたブロが顔を出した。

「そんな反応すんなよ。もう、ダチだろ？」

「誰が！　くそ……変なもん飲ませやがって」

「おいおい、飲んだのはお前さんだろ？　自己責任」

「うるせー！　つか、何の用だ！」

さっきまでの自分の醜態を見られたことが恥ずかしくて思わず怒鳴り声を上げた。

するとブロはそんな俺に苦笑しながら半開きになっていたドアを更に開けて……

「なぁ、酔い覚ましにちょいと散歩しねーか？　お前さんと話もしてーしよ」

「な、なに？」

それは急な誘いで、めんどくさいから断ろうとした。だが、その時のブロの表情が……

「頼む」

「ん……ああ……まぁ、それぐらい……なら」

何だか、ただの散歩にしては深刻というか、真剣だったので、俺は何となく頷いてしまった。

「カッカッカ、ワリーな。どうだ？　体の調子は」

「まぁ、ちょっと頭痛いけどな……」

「そうかそうか。初めての酒でアレだけハシャいだらな。それにお前さん、色々とぶっちゃけてたしな」

「うっ……」

昼間のように露店が立ち並んで、騒がしくて人ごみの激しかった街だったが、今は比較的大人しくなっていた。どうやら、俺は随分と寝ていたのか、もう夜もだいぶ遅い感じかな？

夜風が少し涼しく感じる中、俺はブロと何気ない会話をしながら街を散歩していた。

「そういや、お前さん、酔っぱらいながら『サディス』がどうとか呟いてたが、それは誰だい？」

「え……そ、それは……」

「ひょっとしてお前さんの女か？　彼女か？　それとも単に惚れてる女か？」

「う、うるせえ！　お前には関係ないだろうが！」

急に顔が熱くなるような恥ずかしいことを聞かれて取り乱しちまった。

すると、そんな俺にブロは目を細めて……

「お前さん、家出中みたいだが、その女とはどうなってんだ？」

そう問われて思い出すのは、御前試合で発狂したサディスの姿。

胸が締め付けられるほど苦しくて、悲しい。

「もう、会えねーのさ」

会わないんじゃない。もう会えない。そう口にすると、余計に切なくなってしまった。

「そっか……お前さんも……女には弱いか」

そう言ってブロは何かを察したのか、切なそうに夜空を見上げた。

「俺にも惚れてる女が一人いる」

「あ？　何だよ急に」

「いいから聞け。俺が故郷を飛び出したのも、それが原因だったりする」

急に昔話を始めたブロ。何のことかと思ったが、言われた通り俺は少し黙った。

「今はこの街で気の合う野郎たちと遊んだり、旅の資金を稼ぐために用心棒したりしてるが、俺も元々は故郷を飛び出した家出人さ」

そしてその話は俺が興味を持つような内容だった。

ブロも不良だから驚くことではないかもしれないが、ブロもまた俺と同じように故郷を飛び出した男だった。

「俺の居た故郷は、狭い世界に留まってばかりで……俺の惚れた女はその世界の外からやってきた人だった……強くて、美しくて、だけど何かに取り憑かれたかのようにあることに執着してばかりの人だった」

「へぇ……」

「あの人にもっと他のことを見てもらいたかった。だけど、俺にはそれだけの力が無かった。そしてあの世界にあのまま居るだけじゃ、俺はあの人より強くなれなかった。もっと世界を見て、自由に生きて、そしてもっと強くなりたいと思った」

思わず聞き入ってしまっていた。にしても、俺と家出した理由が違うようで、でも似ているような気もする。

「いつか、過去に囚われてばかりのあの人を救いたい……そして……こんな俺を慕ってくれる妹分も……まだまだ、俺にはそんな力はねーけどな」

俺は皆から認められるような男になるため。

ブロは惚れた女を救える男になるため。

何だか、急に他人とは思えなくなっちまった。

するとブロは……

「なぁ、お前さん。今から俺ともう一度だけ喧嘩しよーぜ。今度は最初からブレイクスルーを使ってこいよ。大魔螺旋を使っても構わねえ」

と、人が少し感慨にふけっていると、予想外のことをブロは提案してきやがった。

「って、なんでだよ！　つか、何でブレイクスルーのことを……それに何で……大魔螺旋を……」

何でここでいきなり喧嘩？　いや、それ以前に何でこいつはブレイクスルーと大魔螺旋のことを？

確かに昼間の喧嘩で俺はブレイクスルーの技名を口にしたけども、大魔螺旋は使ってねえ。

なんで？

「別に。ちょいと確かめてーのさ。お前さんが果たして……希望になれるかどうか……をな」

「は？」

「今の俺にはできないこと……そしてもしここで俺に勝てねぇようなら、お前さんに自由はない……これ以上の旅もできず、ここで終わりだ」

訳が分からない。だが、ブロの目は本気だ。

言ってることは分からないが、本気で俺と喧嘩をしようとしている。

その上で、俺の何かを確かめようとしている？

「だから、ここから先の世界へ渡りたいなら……俺をぶっ倒してみな！」

「お、おい！」

そして、ブロはもう止まらない。

ジャンプして、踵を上げてそれを脳天へ叩き落とすかのような蹴りを俺に繰り出してきた。

「マジかよ！」

『……こやつ……』

どうする？　俺は心の中で思わずトレイナに尋ねた。そしてトレイナもまた、ブロがどうしてこんなことをするのか分かっていない様子。

だが、それでも……

『事情は分からぬが……まぁ、良いではないか。受けてやれ、童』

「え？」

トレイナは事情が分からなくても、それでもこの喧嘩は買えと言ってきた。

『どちらにせよこの男の言う通り、これから先、このレベルのゴタゴタを処理できぬようでは困るしな』

「ったく、しゃーねーな！」

あまり気は乗らねえが、もうトレイナもそう言うなら受けてやる。

ただし……

「なら、一瞬で終わらせてやる！　ブレイクスルーッッ!!」

さっさと終わらせてやる！

「カッカッカ、そういう細かいことをすっ飛ばして、体を動かすとこ。やっぱいいな、お前さん」

床を強く蹴って、俺は真っすぐブロのもとへ駆けた。

「いくぞ、オラアアアア！」

「魔極真三日月蹴りッ!!」

前蹴りでのカウンター。

「っと、くうか！」

慌てて足をストップさせて寸前の回避。

今のブロの蹴り、単純に俺の体を蹴ろうとしただけでなく、間違いなく俺の急所を狙ってきてやがった。

「そらそら！　魔極真連続蹴り！」

「ぬ、お、く、この！」

今も俺の動きを見て、俺の急所を狙って来てやがる。

間違いない。こいつ、俺のブレイクスルーの動きに反応できてやがる。

あのリヴァルですら防戦一方になったってのに。

「どうした？　その力を、相手をぶっ飛ばすためじゃなく、逃げ足に使ってどうすんだい？」

「う、うるせえ！」

昼間の攻防でこいつが強いことは分かっていた。だが、今のこいつは昼間のときとはまた違う気魄を感じる。

急所を容赦なく突いてくるのもその証拠。

こりゃ、気を引き締めねえとな。

「大魔フリッカーッ！」

まずは、左で丁寧に距離を測りながらリズムを……

「チマチマやってんじゃねえ！」

「な、に？」

「そら、簡単に入っちまったぞ？」

だが、ブロは昼間に避けられなかった俺のフリッカーを、被弾しても構わずに真っすぐ突き進んできやがった。

避けにくいのが俺のパンチ。しかしスピード重視な為に一撃必殺じゃねえ。

だから多少のダメージさえ覚悟されて突っ込まれたら、こうして懐に簡単に入られちまう。

「魔極真首相撲！」

「ぬわ、お、なに？」

そして、懐に入られた瞬間、ブロは俺の首に両手を回して摑んできやがった。

引き剝がせない。

『首相撲！　こやつ、これもマスターしていたか……』

「そらぁ、魔極真ニーキック！」

「ガッ……」

鳩尾に叩き込まれた。息が……胃液が……昼間飲んだ酒とかがこみ上げて……しかも、一発膝を叩き込んだのに、まだ俺の首から手を離さねえ。ガッチリと極められてる！

そこから腰が曲がった俺に向けて、更に膝を大きく振りかぶって……

「ウラアアアア！」

顔面に……鼻が……

「ぐがあああああ、がっ、あ……っ……」

今の勢いでブロの両手から逃れたが……考えられねえぐらい痛い！　ブレイクスルー状態でこんなダメージをくらうなんて……

『まだ来るぞ、童！　涙目をしっかりと開けて相手を見ろ！』

「魔極真天空カカト落とし！」

目を開けろと言われてもすぐには無理だった。だが、それでもブロが俺に追撃してくるのは分かった。

だから、俺はとにかく無我夢中でその場から飛び退いた。顔を両手で覆い隠し、目は見えないけどとにかくその場に居ないようにと避けた。

「はあ、はあ……くっそ……」

衝撃は来なかった。運よく攻撃は回避できたようだ。

しかしそれでも、鳩尾への一撃。更にはダラダラと流れる鼻血とズキンズキンする顔の痛みが俺に刻まれていた。

そして、ようやく目を開けられるようになると、そこには少しガッカリしたような表情のブロが……

「どうした、お前さん。これじゃぁ、ビッグには程遠いな」

「ぬぐっ」

「当然……これじゃぁ仮に師範の目にかなっても……それはあくまでお前さんの習得している技だけに関心を示しているだけであって……お前さんには何も変えられねえし、救えねえ。師範のことも……妹分のこともな」

ブロが一体何を言っているのかは相変わらず分からない。

だが、その目を見れば何を思っているのかは分かる。

その目は、帝国で何度も俺が味わってきた視線。

――その程度か？

そこまで口にされなくても、そう思われていることは分かる。

そう思うと、無性に腹立たしくなってきた。

訳の分からん理由で俺に喧嘩を売ってきて勝手に失望しているブロに……ではなく……

「この野郎……」

こうしてこんな目で相変わらず見られてしまっている俺自身にだ。

『ふふふ……さて、どうする？』

トレイナは面白そうに笑ってやがる。俺に「やってみろ」と言っているかのように。

ああ、やってやる。

必ずあの目を変えてやる。そのために俺は帝都を飛び出したんだから。

ブレイクスルー状態はあと何秒続く？　切れる前に終わらせる！

「怯えて逃げ回るのはどうかと思うが、また俺の足の餌食だぜ？　魔極真ニーキック！」

体勢を低くして飛び込むように駆け出した俺に、正面から膝蹴りでカウンター。

俺のフリッカーと違ってこいつの蹴りの一発は重い。

まともにもう一発食らったら、今度は意識が飛ばされるかもしれねぇ。

だから結局避けるしかねえ。

「くっ、そ」

「どうしたい！　俺がムカつくだろ？　ぶっとばしてーだろ？　なら来ねーと何もできねーぞ！」

結局避ける俺にブロは挑発するかのように煽ってくる。

「うるせえ！　大魔コークスクリューブロー！」

そして、俺のバカ。挑発に乗って、何の組み立ても無くこんな大振りなパンチを不用意に……こんなの出したって……

「魔極真キックロスカウンター」

こうなるよ。

俺の真っ直ぐ突き進む拳に交差させるようにブロの足の裏が俺の顔面を……あ、足でクロスカウンターッ！

いや、これはヤバイ！　つか、ダメだ！　急に止まれねえ！　避けられねぇ。

これをくらったら、ダメージは想像もつかねえ。

こんな威力も想像できねえ打撃は食らったことねえ……

『飛び込め！』

そのとき、俺の耳にトレイナの声が響いて……

『数日前のことをもう忘れたのか？』

その言葉と同時に一瞬で思い出す、あの心優しい親友の事。

そうだった。こんな威力も想像できない打撃を食らったことねえ？　俺は何言ってやがる。

蹴りはパンチの三倍の力はあるとトレイナが言っていた。

でも、仮にこいつの蹴りが俺の三倍あったとしても、ある確信が俺の頭を過ぎった。

俺は間違いなく、こいつの蹴り以上のパンチを食らったことがある。

「つ、お……大魔ヘッドバット！」

「ッ！」

俺は気付けば、避けようとした動作を止め、逆にブロの蹴りのカウンターに飛び込んでいた。

足と拳が交差して、ブロの蹴りを俺の額で受ける。

そして、同時に何かが砕け、何かが割れ、鈍い音も響いた。

「か、が……ぐっ……」

割れた。頭が。間違いなく血が噴出して……だが、こんなもん……アカさんのパンチに比べりゃ
……

「なんってこたーねえ！　オラァ！」

耐えきった。飛びそうな意識を無理やり引き戻し、俺は自分を鼓舞するように吼えた。

そうだ、アカさんのパンチはもっと強かった。

なら、何を怯える必要がある？

昼間、俺も言ってただろうが。

「喧嘩で一番必要なのは……ハートだ！」

もう、俺も吹っ切れた。

「ちっ、やってくれやがる……今ので膝が……だが、こんなもんで俺は泣かねえぞ！　魔極真三日月蹴り！」

俺のカウンターを受けた衝撃で足を痛めたと思われるブロだが、それでも構わずに俺へ再びカウンター蹴り。

その蹴りは、真っすぐ突っ込む俺の肝臓を突き刺す……が……

「ガッ……か、構うかァ！」

「ッ!?」

「大魔テンプル！」

一瞬、ブロの足に止められたが、構わず前に出て、ガラ空きのこめかみに一撃叩きこんでやった。

「つっ、ぐっ……お前さん……」

「へへ、俺はあんたの蹴り技を全部回避しようとしたため、無駄な動きが多くて逆に翻弄された。

だからこうやって、多少の被弾を恐れずに飛び込めば、いくらでもやりようはある！　もう、怖くねえぞ？　あんたの蹴りは！」

俺に拳を叩きこまれて床を転がったブロが、痛みに顔を歪めながらも笑みを浮かべて来た。

俺の肉を切らせて骨を断つやり方に「やってくれたな」と言いたそうな顔だ。

「ったく、どうした急に！　いきなり、やってくれるぜ！　魔極真三段連続回し蹴り!!」

再び繰り出されるブロの蹴り。

一撃受けて一発殴り返すのは本来なら割に合わない。

先に痛手を負うのはこっちだ。

でも、俺は倒れねえ。

だって、俺は思いだしたからだ。つい先日のことを。

「もう怖くねえぞ、テメエの蹴りなんざ。たとえテメエの蹴りがパンチの三倍あろうと……アカさんのパンチの方が絶対に強ぇ！」

「魔極真ミドルキック！」

「ここだ！」

「ぬっ、なっ、にい!?」

ブロの右の中段蹴り。だが、俺はそれを事前に察知した。

俺はそれを回避せず、あえて一度受けて、そしてその足を左腕でガッチリ挟んで捕まえた。

後は空いている右手でブロの右足内腿に抉りこんでやる。

「大魔スクリューフック!!」

「な、が……あっ、ヌガアッ!!」

ブロの顔から笑みが消えて苦痛だけになった。そして同時に俺の拳に残る感触……イッたな……

「ぐっ、あ……つっ……お前さん……」

右足を破壊。ブロの足が止まる……かと思ったが……

「つっ……ウラアアア！」

「うおっ！」

ブロはあえて壊れているはずの右でハイキックしてきやがった。

俺も咄嗟に腕で防御したが、腕がしびれる。まだ、ブロには力がちゃんと残ってやがる。

「へへ……誰のことを言ってるか知らねーが、いいじゃねえか！　恐れずに飛び込むその気持ち……ようやく及第点ってこところだ！」

「へへ……こっちも何のことか知らねーが、いいぜ！　まだまだ採点してもらおうじゃねえか！」

俺が防御した瞬間、ブロはすかさずローキックで俺の足に衝撃を与えてきた。

まともに食らったら、やっぱり痛え。

一発で足が痺れて膝が僅かに崩れ……

「いいや、これで終わりだ！」

俺の崩れた片膝をブロが踏み台にして駆け上がり、その勢いのまま俺の顔面に膝蹴りを……

「魔極真シャイニングウィザード！」

「大魔ヘッドバット！」

「いっっ!?」

その膝めがけて、俺はヘッドバットを繰り出してやった。

もう、俺には慣れたこと。目も眩らなければ、受ける衝撃もハッキリ言って想定の範囲内。

「うお、あ、がっ……つう……」

だが、ブロにとっては痛恨の一撃だろう。

俺の額に、ブロの右膝を完全に砕いた音が聞こえた。

そして、膝と腿の二か所の破壊により、もうブロの右足は使い物にならねえ。

『ふふふ、完璧なタイミング……あのアカの時と同様だ……………『入った』な……『ゾーン』に
……あの剣聖二世の小僧のように』

そんなとき、機嫌よさそうなトレイナの声が耳に入ってきた。っと、それどころじゃねえ。油断するな。集中集中。

『動体視力……周辺視野……そして……あのアカとの一戦、そしてこの戦いの果てで開花させた……『空間認識能力』……自分の身の回りの存在……それの速度や大きさ、さらには距離感などすべてを把握する……ゾーンという極限の集中状態に入りさえすれば……童よ……もう、誰にも貴様は捉えられぬ！』

何度も頭を蹴られたからか？　痛みを通り越して、逆にスーッとしてきた。

「つっ……膝が……だが、まだかな？」

「あ？」

「もっと完全に、完璧に、圧倒的にやってくれねーと……俺はお前さんに託せねぇ！」

右足が使えなくても、ブロはまだ戦意が折れてねえ。

残った左足だけで高く飛び、そしてそのまま左足を振り上げて、叩きつけようとしてくる。

……

「魔極真・天空カカト落とし!!」

俺の脳天を真っ二つにする威力があるのではと思わせるパワーを込めて振り下ろす足技を、俺は目を見開いて、その足技を見極めて、拳を叩き込む。

「ッ！」

「ここだ！　大魔スマッシュ！」

「なら、圧倒的に知りやがれ！　これが俺だ！　アース・ラガンだァァァ！」

「――――――ッッ！！？？」

俺の拳とブロの足がぶつかり合う。その瞬間、俺の拳の指が恐らく数本折れた音と……

「ぐお、があああああああああああああ!!」

ブロのアキレス腱が破壊される音と、呻き声を上げる声が響いた。

そして、両足を破壊されて苦痛に歪むブロに……

「歯ぁくいしばって、ぶっとべ！」

「ッ!?」

「大魔オーバーハンド!!」

トドメの一撃。

街では一度も当たらなかった。フォームもメチャクチャなただ勢い任せの大振りパンチ。

しかし、それがようやく当たった。

「はあ、はあ……どーだこらぁ！　これで満足か？　二度と俺に失望したような目を向けるなよ

な！」

顔面をぶん殴られ、激しく地面に叩きつけられながら転がるブロ。

意識は失ってないようだが、もう……

「カッ……は……ツエーな……ったく……『師範』と……『同じ』……ブレ……スルーってだけじゃねえ……ガハッ……迷いながらも最後は……道の先へと行こうとする……ひたむきに……」

倒れたブロは、もうその体に力は無く、こっちに向かってくる気配も起き上がる様子も無い。

「それでもまだ及第点ではあるが……それでも……希望を抱くには十分か……とりあえず、答えは出ちまったからな」

「おい……何一人でブツブツ言ってんだよ？　それより、どーすんだ？」

「ああ。まいっただ。俺の負けだよ、お前さん」

そして俺の問いにブロはスッキリした表情で仰向けになって体を広げた。

その瞬間、俺はブレイクスルーを解き、同時に勝利という結果に強く拳を握りしめた。

だが、その時だった。

「ふぉっふぉ……いやいや、なかなか激しい喧嘩じゃったな。途中、何度止めようと思ったことか」

「ッ！」

突如聞こえてきた、どこかで、というより最近聞いたことのある声。

「にしても……随分と早い再会だったのう。ケーキの若者よ」

「あっ……」

「あ？　誰だい？」

『げっ……』

そこにいたのは、ホンイーボで出会ったジーさん。当然ブロは知らなくて首を傾げ、一方でトレイナはものすごく嫌そうな顔。

そういえばあのとき、アカさんのことがあって聞きそびれたが、このジーさんって結局何だったんだ？　つか、それに何でここにいるんだ？


俺とブロの喧嘩を称賛するかのように、拍手しながら歩み寄ってくるジーさん。

『なぁ、トレイナ？』

とりあえず、このジーさんがどうしてこの街に居るのかは別にして、聞きそびれていたジーさんの正体を知らないと。

元連合軍の軍人とのことだが……

『ああ……こやつは……』

そして、俺の心を読んでトレイナは溜息吐きながら……

『かつて魔王軍と何度も死闘を繰り広げた、ジャポーネ出身にして、『連合軍』における最古参の戦士……『連合軍・副総司令』……『ミカド』だ』

「ミミミイ、ミカドオオオオッ！」

十分このジーさんも伝説で、俺は思わず声に出して驚いちまった。

　メッチャその名前知ってる……てか……伝説というか……歴戦の英雄でもある、ミカド！

「え……ミカドって……あの伝説の？」

「ほ？　なんじゃ、ワシの正体に気づいておったのか？　知らんふりをしていたとは人が悪いのう」

　いいや、気付いてませんでした。つか、まさかこのジーさんが……

「まぁ、君なら知っていてもおかしくないのう。ヒイロやマアムに聞いたか？　……アース・ラガンくん」

「ッ！」

「さっきの喧嘩で君が自分の名をそう叫んでいるのを聞いて驚いたわい。君が赤ん坊の頃に一度だけ見たが……ヒイロとは似ていなかったので、最初は気づかんかったが……どうして、君はここに居るのじゃ？　それに、ケーキ屋での話も気になるが……」

　俺のことを知ってる？　いや、そうなのかもな。

　だって、このジーさん……たしか、親父と母さんの戦友ってだけでなく……戦争での師匠みてーなもんだって……

　っと、それよりも、俺がどうしてここに居るか？

　それは……

「ケーキ屋では聞きそびれたが、何があったかワシに教えてくれんかのう？　ヒイロもマアムも、国は違えど共に血を流し、同じ正義と大義を掲げた戦友であり、そしてワシにとっては孫みたいなもの……君はワシの曽孫みたいなものじゃからな」

「……何が……あったか……」

「そして、何よりも……君の喧嘩は見ていて、かなり胸に来たわい……力になれるようなら、力になってやりたいのじゃ」

そう言って、ミカドは俺に最初に出会ったときと同じ、優しく温和な空気を纏って尋ねてきた。

「だが、その前に……こっちの用事を済ませてからじゃがな……ブロ・グレンくん」

「ッ！」

「……え？　ブロ？」

と、そのとき、ミカドが未だにポカンとしていたブロを見た。

何でミカドがブロに……

「調べはついておる。君が……『元・六覇大魔将』の『暗黒戦乙女・ヤミディレ』と繋がりがあるということはな。君は人間ではなく、半魔族だったようじゃがな」

「ッ！」

「教えてもらおう。あやつが今、どこにいるのかを」

……は？　六覇？　ヤミディレ？　え？　ブロが？　繋がり？　何で？　え？　どういうこと？つか、ブロって人間じゃなかったのか？　半魔族？

『そうか……こやつ、そういうことだったのか……それで、あれらの技を……』

『トレイナ！』

もう何が何だか分からない状況の中、今のミカドの言葉にどこか納得したようにトレイナが頷いた。

いやいや、いきなりすぎて分からねえよ。なんでブロが？

「御老公ッ！」

って今度はまた誰かがこの場に！　って、アレはホンイーボで現れた、あのローブの男じゃねぇか。

「ん？　なんじゃ？　今、大事なところで……」

話の途中に割って入ったローブの男にミカドも渋い表情を浮かべる。

すると、ローブの男は……

「また新たな情報が。ソルジャ皇帝の娘、フィアンセイ姫……そして、マアムがこの街に向かっているようで、もう目と鼻の先に居るそうです」

「……なぬっ!?　それは、本当か!?」

それは俺にとっては、ある意味で今日一番の衝撃的な内容だった。

……はっ？

「なっ……に？」

母さんが？　姫が？　なんで？　どうして？

この街に用事が？

いや、まさか……まさか……俺を？　いや、でもそれだったら、なぜ姫が？

でも、どっちにしろ、母さんがこの街に向かって……

「ブロ――――ッ！　大変だ、お――いっ……て、いた！　こんな所に……ブロ？　お、おいこれは……ど、どうなって……つか、ブロ、その怪我は!?」

「あ～、ま、後で話すさ。で、何があった？」

そのとき、バゲット頭が血相を変えてやってきた。

「い、今、街の入り口で……ひ、姫が……この国の姫が、しかも、七勇者のマアムも一緒に、他にも数人引き連れてやってきたぞ！」

って、マジかよ……

「カッカッカ……あ～、何だか急に色々と起こって困っちまうな～……こりゃ、早めに喧嘩を済ませておいてよかったぜ……ただ……」

その状況にブロは溜息を吐きながらようやく立ち上がり、そして同時に俺の肩に手を置いて……

「お前さんには都合が悪いか」

「ッ!?」

何かを察しているかのように、ブロは俺に微笑んだ。

「ブロ……まさかあんた……俺のこと……」

「さあ？　知らねーな。お前さんは、イカしたダチ。俺はそれしか知らねえ。だから……帰れるかもしれないが……それでも帰る気がないなら……それがお前さんの歩む道なら、さっさと行っちまいな」

そして、その手で俺の背中を叩いて押し出してくる。

俺に「行け」と言っている。

「ふっ、最初はどうしようかとも思ったが……でも……お前さんなら……」

「ん？」

「師範を歪んだ野心と思想から……あいつのことも……な」

「師範？　あいつ？　何のことだ？」

「な～に、お前さんがいつか、俺の初恋でもあった師と……『妹分』に会うことがあったら――」

ブロが何を言っているのかよく分からなかった。

師？　妹？　それが一体、何の関係が？

ブロは結局その意味を最後まで告げぬまま顔を上げ、

「行って来い、アバヨ！」

そう言って、どこか今生の別れを思わせる言葉を言って俺の背中をまた叩いた。

その言葉を受けて俺は……

「ああ、またな」

そう、返した。

「ぬっ？　これ、アースくん、何をしておる？　今、マアムが来たようじゃし、一度話を――」

「ブレイクスルーッ!!」

「……ほっ？」

「じゃあな、ジーさん！」

「ッ!?」

色々と俺の力になってくれようと、親切心を見せてくれたジーさんだったが、申し訳ないが俺はもう「やらかしたこと」を過去にして前に進んでんだ。

今更、後戻りをする気はないと、ブレイクスルーを発動させてその場から一瞬で駆け出した。

夜の街を駆け抜けて、そして……


「ッッ、坊ちゃまッ!!」

「「「「ッッッ!!!???」」」」


聞こえてしまった、その声。

だが、その声が響いたときにはもう遅い。

ブレイクスルー状態の俺に一歩遅れたら、もう誰も追いつけない。

さらに……

「ッ、アース! ちょ、待って! 待って、アース!」

「坊ちゃま……どうか……どうか、話を!」

「アース、どこへ行く! 我だ! 我が来ているのだぞ、アース! 止まれ、と、止まって!」

「アース、何をしている! 待て、俺たちに何も言わず、また行くのは許さんぞ!」

「待ってよ、アース!」

一瞬の隙を突いて駆け抜けた俺に、母さんたちが即座に反応し、体を反転させて俺を追いかけようとしたが……

「おっとぉ、こっから先は通さねーぜ?」

「は？　ちょ、何よ、あんたは！」

そのとき、あいつが母さんたちの前に立ちふさがった声が聞こえた。

「男が一度決めて飛び出した覚悟を……邪魔しちゃいけねぇな」

「な、んですって？　っていうか、誰よあんたは！　一体、どうして邪魔をするの？」

「あいつもかなりヤンチャかもしれねーが、考えと想いがあって走ってる。それをもう少し見守ってやれねーかい？」

「は、はぁ？　な、なんであんたにそんなこと……何なの？　だいたい、あんたに何が分かって私たちの邪魔をするっていうの？」

「分かるさ。俺も……男だからな！」

俺は振り返らなかった。止まって振り返りそうになったが、その瞬間あいつが俺の心に「止まってんじゃねえよ、バカやろう」って叫んでいるように感じたからだ。

とはいえ、俺との喧嘩で既にボロボロのブロだ。一人で母さんたち全員を食い止められるわけがない。

そう一人なら……

「男だから？　あら、女にも分かるのよ？」

「……は？　お前さんは……」

「あなたと同じ、ハニーの味方よ」

そして、それは俺も完全に予想外の声だった。

「今度は誰？」

「ハニーだと？　おい、貴様！　ハニーとは、だ、だ、誰のことだ！」

現れたその新たな声に、母さんも姫も動揺しているな。まぁ、俺も驚いている。

すると、あいつは堂々と……

「ハニーとあなたの喧嘩、何度手を出そうかと思ったけれど、男と男の意地の張り合いに女が手出しするのは無粋と思ってずっと耐えたわ。そういうのに、手出しする女はハニーにウザいと思われるかと思ってね。だけど、これに関してはよく分からないけれど、私も手出しさせてもらうわ！」

まるで、「ずっと見ていた」と言っているかのように、あいつの声が聞こえた。

「振り返らず、行ってらっしゃい、ハニー！　誰にもあなたの旅路の邪魔はさせないわ！」

「ひゅう、いいじゃねえか姉ちゃん、気に入った！　後で一杯奢らせてくれよ！」

「あら、結構よ。私は当然のことをしているまでだから」

あいつ！　あいつら！　思わず胸が熱くなっちまった。

「あなたたちは……何者です？　どうして私たちの邪魔を？　一体、坊ちゃまの何なのです？」

「何者？　あいつ（ハニー）の味方だょ！」

戸惑うサディスの問いに、堂々と答える二人の声が響いた。

『ほほぅ……たった数日で……あのアカといい……目を見張る力を持った者たちが、貴様のために体を張って動いてくれるようになったものだな』

そんな中、走るオレの傍らでトレイナが感慨深そうに呟いた。

そしてその通りだった。

『どうだ？　帝都など狭いものだろう？　少し外に出さえすれば、貴様が勇者の息子ということを

知っていようが、知らなかろうが……貴様自身を見て、貴様自身のために動いてくれる者も居るということだ』

「ああ」

『だから、その想いを精々無駄にせず、報いるためにも、今は走れ』

その言葉を何度も嚙み締め、そして心の中であいつらに感謝しながら、夜の街を抜け出して、そのまま森の中へと走った。

このまま振り返らず、俺は……

「だから、待ってって、ねえ、アース！」

「坊ちゃま！」

「我が止まれと言っているのが聞こえんのか！」

いや、三人だけ……三人だけはあの二人を搔き分けて飛び出して、俺の後を追ってきた。

リヴァルやフーが居ないことから、二人を分断したってことか？

だが、よりにもよって……

「……ちっ……」

よりにもよって、あの三人。くそ……

『……ほう、マアムは当然だが、あの二人もやるな……ブレイクスルーの貴様に追いつけないまでも、決して姿が見えなくなるほどの距離までは離されない……』

「ぬっ……」

『時間切れになったら……追いつかれるかもしれんぞ？』

まずいな。さっきのブロとの戦いで、もうそれほど長くブレイクスルーは使えねえ。

ブレイクスルーが解除されたら、追いつかれる。そう告げるトレイナに、俺は納得しちまった。

そりゃそうだ。ただでさえ、俺は結構疲れている。

そして、相手はあの三人だ。

「そういや、俺は……かくれんぼも、鬼ごっこも……サディスに一度も勝ったことなかったんだよな……姫にも一度も勝ったことねーし……母さんは言わずと知れた、勇者……」

このまま、ブレイクスルーが切れたら追いつかれる。

そうなると、俺の意志に関係なくとりあえず……連れて帰られる？

「ふざけんな。ここに来て、断ち切った過去がいつまでもウロチョロして、俺の旅立ちの邪魔をするんじゃねえ」

舌打ちしながら、俺はとにかくひたすら走って、走って、走り続けた。

そんな追いかけっこをしていた、俺たちはまだ誰も気づいていなかった。


「ソ・コ・ニ・イ・タ・ノ・カ」


闇夜に輝く月を背に、俺たちを見下ろす影。

「まさか……こうも早く見つかるとは……ブロにも協力させて捜すつもりだったが……フフフフフ……我が唯一無二の神よ……あなた様を失ってから、約四億九千八百三十四万秒……久しぶりに胸が高鳴りました……アレが、あなた様にとって何なのかは分かりませぬが……大魔の力を受け継ぎし者は、全て我が手に！」

その影は、漆黒の翼を羽ばたかせ、涙を流しながらも笑みを浮かべて……

「そのためなら、群がるハエは全て消しましょう。……ア・レ・ハ・ワ・タ・シ・ノ・モ・ノ・ダ」

暗黒の戦乙女の鎧を纏いし女神の狂気が、俺のすぐ傍まで迫っていた。

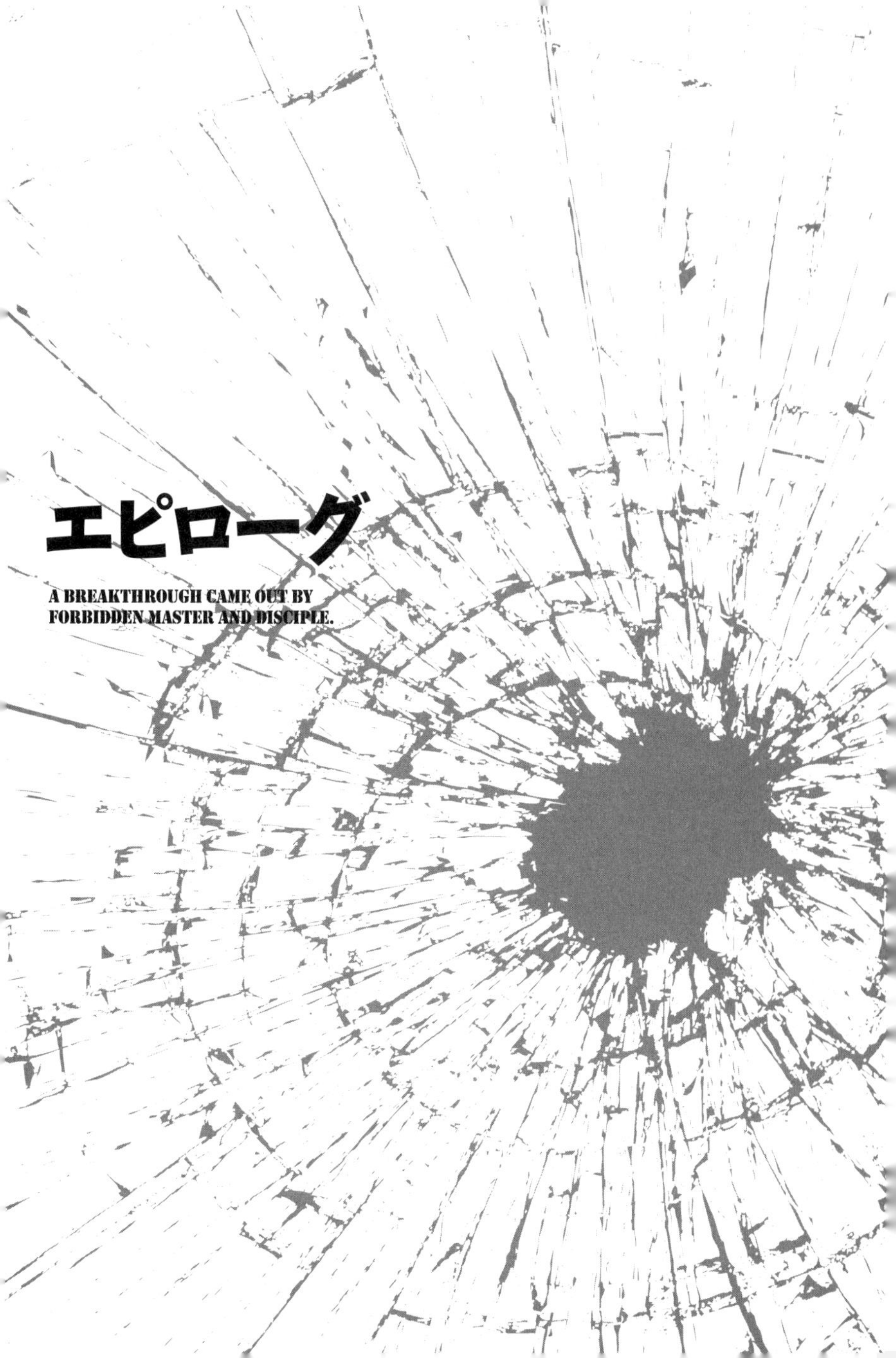
エピローグ
A BREAKTHROUGH CAME OUT BY
FORBIDDEN MASTER AND DISCIPLE.

この私が全速力で駆けて追いつけない。

子供の頃、坊ちゃまと鬼ごっこをしたときは、追う側でも追われる側でも私は坊ちゃまを手玉にとりました。

しかし今、こうして全力で追いかけても、その坊ちゃまの背に追いつけない。

無力な自分がもどかしく、悔しく、情けなく、しかし一方で、このような状況下でこんな想いを抱くのは不謹慎だと思いつつも、どうしても思ってしまいます。

「あの御前試合での力はやはり本物でした……坊ちゃまは……私の知らない間に……私が傍に居ながら気づかないうちに……本当に大きく……そして強くなられている……」

なぜ、坊ちゃまが大魔王の技を使われたかは分かりませんし、アレは何かの間違いだったのではないかと思ったりもしました。

でも、これだけは捻じ曲げてはいけない真実。

坊ちゃまは本当に、強くなられました。

私にとっては、いつまでも小さい頃から変わらないと思っていた坊ちゃまは……私の手を離れて……


『よし皆、今日は将来の予行演習もかねて、我と一緒に帝国おままごと、するぞ！』

ふと、昔のことを思い出してしまいました。

宮殿の庭でかわいらしいお遊びを提案されている幼少期のフィアンセイ姫。

その提案を受けて、恥ずかしいのか微妙な顔をされている、坊ちゃま、フー様、リヴァル様。

『我は当然、皇后だ！　うむ、当然だ！　で、リヴァルは帝国騎士団長兼帝国大戦士長だ！』

『俺が？　そのようなすごい役を？』

『うむ。そして、フーは帝国最強の大魔導士だ！』

『うんうん！　よーし、やるぞー！』

それは、この子供たちならば将来的に十分可能性のある役職でもあり、本当に予行演習でもありました。

まだ、五歳のとっても小さな神童たち。

その初々しい姿を眺めている当時九歳だった私は、坊ちゃまの宮殿への送り迎えと併せて、宮殿のメイドのお姉さまたちに嗜みや作法を学ぶ日々でした。

そんな懐かしい日の光景。

そして、姫様の提案されるおままごとに不満そうな坊ちゃま。

『……俺は？　え、なんで!?　なんで、リヴァルが騎士団長も大戦士長もやってんの？　俺じゃないの？』

『え？　う、う～ん、そうだな、わ、我としたことがアースの役を忘れていた、うっかりうっかり、う～ん』

嘘です。

ものすごく嘘だとバレバレな「うっかり」という様子を見せる姫様。

そして、姫様はかなり照れた様子を見せながら……

『よ、よーし、おわびに、そのな、うん、アースには皇帝の役をやらせてやろう！　お、王様だ！　嬉しいだろ！』

『え～、皇帝～？』

不満顔の坊ちゃま。リヴァル様も若干拗ねてらっしゃいました。

そう、その役柄、結局蓋を開けてみれば皇帝と皇后役は……

『では、スタートだ！　あ～、陛下、い、いえ、二人のときは、あ、あなた……ごはんにする？　お風呂にする？　そ、それとも、わ、われ？』

それは、もう皇帝も皇后も関係ありませんでした。

いや、もうなんというか、リヴァル様とフー様が蚊帳（かや）の外なおままごとでかわいそうでした。

でも、一番かわいそうなのは……

『ん～、やっぱ、おままごとなんてつまんねーよ、他の遊びしよーぜ』

『えっ？　う、う～……だめ、命令だ！　アースは、皇帝役なんだ！　なんだから！』

『ちげーもん、俺、父さんみてーな勇者になるんだから、そっちがいい！』

あれだけ分かりやすい姫様の態度に一切気づかないというか、興味がないというか……姫様が一番かわいそうでした……が……

『おーい、サディスー、ねえ、サディスもあそぼーよ！』

おままごとそっちのけで、ある意味いつでも遊べるはずの私のもとへと駆け寄ってくる坊ちゃま
……そんな姿に姫様がむくれて……

『だめー！』

坊ちゃまを捕まえて手を引っ張る姫様。そして、姫様は私を睨み付け……

『私たちだけで遊ぶんだ！　おばさんはいらないんだ！』

『あ？』

そして、私は思わず声を漏らしてしまいました。

『サディスはおばさんじゃねーよ！』

『ちがう、おばさんだぞ、アース！　だって、サディスは九歳だ！　もうすぐ十歳になるんだ！

そーいうの、メイドたちが言ってた、あ、アラなんとか……だから、サディスは、アラテンなんだぞ！』

『ちげーもん！　サディスは……び……びじんだもん……』

恥ずかしそうに、ちょっとモジモジしながらそう仰ってくださった、あのときの坊ちゃまは、どちゃくそかわいすぎて、私はもう……

『だめえええ！　べーっだ、べーっだ、べ────！』

『あ、おい、フィアンセイ！　引っ張んなよぉ！』

『年増怪人サディスはあっちいけー！　べーっ！』

姫様は怒って力ずくで坊ちゃまを連れて、私にアカンベー。

正直、姫様のことも私は赤ん坊の頃から知っていることもあり、私にとってはちょっとした妹的な想いも無きにしもあらずでした。

でも、やはり幼い頃の私は、とにかく坊ちゃまへの独占欲のコントロールが下手で、坊ちゃまがそのまま連れて行かれるかもしれないと思った瞬間……

『……坊ちゃまだれにもわたしませんん……』

『ひいっ⁉』

『どこにもつれていかせません。で？　誰が年増怪人ですか？　ん？』

一瞬で姫様の前に回りこんで通せんぼ。

恐怖で顔を引きつらせる姫様。そして、姫様を……

『ぐっ、お、俺がフィアンセイを守る！』

『リヴァル～、だめだよ、サディスには勝てないよぉ……』

正に、ナイトと言わんばかりに私に怯えながらも姫様を守ろうと木の枝を構えるリヴァル様。

リヴァル様の陰に隠れてビクビクしているフー様。

そして、私は……

『ふぅ……全員、おしりぺんぺんです……坊ちゃま以外』

『『『ッッ！！？？』』』

『全員のお父様たちには、そういうのしてもいいって、私、許可貰ってます』

圧を出してのお仕置き宣言。

すると、もう幼い頃の私よりも更に幼かった姫様たちはガクガク震えて……

『う、う～……皆のもの、怪人サディスから逃げろー！』

『え、鬼ごっこ？　でも、よーし、今日こそサディスに勝ってやる！』

『ぐっ、お、覚えていろ、いつか勝ってみせる！』

『か、……勝てっこないよ～……』

とにかく、私から逃げろと声を上げる姫様。

鬼ごっこならと、張り切る坊ちゃま。

悔しそうなリヴァル様。

弱気なフー様。

そんな四人の神童たちでしたが……

『逃げますか？　いいでしょう。では、十秒待ちます……十、九、八、七、六、五、四、三、二、一……もーいいですか～？　ダメでもいきますけども……っというか……』

『『『『あっ……』』』』

『もう、全員捕まえてました……』

十秒後に始まって、その後五秒以内に四人とも私の両脇に抱えられてお縄になりました。

『そ、んな……は、はやすぎる……』

『ち、ちくしょう……今日だけは五秒は逃げようと思ってたのに！』

『これが……新時代の新星サディス……父上も認めた……』

『だから勝てっこないって言ったのに……』

そう、あのとき私たちにはそれほどまでに力の差があったのでした。

『ははは……すごいな、サディスは……あの四人もサディスのような存在が居ると、まだまだ頑張らないと、と意識するだろう』

『ああ。やっぱ、サディスは十二歳を待たずに、飛び級の特別待遇でアカデミーに入学させてもいいかもしんねーな』

　そんな私たちを、皇帝陛下と旦那様、時にはそこに皇后陛下や奥様が、仕事の合間の休憩に微笑みながら見ていらっしゃったものでした。

『しかし、マアムが『旧・魔導都市シソノータミ』で保護した子が、これほどの天才だったなんてね……』

『ああ。あんときゃ……なかなか心を開いてくれなかったけど……でも、今はもうほんと、アースの『お姉ちゃん』だぜ』

『大魔王トレイナが滅んで五年……心の傷も癒えているようで何よりだ……このまま、フィアンセイにとっても姉であり、身近な目標となってくれたらいいなと思うよ』

『……まぁ、何もかもが終わったってわけでもねーけどな……あの都市に関しちゃ大きな『謎』も残ってる……旧六覇の『ライファント』たちもそのこと知らねーみてーだし……そして、その謎を知ってそうなのが、トレイナがあの都市を滅ぼしたときに唯一帯同してたっていう、あの『ヤミディレ』だしな』

『そのライファントが、ヤミディレは魔界ではなく地上に潜んでいる可能性が高いと言っていた……それが当たっていた場合……たとえば、魔界との大戦にも一切関わることのなかった、『鎖国国家カクレテール』などに潜んでいたら……』

『俺らも迂闊に手ぇ出せねえ……ったく……トレイナを倒し、少しずつ魔界との仲に進展をと思っていても、気になることがどうしても拭ぇねえな……それに……一番気がかりなのは……『ハクキ』……』

『だね。それにやはり、トレイナの影響力は魔界でも魔族の間でも未だに根強い。『神・トレイナは生まれ変わっているはず。生まれ変わりを探し、神を再び』なんて宗教団体や、『大魔王トレイナの残した埋蔵金』なんて伝説が流布して眼の色を変えるハンターたちも居るしね……』

戦後からまだ数年、あらゆる激務で心労が絶えない陛下と旦那様でしたが、それでも姫様や坊ちゃまを見守るその瞳は優しく、そして抱えていた悩みも坊ちゃまたちこれからの時代を生きる子供たちのためにももっと頑張ろうという意志が溢れていました。

だからこそ、私は恩ある旦那様、そして奥様のためにも、坊ちゃまを何があっても守り、そして正しく育てるのだと幼い頃からずっと決めていました。

『さぁ、坊ちゃま。帰りましょう』

『サディス、は、はずかしいから、だ、だっこやめろよー』

『いいえ、坊ちゃまはまだ子供だから抱っこなんです。それと、外で遊んで、ばっちくなりましたので、お風呂に入ってキレイキレイしてあげます』

ジタバタ暴れようとも、強引に坊ちゃまを抱っこして『私のものだ』とアピールする私。

そんな私にお尻ペンペンされて這いつくばって歯軋りしている姫様。

『う〜、アース……おのれ、サディス……アースは我のものなのに……』

そう、いずれ坊ちゃまは姫様と……それが、この帝国を、そして世界を、人類をより良く導くことへと繋がると、私にも分かっていました。

ですが、もう少しだけ私が……そんな想いを抱きながら私はずっと坊ちゃまを……

「何がまだまだ子供ですか……私は……自分で……旦那様より、奥様より、私が世界の誰よりも坊ちゃまを知っていると思っていましたのに……」

自分の無能さが、節穴が心から恨めしい。

『くそ～、いつかサディスに勝ってやるー！　そして、サディスより強くなって……いつか……いつか……サディスを……お、およ、め、……しゃんに……』

『……ふふ……ふぁいとです、坊ちゃま』

なぜ、私は強くなった坊ちゃまに、まだ直接褒めることすらできていないのです？

坊ちゃまが大きくなり、強くなられたら、誰よりも先に私が「立派になられました」と言って差し上げるのが私の役目。

それなのに、今の私は坊ちゃまに声を掛けることもできず、無視され、追いかけ、追いつけない。

私が追いつけない光速で駆け抜ける坊ちゃまの背を見ながら、私は唇をかみ締めながらも、とにかく必死にその背を追いかけました。

◇◇◇

いつからだろうな……

常に我と対等、いや、幼い頃は我らのリーダーとして皆を引っ張っていたはずのアースを、いつからか我は軽く見ていたのかもしれない。

アースは幼馴染の中でも成長速度や、リヴァルやフーのように誰にも負けない特出した才があったわけではなかった。

アース自身もアカデミー入学の頃にそのことを自覚していたようで、昔のような夢を語ることもなく、どこか不貞腐れていた。

そんなアースに我は、「我の夫となってこの国の次期皇帝となる男がそれではダメだ」、「もっとアースを良き男にするのだ」と、「婚約者」としての使命を全うしようと、厳しく接した。

本当はもっと人目も気にせずに、同年代のカップルたちのようにイチャイチャしたりデートをしたりしたかったが、アースが誰にも文句を言われないぐらいの男になってからと、我は自分を戒めて堪えていた。

たまに、アースに言い寄ろうとする女たちも居なくはなかったかもしれないが、うん、まあ、それは、うん。

せめて、アカデミーの卒業までは……そう思っていた。でも、アースも男の子。サディスからの情報ではイヤラシイ本を所持していたことも確認済み。もし、アースが堪えきれないようであれば、まあ、そこらへんはいつでも来いとばかりに我も構えていたのだが、結局アースが我を押し通すことはなかった。

だから、時折不安にもなったりした。

アースは我と進展したいと思わないのか？　と。

そんな不安があったからこそ、御前試合でアースが我に勝って優勝して告白的なことをしようとしているのを知った時は、天にも昇るほど嬉しかった。

そして、アースがリヴァルを圧倒するほどの力を振るったときは、驚愕したが、同時に胸が高鳴った。

男としてのアースの魅力が許容範囲を超えて、すぐにでも抱いて欲しいと思うぐらい我は興奮していた。

しかし、そんな夢見心地だった我の前から、アースは逃げ出した。

理由はまるで分からない。ヒイロ殿を殴り、何かに絶望し、そして話によるとかつて滅んだ大魔王の力を振るったとのこと。

いつもアカデミーで一緒だった我は何度もアースと模擬戦をしていた。

我はこの世の誰よりも、それこそサディスよりもアースの力を知っている。その我ですらアースの振るった力を知らなかった。

我の知らないところで、アースの身に何かが起こっていたのは明白だった。

だが、それをいくら考えても分かるはずがない。

だからこそ、我は追いかけるのだ。

いかに妻になる身とはいえ、我はジッとしているだけの女にはならん。

『フィアンセイちゃん……ううん、……姫様……アースの追跡は私たちに任せてください』

『何を言う、マアム殿。夫の家出を妻として放っておけるか！』

『そのことも……うん……私も、ヒイロも陛下も……いつか本当にそうなってくれたら……って夢を語っていました。でも……それは私たちの願いであって……アースの気持ちを無視していたものでした。そのことに、私たちは……』

『??』

『貴方にも……本当に申し訳ないことを……変に期待させるようなことをしてしまったと……』

まったく。未来の母にまでこのような気遣いをさせてしまった。

つまり、アースが色々とやらかしてしまい、更には帝都の民からも罵倒されてしまった現状では、アースが我の夫となることは難しく、むしろ我に迷惑をかけてしまうという気遣いからこのようなことを……

『何も言わずともよい、マアム殿』

『姫様……』

『確かに……我はアースのことを分かっていなかった……我にとって一生の不覚』

どうして、アースがこうなったのか？　アースに何があったのか？

しかし、そのことを思い悩んでいても答えは出ないのだから、今は考えても仕方ない。

『だが、分かっていなかったのなら……これから知る。そのうえで、我は何があろうと、たとえ世間がアースをどう思おうと、我はアースを見捨てない。アースを諦めなどせん』

そうだ。せっかく両思い……それはもう恋人同士と言って差し支えなく、恋人だったとして別に別れる予定もないのだから、すなわちもう夫婦なのだ。

『いえ、そうではなくて……アースは……姫様のことを……その……一人の女性としては……』

『はいはい、分かった。では、捕まえてから改めて我に惚れさせる。それでよいな？』

『姫様！』

『ふん、そんなことで我が引き下がると？　恋に障害は付き物で、それを乗り越えてこそより燃え上がるもの。では、アース捕獲に向けて出動だ！』

あまりにも、マアム殿が我に気を遣って『アースは我を愛してないから、もう我には……』的なことを言って、我をこの件から遠ざけようと「嘘」を言っているようだが、そんな手に乗るほど我はお子様ではない。

アースと我の縁。それは誰にも断ち切ることも、覆せないものだ。

我がアースと初めて出会った、『あの時』から……

「だから、待てと言っているのに……アース！」

にしても、女に追いかけさせるとは、やはり相当の仕置きが後で必要だな。

そして、我が全力で追いつけないとはな。

だが、どんなに逃げてもどこまでだろうと……

「通さないと言ったはずよ？　無視しないでくれるかしら」

「「「ッッ！！？？」」」

若い女の声。そして気配。

我ら三人が同時に足を止めた瞬間、我らの目の前には三本の小刀が上から降ってきて地面に突き刺さる。

「その声、さっきの女か！　リヴァルたちから逃げて来たのか！」

「私たちの前から逃げたのはあなたたちでしょう？」

「我らが逃げただと？　無礼な！」

上を見上げたとき、一人の女が木の枝の上に居た。

「無礼は承知よ。でもね、私は迷惑がっているハニーの気持ちを優先して、ここで足止めさせてもらうわ」

「なにを……ん？」

　さっきも我らの前に立ちはだかった謎の黒髪の女。逃げるアースを追わせないために我らの前に立ちはだかっているようだが……アースとどういう関係というか……

「そ、そういえば……貴様、さ、さっきも……は……ハニーだと？」

「ええ、そうよ。私は……先日彼に出会い、そして彼に男の魅力をこれでもかと見せつけられ……ベタ惚れゾッコンラブなのよ」

　は？

「でも、私はまだ彼と出会ったばかり。今を自由に生きようとする彼の旅にベタベタイチャイチャ付きまとって、鬱陶しいと思われたくはないの。だから、今の私にできることは、忍として陰から彼を支えて力になるだけ……だから、あなたたちをここから先へ行かせる気はないわ」

　はにー？　は、はは、はにいい？　こ、こいつ、こ、こ、この女……

「おい……何を勝手なことを言っている……貴様とアースの間に何があったかは知らないが、人の夫の周りでチョロチョロと……アースと我は小さい頃からの仲だ！　後から出てきた新参者は引っ込んでいろ！」

　虫唾（むしず）が走る。腸が煮えくり返る。我とアースの間に割って入ろうとする泥棒猫……

「夫？　小さい頃から……嗚呼、なるほど……そういうことね……」

「何がだ？」

「あなたが彼の初恋の、今でも忘れられない人ね」

「ん？　そうだ！」

「ふふふ、なるほど……そういうことね」

すると、泥棒猫は我を見て何かを納得したかのように頷き、そして馬鹿にするように鼻で笑った。

「いくら、私が彼に惚れているとはいえ、それでも出会ったばかり。もし彼が昔から想いを抱き、どうしても忘れられない女性が居るならば……その女性の方が私よりも彼を幸せにできるならば……私は黙って身を引くことも考えていたけれど……」

「ぬ？　な、なんだ？」

「いえ、ごめんなさい。大変失礼を承知で言うのだけれど……確かに、美人、胸もまあまあ……でも、ふふ、貴方なら全然勝てそうだと思ったの」

「……なに？」

その瞬間、我は理解した。

変な足止めで遠のいてしまうアース。

しかし、ここでこの女を無視しても、これからもこの女は立ちはだかって邪魔をしてくる。

今、ここで叩いておかねばならない敵だ。

「アースがいつの間に……そんなにモテていたなんて……」

「坊ちゃま……」

正直、今はこんな奴に関わっている場合ではない。

しかし、我の女としての本能が言っている。

「仕方ありません。奥様……ここは私が……」

「そうね……初恋のくだりとか、色々変な勘違いが起こっているみたいだし……」

この女から逃げるわけにはいかない。

そして、倒すのはマアム殿でも、サディスでもない。

我だ。

「二人は逃げているアースを。ここは、我がやる」

「「いやっ!? 姫様!?」」

流石に我を置いて先に行くことに躊躇う二人だが、そうも言っていられない。

「これは命令だ! これでアースを見失うわけにはいかない! だから先に行って捕まえておくのだ! 我はこの猫に仕置きをしてからすぐに追いつく!」

「く、姫様、でも……」

「我を誰だと思っている! ここで逃がせばすべて水の泡だぞ!」

「なら、せめてここは私が……いくら何でも姫様を一人でなど……」

「我がやる! いや、やらねばならんのだ! 早く行け! 見失うぞ! これは、姫としてではなく、一人の女としてのプライドを賭けた戦争だ!」

「っ、ぐっ……わ、分かりました、姫様、でも気をつけて! 無理はされないように!」

だから、これは命令だと強調し、二人を行かせる。

「ちょっと、誰も行かせないと――」

「そうだな。貴様を二度とアースのもとへは行かせん」

「ッ!?」

「帝国流槍術・槍源郷‼」

槍の「突き」そのものを風圧のように飛ばす我の攻撃を回避。

なるほど、少しはできるようだな、この女。

「風遁！」

「ッ⁉」

「浪漫御開帳の術！」

しかも回避しながら攻撃？　魔法？　いや、大した魔力を感じない。

風？

しかし、それは微風程度で、我の足元で少し吹くだけで、……ッ⁉

「あっ、す、スカートが……くっ、なんのつもりだ？」

少しだけスカートが捲れてしまった。

まぁ、相手は女なので別に下着ぐらい見られても問題ないが……

「へぇ……白……一応、彼の好みは押さえているのね」

「ぬっ⁉　な、なに？」

「しかも、高級品質なシルク……良い所のお嬢様かしら？　姫様なんて言われていたけど、あながち……」

「いや、ちょ、ちょっと待て！　急に何を……」

アースの好み？　ど、どういうことだ？

「貴方も知っているのでしょう？　彼が大好きな白い下着……ちなみに、先日私は見てもらったわ」

アースにパンツを!? い、いや、わ、我だって多分、気づかない間に見られたことぐらい……で、でも、そうか、アースは白が好きなのか……わ、我、今日のはたまたまで、黒派だったのだが……いやいや、それよりも、アースのやつめ、わ、我以外のパンツを見るとは何事か！

やはり仕置きが必要だ。

しかし、一方で我とアースはプラトニック過ぎる。というか、我があまりそういう隙を見せないから、アースも艶本なんぞに手を出すのかもしれん。

そ、それならば、ぱ、パンツぐらい見せてやってもいいかもしれんな。

ぬぬぬ、パンツか……そのままアースは鼻血を出して我を襲うかもしれんな……でも、そうなったらそうなったで……むふふ。

っと、今はそんなことよりも、目の前の卑猥な女に集中だ。

「ふん。身の程知らずな夢想の女……誰の男に手を出そうとしたのか、毛穴の奥まで思い知らせてやる」

「早急に朽ち果ててもらうわ。彼を苦しめる過去の亡霊は、この私が成仏させてあげるわ」

互いに譲れない。そんな想いをぶつけ合った私たちは……

「せめて名ぐらい聞いてやる。名は？」

「シノブ・ストークよ」

「そうか。我は――――」

「分かっているわ。あなたが……彼の思い出の女性、サディスさんということはね」

「……ん？

え……ん？

「……違うぞ……？」

「え……？」

いや、なんで我とサディスを間違える？

「「…………………」」

そして、何で貴様はそれほど驚いてキョトンとしている？

というか、何てとんでもない勘違いをしているのだ？

「まあ、いい。どちらにせよ、ハニーは……」

「そうね。どちらにせよ、アースは……」

すぐに気を取り直して構え合う我ら。

「「我のモノだ!!」」

そして、互いに譲れないとぶつかり合おうとした……その時だった。

「イイヤ……アレハワタシノモノダ」

「「え……ッッ！！？？」」

「身の程を知れ……人間の小娘共め」

そして、我の意識はそこで途絶えた。

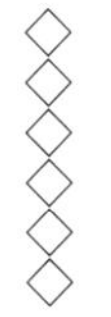

『くっ、殺せ！』

未だに覚えている。

あの御方と出会ったのが今から何秒前で、何秒間あの御方にお仕えしたのかを。

初めてあの御方と出会ったときの私は、まだモノを知らぬ愚かな小娘。

声も姿も見せぬ無能なオーディンを神などと仰ぎ、愚かしくも真の神に反逆した大罪人。

それが、天空の戦乙女としての私だった。

『私は決して魔族などに屈しない！』

太古の時代より存在した、『雲の上の王国・エンジェラキングダム』は『天空族』という我ら種族のみが生息する地。地上の世界に基本的に干渉しないものだった。

伝説。御伽噺。翼を羽ばたかせる美しき女神たちの楽園。色々な話が地上で流布しているようだが、実在する世界だ。

我ら天空族は雲の上で生まれ、雲の上で育ち、雲の上で学び、雲の上で子を成し、雲の上で生き、雲の上で死ぬ。

しかし、魔族と地上世界の戦争が激化し、その影響が天空まで響くことに憂慮した血気盛んな私は、戦を早々に終わらせてやると粋がって、魔界に乗り込んで魔王の首を取ろうとした。

なぜ魔界に？　それは、「魔王＝悪」というのが常識だと思っていたからだ。

だから、戦争も悪い魔族たちが地上を侵略して悪いことをしている。そんなことをする魔王を倒す私は正に正義の味方。神の使者だと思い込んでいた。

そして、何百何千の雑兵を蹴散らした果てに、魔王が自ら私の前に現れたのだが、私はその圧倒的な力の前に生涯初の敗北をした。

『ほう……余の髪を一本切ったか……それだけで十分快挙と言えるな。流石に『良い眼』を持っているな』

最強を自負した私の力は、大魔王の髪の毛を一本切っただけで、それ以上、掠り傷一つ負わせることができなかった。

自分こそが世界最強であり、神の使徒であると思っていた私の誇りはズタズタにされ、死を覚悟した。

しかし、あの御方は這いつくばった私に仰った。

『ふっ、天空の戦乙女の小娘か……まだ若く美しき容姿からは分からぬ人智を超えた力は余の魔王軍を存分に震撼させた……惜しいものだな……将来有望であり、いずれは魔王軍と魔界の命運を左右させたかもしれぬが、このようなことでその可能性を潰すとはな……』

命乞いはせずにせめて潔く死のうと思った私に、その言葉は衝撃だった。

魔王は私に「美しい」、「惜しい」と言った。それだけで、頭脳明晰だった私は理解した。

そう、『魔王は世界も種族も、あらゆる壁も超越して、この私に惚れてしまったのだ』と。

少し、魔王の性別が「どっち」なのか気になりはしたが、もうそういう低レベルなものは関係ないのだ。

しかし、立場上は魔王であるがゆえに敵である私に情けをかけられないのだ。

なんという悲しき愛。

故郷でも、己を高めることしか興味の無かった私は、ハッキリ言って恋愛経験は皆無だった。

中には、私に憧れの眼差しや同性でありながら「お姉様」などと言う女や、言い寄ってくる臭くて汚い男たちも居たが、私は相手にしなかった。

そもそも、私よりも弱いような連中と添い遂げるなど考えられなかった。

だが、魔王は違う。私よりも強い。というより、この私が生まれて初めて出会った、私よりも強い存在。

しかもその存在がこの私に惚れているのだ。こんな悲しいことがあるだろうか？

だが、私はその想いを受け入れることは出来ない。

なぜなら、私は戦乙女。大神オーディンに身も心も捧げたのだから。

『オーディンか……姿形も知れぬ者のために死ぬというのなら、それもよかろう』

オーディンに嫉妬！　私が身も心もオーディンに捧げていることを魔王は嫉妬した。

その瞬間、私の胸は高鳴った。そして、同時に私の心の中の想いがグラグラと揺らいだ。

そもそも、何で私はオーディンに身も心も捧げたのだ？　オーディンとは我が故郷に伝わる我らの神。

しかし、会ったことも姿を見たことも声を聞いたことも無い。ただ、親や周りの者たちが「神」と崇めて、そう教育されたので、私も自然とそういう風にしていた。

だが、よくよく考えれば、私はオーディンに何かをしてもらったことはない。

そんな存在に何か意味があるのだろうか？　オーディン？　何もしない無能者のくせに、先祖代々からの洗脳教育のようなモノで妄信され続け、我らの頭や心に住み着こうとする寄生虫ではないか。

一方で、目の前には私よりも強く、そして私に想いを寄せている人が居る。

しかし、あらゆる障害や立場に苦悩し、自分の心を押し殺して仲間や種族、そして魔界という世界のために戦おうとしている。

そのあまりにも尊い姿に私は気づけば感動していた。

いいのだ。貴方は……貴方様はそこまで苦しむ必要はないのだ。

クソカスビチグソオーディンなんぞに嫉妬する必要はない。

とはいえ、魔王は自らの手で私を連れ去って自分の女にすることはできないだろう。

ならば、私から傍に行ってやる事でしか、添い遂げることは出来ない。

『……命乞いはしない……しかし……大魔王様……私を貴方の右腕にしてほしい』

『……へっ？』

魔王すら驚いた私の提案。まぁ、色々あったり古参のジジイ共が煩かったが、最終的に私は受け入れてもらえた。

もちろん、最初は魔王軍の下っ端歩兵から始まった。

だが、私は数年でライバルたちを蹴散らして将軍まで一気に上り詰めた。

戦争の最中、未だにクソカスビチグソオーディンを妄信するかつての同族が私を連れ戻そうとしたが、全員蹴散らしてやった。恨みがましく悲痛な声を上げる、私のかつての友、後輩、先輩、兄弟姉妹のように育った連中、そして……両親も居たが、特に心は痛まなかった。

魔王の魅力に比べれば、カスだった。それどころか、むしろ逆の意味で絶望した。

私はそれまでこれほど無能な連中と共に無駄な時間を過ごしていたのかと。

そして、天空族にあれだけのことをしながら、結局オーディンとかいうカスは一度も出てこなかった。

本当に、くだらない世界と種族だった。

そして……

『天空族は……神の使徒でもなんでもない……遥か昔、白き翼をもった鳥獣系のハーピーなどが人間と『配合』されて、発生したもの……しかし、その交わり者は遥か昔の者たちには迫害され、強力な魔法を使えるものが雲を利用して世界を創生して、そこに有翼人の楽園を作っただけに過ぎない……そんな自分たちを慰めるため、オーディンだの神の使徒などと伝承していった……そんなところだろう』

ある日、あの御方は私ですら知らなかった私の真実を教えてくださった。

そもそもが、すべて偽者だったのだと。

『私は……では、貴方様と出会うまでは……本当に偽者を……は、はは……何という無駄な月日を……』

もう既に同族や故郷への未練はなかったとはいえ、その真実を知ったときは私もそれなりに絶望した。

だが、そんな私にあの御方は仰った。

『全てが今の自分を形成するためのものだったと考えれば……無駄だと思えた日々も無駄ではなくなる……』

そして、私は理解した。

『疑いも無くただ信仰するだけなら、誰にでもできる。しかし、その想いを掲げて命を懸けて戦うことまでは簡単にできるものではない。その結果、貴様という存在が強さを育んだのであれば、全てが無駄だったとは言えぬだろう』

『大魔王様……』

『そして……立場によって貴様の行いは正しかったのか、正しくなかったのか、それは様々な意見があるだろう。しかし、今こうして貴様が我ら側についたことで、本来戦争で犠牲になるはずだった魔界の民や兵が大幅に減った……多くの魔族の命が救われ、守られた。それだけは紛れもない事実だと、余も認めざるをえないだろう』

それは、私の心を救ってくださった言葉。

正に無償の愛。無限の器。

そして、私は理解した。

違う。愛だの恋だの、もはやそんな低次元のものではない。

この御方こそが「神」なのだと私は知った。

この御方こそが、私が全てを捧げて仕える「神」。

もはや崇拝だった。

私の全ては神のために戦い、神のために死ぬこと。

私の存在は全てにおいて神のために。

しかし、同時に不安もあった。

神は唯一無二の存在。だが、その神の身に何かあった場合はどうなる？

神はその辺の馬や猿のように子を成したりされない。

神は絶対ゆえに千年でも一万年でも存在し、私もあらゆる脅威から神を守り続ける所存。

だが、億が一。兆が一。その可能性は拭えない。

何よりも神にも寿命は存在するのかもしれない。

そうなれば、世界は神を失うことになる。

それだけは避けなければならない。

そこで、私は進言した。

次代の神・創生計画。

だが、神は「くだらぬ」と言って取り合ってくださらなかった。
神の言葉は絶対。ゆえに神がそう申されるのであれば従うのが当然。
しかし、私はそこで従うことを選択しなかった。
神を崇拝しているからこそ、私の計画が間違っているとは思わなかったからだ。
だが、神が子を成す気がないのであれば、別の手を考えねばならなかった。
そして、その材料が私には既にあった。
滅ぼした魔導都市シソノータミにて遥か昔に禁忌とされていた魔法。
私の両眼の『紋章眼』。
神と初めて出会い、それ以来ずっとお守りとして肌身離さず持っていた『髪の毛』。
それを使い私は――――

「勇者ヒイロが神を滅ぼすという愚かな行為に、世界が絶望に染まるかと思ったが……やはり、私の考えは正しかった……」

神が滅び十五年の月日が経った。
その間、連合軍や七勇者や寝返った魔族共に見つからぬように、『私たち』は潜んでいたが、ようやく頃合が来た。

だからこそ、あと必要なのは「最後の鍵」だった。

しかし、その最後の鍵として相応しい者を見つけるのが一番困難だった。

だが、運命は我らに微笑んだ。

ヒイロたちだけでなく、いずれ「私たち」の脅威となるであろう、七勇者たちの子。その力を確認しておこうと、魔水晶を通じて帝都で行われた御前試合を監視していたが、まさかそこに『最後の鍵』があったとは思わなかった。

最後の鍵を作るため、才のありそうな若者を鍛えたりもしたが、もうそんなものはどうでもよくなった。

私の息が掛かってもいないのに、「大魔」の力を扱う「男」が居たからだ。

どうして、その男が大魔の力を使えたかは分からない。だが、もうそんなことは後で調べればいい。大魔の力を使った事実を前には小事。たとえ、その男が誰の血縁であろうとも。

何があろうとも手に入れる。

「まあ、いい。どちらにせよ、アースは……我のモノだ！」

「そうね。どちらにせよ、ハニーは……私のモノよ！」

群がる邪魔者は全て蹴散らす。

「イイヤ……アレハワタシノモノダ」

「「え……ッッ！！？？」」

「身の程を知れ……人間の小娘共め」

そして……アレは『私たち』のモノだ。

「さて……こんな小娘共はどうでもいいとして……問題はあっちか……マアム……」

まさか、因縁でもあるマアムが居るとはな。少し面倒だな。

ここで決着を付けてもいいが、その間に鍵に逃げられるのも困る。

それに、ブレイクスルーも魔力切れのようだ。

どうやら、アレは『魔呼吸』を使えないようだな。それとも知らないか？

いずれにせよ、追いつかれる。

仕方ない……

「なら……かなり魔力を消費するが……鍵を回収するためにも……『ワープ』させるか」

間もなく追いつく、鍵とマアム。

かつて、『私たち』が追っ手から逃走していた頃以来使う古代魔法……

「セーシュンジュハーチキップトシンカーンセン……長距離移動魔法・ジェイアルー」

そして、何も知らぬ鍵は、私の作り出した時空間に吸い込まれていった。

あとがき

お世話になります。幸運に恵まれ、本作2巻を出すことができました。1巻出版時にも言いましたが、改めて本作を手に取って下さった皆様、関係者の皆様、本当にありがとうございます。

1巻の時点で「俺たちの旅はこれからだ」というやりきった感がある中で、令和2年になっても本を出せる喜びに浸りながら、自分がこれまで出した本を並べてみると、シリーズとしては本作で5作品目ですが、冊数としてはこの2巻で丁度10冊目となりました。これまでの出会い全てに感謝と共に、「もう10冊」ではなく、「まだ10冊」。いちいち数えているようでは、まだまだだと認識し、これからも新たな世界を作っていけるように頑張ります。

さて、新たな世界といえば、この2巻では1巻の時のような師弟のトレーニングがメインではなく、家出からの行く先々での出会い、喧嘩、友情、別れを踏まえた、新たな世界へ飛び出す『旅』がテーマとなっております。こういった旅の物語を書いていると学生時代を思い出します。

私は学生時代に数年間東南アジアの大学に留学していたことがあり、大学が夏休みになったりした時は、リュック背負ってノープランで一人旅をしたものです。

デカい駅に到着してから、その駅から出ている寝台列車・長距離バスにテキトーに乗っては、十数時間移動し、下車直後に「ここどこですか?」状態で放浪し、気付いたら首長族の村に辿り着いたことは今でも鮮明に覚えています。何も目的無く、何も決めず、いつ家に帰るかも気分で決めるというノープランの旅は、とても自由で、全てのことが良い経験でした。

しかし、私も最初から何の苦も無くそういう旅ができていたわけではありません。本作2巻において、アースが旅の途中で、いかにそれまで恵まれた裕福な環境で育ったお坊ちゃまだったかをトレイナに指摘されているシーンがありますが、それは正に私が一人旅に慣れていなかった頃そのものだったかもしれません。

私が初めて一人旅をしたのは二十一歳の時。寝台列車で十時間ぐらいかけてタイの東部に行きました。その頃はまだノープランの旅ではなく、明確にどこへ行くか、どの方法で行けるか、現地のホテルもネットで下調べをしておりました。寝台列車のチケットを買う時、私は迷わずエアコン付き、夜食付き、水洗トイレ付きの車両にしました。現地のホテルも、ネット環境が整い、お風呂も問題なくお湯が出て、表通りに面した安全そうな場所に宿泊し、夜にエアコンが壊れたらワザワザ部屋を変えてもらうという甘ちゃんぶりを発揮しておりました。その地での観光名所も、「地球の歩き方」を携帯しながら回っておりました。

しかし、二回目以降の旅でガラリと変わりました。それは、「チェンマイ」という地を目指すはずだったのに、字を読み間違えて、乗ったバスが目的地から約二百キロも離れた「チェンライ」という全然違う場所に着いてしまい、事前の計画が何の役にも立たなくなり、行き当たりばったりでどうにかするしかなくなってしまった出来事からでした。

全然下調べもせずに辿り着いたその地は、近くに流れる川がドブ臭く、とりあえず外観が綺麗そうなホテルに入ってみるも、部屋にはカビとヤモリがあちらこちらに。少ししか流れないトイレにはトイレットペーパーもない……仕方なく地球の歩き方を破いて使いました（笑）。お湯が出ると言われたのに水しか出ないシャワー。なかなか酷いものでした。しかし、それらはその地においては普通。むしろ、普通よりもかなり恵まれた環境なのだということを、その街を歩いたり、物価の安さを知る度に実感し、自分で自分を「甘ちゃんな日本人」だと思ったものです。

そして、そういうことを一回経験すると、たいていのことが許容できるようになり、行き当たりばったりでも慌てずに、むしろそれを楽しむ余裕を持てるぐらい心にゆとりができたかなと思います。事実、それ以降から私は旅に出る時事前計画を何も立てなくなり、その地で何を見て回るかも現地に着いてから色々な人に聞いてから決めるようになりました。何の縛りもない自由な一人旅が、貴重な経験となり、そして自分の世界が広がっていくように感じました。

アースにも、ただトレーニングをして腕っぷしを強くさせるだけではなく、旅を通じて様々な経験をさせ、そして世界を広げてあげるようにしたいと思っております。その世界がどこまで続くかは書籍でもＷＥＢでも現時点では不明ですが、可能な限り見守ってやってください。

今後ともよろしくお願い致します。

2巻に出てくる
新キャラ3人が
みんないい味を出していて
とても好きです

華麗に
大ヒット中
です！

私、能力は平均値でって言ったよね！
God bless me?

FUNA
Illustration 亜方逸樹

日本の女子高生・海里が、
異世界の子爵家長女（10歳）に転生!?
出来が良過ぎたために不自由だった海里は、
今度こそ平凡な人生を望むのだが……神様の手抜き（？）で、
魔力も力も人の6800倍という超人になってしまう！
普通の女の子になりたい
マイルの大活躍が始まる！

1～13巻＆『リリィのキセキ』大好評発売中！

がココにある。

私の従僕

私、能力は平均値
でって言ったよね！

二度転生した少年は
Sランク冒険者として平穏に過ごす
～前世が賢者で英雄だったボクは
来世では地味に生きる～

転生したら
ドラゴンの卵だった
～最強以外目指さねぇ～

戦国小町苦労譚

領民0人スタートの
辺境領主様

毎月15日刊行!!

https://www.es-novel.jp/

反逆のソウルイーター
～弱者は不要といわれて
剣聖（父）に追放
されました～

転生した大聖女は、
聖女であることをひた隠す

冒険者になりたいと
都に出て行った娘が
Sランクになってた

即死チートが
最強すぎて、
異世界のやつらがまるで
相手にならないんですが。

人狼への転生、
魔王の副官

アース・スターノベル
EARTH STAR NOVEL

禁断師弟でブレイクスルー
～勇者の息子が魔王の弟子で何が悪い～ ②

発行 ―――― 2020年3月14日　初版第1刷発行

著者 ―――― アニッキーブラッザー

イラストレーター ―――― 竜徹

装丁デザイン ―――― 石田 隆（ムシカゴグラフィクス）

発行者 ―――― 幕内和博

編集 ―――― 今井辰実

発行所 ―――― 株式会社 アース・スター エンターテイメント
〒141-0021　東京都品川区上大崎3-1-1
目黒セントラルスクエア　5F
TEL：03-5561-7630
FAX：03-5561-7632
https://www.es-novel.jp/

印刷・製本 ―――― 図書印刷株式会社

© ANIKKII BURAZZA / RYUTETSU 2020 , Printed in Japan

この物語はフィクションです。実在の人物・団体・事件・地域等には、いっさい関係ありません。

本書は、法令の定めにある場合を除き、その全部または一部を無断で複製・複写することはできません。

また、本書のコピー、スキャン、電子データ化等の無断複製は、著作権法上での例外を除き、禁じられております。

本書を代行業者等の第三者に依頼してスキャン、電子データ化をすることは、私的利用の目的であっても認められておらず、著作権法に違反します。

乱丁・落丁本は、ご面倒ですが、株式会社アース・スター エンターテイメント 読書係あてにお送りください。

送料小社負担にてお取り替えいたします。価格はカバーに表示してあります。

ISBN 978-4-8030-1403-7